SINN UND FORM

BEITRÄGE ZUR LITERATUR

HERAUSGEGEBEN VON DER
AKADEMIE DER KÜNSTE

73. JAHR / 2021 / 6. HEFT

November / Dezember

SINN UND FORM

Redaktion: Postfach 21 02 50, 10502 Berlin, Akademie der Künste, Hanseatenweg 10, 10557 Berlin, Tel. 030/20057-2220, -2221 oder -2222, Fax 030/20057-2223, E-Mail sinnform@adk.de, www.sinn-und-form.de. ISBN 978-3-943297-62-1. ISSN 0037-5756. Anzeigenverwaltung: Agentur Hanne Knickmann, Römerstraße 45, 69115 Heidelberg, Tel. 06221/67342-50, Fax -51, www.kulturzeitschriften.net. Satz: Dörlemann Satz, Lemförde. Druck: Thiele & Schwarz GmbH, Kassel. Printed in Germany. Der Chefredakteur ist v.i.S.d.P. Bei unverlangt eingesandten Manuskripten ohne beiliegendes Porto keine Rücksendung. Beurteilungen werden nicht gegeben. Auf den Textseiten erscheinen in der Regel keine Literaturangaben und Anmerkungen. Nachdruck eines Beitrages während der gesetzlichen Schutzfrist nur mit Genehmigung der Redaktion. Die Zeitschrift erscheint zweimonatlich. Jahresbezugspreis einschließlich Versand 45,00 € (Inland) und 60,00 € (Ausland). Einzelheft 11,00 €. Vorzugsabonnement für Schüler und Studenten 34,00 €.

Bestellungen von Abonnements und Einzelheften: tableau, Neumagener Straße 27, 13088 Berlin, Tel. 030/4236606, Fax 030/42850078, E-Mail tableau@t-online.de. Zuschriften, die den Inhalt betreffen, sind an die Redaktion, solche, die den Bezug angehen, an die Firma tableau zu richten. Das Abonnement kann spätestens sechs Wochen vor Ablauf des Bezugsjahres gekündigt werden. Die Kundennummer ist unbedingt anzugeben.

INHALTSVERZEICHNIS

STEPHAN WACKWITZ

MEIN LEBEN ALS SCHWAMM

Es war im September 1979. Ich war siebenundzwanzig und wanderte an einem dunklen Herbstabend auf der Stuttgarter Schloßstraße in Richtung Liederhalle. Erstes Herbstlaub fiel und verwehte. Gelbliches Laternenlicht warf filigran windbewegte Baumschatten von Robinien auf den grauen Bürgersteig. Eine beunruhigende Begegnung mit einem ehemaligen Internatskameraden lag hinter mir. Eine verwahrloste Wohnung in einem Hinterhof des Stuttgarter Westens, dämonisch inkohärentes Gerede, der Eindruck eines durch Drogen zerstörten Menschen. Der unvermeidliche Joint, an dem ich widerwillig partizipiert hatte. »Nach etwas bedrückt-reduzierter Zeit mit Absencen auf der Schloßstraße von einem Schritt auf den anderen voll drauf«, verzeichnet mein Tagebuch. »Ich wehre mich dagegen, schreckliche Angst, trockener Mund. Bekämpfe die Panik; ich will nicht abfahren (verrückt werden), ich will mich behalten. Ich will der bleiben, der ich bin, *aber ich weiß plötzlich nicht mehr, wer das ist.* Furchtbare Angst, den Verstand zu verlieren.«

Ich wußte es gleich. Es war mehr als eine haschischinduzierte Panikattacke. Was mich jetzt in einem Moment mutwillig herbeigeführter innerer Hilflosigkeit heimsuchte, war immer schon eine Möglichkeit und eigentlich auch immer schon dagewesen. Körperlich ähnelte der Zustand, der mich in den nun folgenden Wochen in immer tiefere Ratlosigkeit stürzte, einem Schwindel oder einer Übelkeit. Seine untrennbar mit diesen unangenehmen, aber immerhin bekannten Symptomen verbundene psychische Seite war aber noch viel unheimlicher: »Die Dinge, die man anschaut und erlebt, werden einem irgendwie *fremd*. Es gibt keine emotionale Verbundenheit mit ihnen, es scheint mir eine gewisse Unverständlichkeit und Absurdität an ihnen aufzufallen. Eine bisher unbekannte Lieblosigkeit meiner Umwelt mir gegenüber und eine Lieblosigkeit meiner selbst meiner Umwelt gegenüber tritt hervor. Die Gegenstände meiner Umwelt sind mir fremd geworden.« Auf halbem Weg zu meiner Wohnung flüchtete ich mich in ein Restaurant. Ich vermutete aufgrund meines Herzrasens, meiner Schweißausbrüche und meiner allgemeinen Geschwächtheit einen Unterzuckerungszustand. Auch konnte ich vor Schwindel fast nicht mehr gehen. »In der Pizzeria am Schloßgarten bestelle ich eine Torte, zu der ich einen Kaffee mit zahllosen Löffeln Zucker trinke. Ganz schlecht drauf, kann kaum mehr sehen. Angst, ohnmächtig zu werden. Dazu die wellenartig anflutenden irrationalen Angstschübe.

Dissoziationsgefühle. Ich bin nicht mehr, der ich bin. Der realen Situation ganz unangemessene Gefühle: Angst vor einem Löffel, so absurd es klingt. Alltagsdinge, banale Gesprächssituationen nehmen eine unfaßbare Gräßlichkeit an, wie wenn man in einem Alptraum über ein einzelnes Ding oder Wort oder einen Satz in Panik gerät, weil er ein namenloses Grauen angenommen hat.«

Und es ging wochenlang nicht vorbei. Auch nach dem Abklingen der eigentlichen körperlichen Intoxikation passierte es mir in den folgenden Tagen immer wieder ohne Vorwarnung oder erkennbaren Grund, daß die Welt sich in einen durch unüberbrückbare innere Distanzen von mir getrennten Ort verwandelte. So nahm zum Beispiel das Gemälde eines in die braune Dämmerung des offenen Meeres hinausfahrenden Segelschiffs von Caspar David Friedrich, das ich für meine Dissertation beschreiben wollte, jenes formlose Grauen an. Das Bild drohte plötzlich, mich mitzunehmen auf ein nächtliches inneres Meer, aus dessen Weiten ich nie mehr zurückkehren würde. Mein Selbst würde für den Rest meines Lebens in dieser sich verdichtenden Dunkelheit treiben und irgendwann untergehen, ohne daß mich jemand noch einmal zu Gesicht bekäme. Das Kino, in dem ich mir einige Tage später den Film »Apocalypse Now« ansah, mußte ich vorzeitig verlassen, zitternd und schweißüberströmt. Der Zustand hatte mich übermannt, als in Coppolas Film zu erotischer Truppenbetreuung engagierte »Playboy Bunnies« unter den Klängen lauter Rockmusik, umstrahlt von grellem Scheinwerferlicht, auf eine Bühne im Dschungel stürmten, an deren Rand sich Hunderte sexuell ausgehungerte GIs drängten.

Dann begannen die Ausnahmezustände sich täglich zu wiederholen. Nach jedem Rückfall verringerte sich das natürliche und unhinterfragte Gefühl für die Welt. Es war sogar noch schlimmer: »Mein Selbst« kam mir stückweise abhanden. Ich ertappte mich mittlerweile dabei, daß ich möglichst vermied, meine Wohnung zu verlassen. Es war unübersehbar geworden, daß mit mir etwas Grundlegendes nicht in Ordnung war. Ich hatte gewissermaßen ein Rendezvous mit der Natur des menschlichen Selbstgefühls. Das »Selbst«, lernte ich damals, ist ein kleiner, unscheinbarer Bestandteil unserer inneren Verfassung. Wenn er ein paar Wochen dauerhaft fehlt, hat man das Gefühl, sich am liebsten aufhängen zu wollen. Man hat das Gefühl, verrückt zu werden. Oder es längst zu sein.

Was war mit mir los? Vierzig Jahre später versuche ich mir einen Reim auf meine damaligen Angstzustände zu machen. Überraschend schnell führt die psychoanalytische Tragikomödie eines nicht besonders drogenfesten Jungkommunisten aus bürgerlichem Haus auf gesellschaftspsychologisch Grundsätzliches. Im zeitlichen Abstand wird an meinen Verwirrungen zum Beispiel deutlich, daß die politisch-moralische Selbstsicherheit der Generation, die sich damals in ein neues Jahrzehnt hineinbewegte, in Wirklichkeit eine ziemlich instabile Sache war. Jenes Selbst, über das ich nach meinem nächtlichen Gang auf der Stuttgarter Schloßstraße im September 1979 ein paar Wochen lang nicht mehr uneingeschränkt verfügte, ist in der riskanten Atmosphäre gesellschaftlicher Umbruchsituationen offenbar besonders störanfällig. Und um 1980 bewegten sich die Kontinentalplatten unter der Oberfläche der bundesrepublikanischen Wirklichkeit. Es rumpelte und grollte in der Tiefe. Der Erdstoß aus den sechziger Jahren war verebbt. Eine Dekade zuvor, um 1970 herum, hatten unsere Autoritäts-, Lehr-, Aufsichts- und Respektspersonen unsere Vorstöße ins gesellschaftlich Ungedeckte und Radikale noch mit Sympathie begleitet, sogar ermutigt. Unvergeßlich ist mir zum Beispiel die Bemerkung eines der beiden Jungtheologen, die uns im »Evangelisch-Theologischen Seminar« nicht nur in den »Hörsälen« und »Stuben« beaufsichtigten, sondern im Klosterrefektorium auch ihre Mahlzeiten mit uns einnahmen und Apartments im Schlafsaaltrakt bewohnten – sie hießen seit dem 16. Jahrhundert »Repetenten«. Er wolle, gab dieser ernste junge Mann vor den Osterferien 1969 beiläufig zu Protokoll, in den beiden nächsten Wochen *»einmal wieder* nichts anderes tun, als Ernst Blochs Prinzip Hoffnung *ganz durchzuarbeiten«*. Seine Ankündigung beeindruckte mich tief. Es war ein Akt intellektueller Selbstterrorisierung, der ihm durchaus zuzutrauen war. Besonders die Vorstellung, daß unser Repetent sich jener Lektüre offenbar *schon einmal* unterzogen hatte und nicht ausschloß, dies in einer unbestimmt hinter den bevorstehenden Osterferien liegenden Zukunft ein weiteres Mal zu tun, die Vorstellung also, daß man Blochs Buch offenbar *immer wieder durcharbeiten* solle, war das Eindrucksvolle und eigentlich Haarsträubende. Die Erwachsenen schienen plötzlich ganz auf demselben *trip* zu sein wie wir; sie waren uns sogar voraus, wenn es um seine intellektuelle Facette ging. Ich erinnere mich an durch Jungmannschwärmerei überglänzte Abende mit einer jungen Kollegin meines Vaters, die mir Che Guevaras »Bolivianisches Tagebuch« ausgeliehen hatte und während eines Ferienaufenthalts im heimischen Blaubeuren die Verlautbarungen des südamerikanischen Revolutionsromantikers bei Bier und Zigaretten bis spät in die Nacht mit mir *diskutierte*. Der Mond erotischer und politischer Illusionen stand über dem Rand der Schwäbischen Alb und die Sommerbäume des Jahres 1969 rauschten, als flöge meine Seele durch die stillen Lande nach Haus.

Ein Jahrzehnt später jedoch, unter den Nachwirkungen des RAF-Schocks von 1977, sah sich unser aufrührerisches Selbstgefühl zunehmend alleingelassen von den großen Brüdern und Schwestern, an denen wir uns so lange orientiert hatten. Die waren jetzt Gymnasiallehrer und Professoren. Sie bekamen Kinder. Sie schlossen Bausparverträge ab. Sie wiegten plötzlich bedenkenträgerisch den Kopf, wenn ich von der antimonopolistischen Revolution schwadronierte. Ich fühlte mich 1980 – seit sechs Jahren Mitglied des MSB Spartakus, der

Studentenorganisation der DKP – wie das Witzmännchen in jenem berühmten Comic, das von selbstbewußtem Überschwang enthusiasmiert über einen Abgrund hinauswandert, dann gleichsam erwachend nach unten sieht – und sich plötzlich im freien Fall befindet. Es kam zu einer Art Renaissance der Wirklichkeit. Der väterlich-herrische Helmut Schmidt saß schon ein paar Jahre als Kanzler im Sattel, der utopisch-mütterliche Willy Brandt war längst zurückgetreten. Und rechts griff der CDU-Kandidat Helmut Kohl beherzt an, allgemein lächerlich gemacht als »Birne«. »Birne« rief eine »geistig-moralische Wende« aus, die viel verspottet wurde, aber auch als unbestimmte Drohung im politischen Raum stand. »Berufsverbote« wurden ausgesprochen, die »Nachrüstung« beschlossen und gegen erstaunlich massive Demonstrationen unbeirrt durchgesetzt. Nachdem mein pseudorevolutionärer Drang sich ein Jahrzehnt lang von allgemeiner Sympathie bürgerlicher Bezugspersonen und Vorbilder getragen gefühlt hatte, stellte sich neuerdings das mulmige Gefühl ein, daß es von ihnen so radikal dann eben doch nicht gemeint gewesen war. Der illusionäre Überschwang linker Selbstfeier geriet nach einem euphorisch bewegten Jahrzehnt ins Stolpern.

Das Selbstgefühl – das haben meine Forschungen ein halbes Jahrhundert nach dem Selbstverlust von 1979 ergeben – ist überhaupt eine notorisch unzuverlässige Sache. Je genauer man sie betrachtet, desto geheimnisvoller schaut sie zurück. »Selbst« ist ein viel weniger erforschter Protagonist des menschlichen Seelentheaters als die von Sigmund Freud erfundenen und längst in die intellektuelle Folklore eingegangenen Helden oder Schurken namens »Es«, »Ich« und »Über-Ich«. Man könnte die innere Instanz »Selbst« im Gegensatz zu dieser bekannten freudianischen Dreifaltigkeit einerseits mit der Bühne vergleichen, auf der das Personal unserer inneren Commedia dell'arte seine Kapriolen schlägt und seine Schauerdramen aufführt. Und das von dem amerikanischen Narzißmustheoretiker Heinz Kohut als Therapieziel postulierte »funktionierende Selbst« könnte zugleich mit einem klug agierenden Theaterintendanten verglichen werden, der jene drei Charakterchargen zu motivieren, zu besänftigen, zu zügeln oder an der langen Leine zu führen versteht. »Ich« ist der wichtigste Ansprechpartner und Verbündete des Selbst in der Künstlergarderobe. Denn mit »Ich« läßt sich, manchmal jedenfalls, reden. Während »Es« sich wechselweise divenhaft und kindisch aufführt. Und »Über-Ich« einem starren alten Charakterschauspieler gleicht, dem seit ewigen Zeiten schon unkündbaren »one-trick-pony« eines Stadttheaters in der Provinz. Zu irgendeiner Form läuft der eitle alte Herr nur noch auf, wenn man ihn als Musikus Miller oder Wotan besetzt – oder am besten gleich als Gottvater. Mein revolutionäres Selbst der siebziger Jahre hatte funktioniert, weil es sich im Einklang mit seiner Zeit wußte. Gottvater schien linksradikal geworden zu sein – auch Marx, Engels und Fidel Castro hatten schließlich lange Bärte. Mein »Ich« folgte dem revolutionären »Über-Ich« meiner Generation zuerst ungläubig staunend, dann immer feuriger auf seinen neuen Wegen. »Es« hatte derweil ganz eigene Vorstellungen, trieb sich tief in den fünfziger Jahren herum und konnte mit meinen Genossinnen der siebziger Jahre wenig anfangen. Und »Selbst« – der Impresario, der ein Jahrzehnt lang vollauf damit beschäftigt gewesen war, sein Theater in einen revolutionären Zirkusbetrieb umzubauen – fühlte sich völlig überfordert, als statt des marxistischen »Grand Guignol« jetzt plötzlich eine neue Bürgerlichkeit auf dem Programm stehen sollte.

Das alles ließ um 1980 einen sich immer weiter ausdehnenden Wirtschaftszweig in Mode kommen: die Psychotherapie. Vielleicht folgerichtigerweise betrat sie damals ebenfalls revolutionär die Bühne, als Lifestyle und in Form miteinander verfeindeter Sekten. Sie empfahlen die »Urschrei«-Therapie oder luden in den »Ashram« des »Bhagwan« Shree Rajneesh in Poona ein. Sie versprachen psychische Wiedergeburt durch »Rebirthing« oder das Übermenschentum als »Operierender Thetan« mit Hilfe von »Scientology«. Gurus und ihre Heilslehren gerieten allgemein in Umlauf. Seriöse Psychotherapie hatte es natürlich schon vor den neuerdings boomenden Wahnsinns- oder Beschleunigungsformen gegeben. An einem Wintertag in den späten Siebzigern hatte zum Beispiel mein bester Freund, ein ehemaliger Mitseminarist, Besuch von seinem Bruder, der in den USA eine Ausbildung zum »Gestalttherapeuten« absolvierte. Eine Ausbildung *wozu*? Dringlich befragten wir ihn darüber, was das denn eigentlich sei. Nach Gestalttherapeutenart bot er kurzerhand an, uns einfach mal eine Demonstration zu geben. Im WG-Zimmer meines Freundes stellte er mit Hilfe zweier Stühle die von den Psychoanalyse-*mavericks* Fritz und Laura Perls, Ralph Hefferline und Paul Goodman 1951 erfundene therapeutische Standardsituation her. Der Bruder aus Amerika entführte uns nacheinander binnen weniger Minuten in eine Arena von Gefühlen, Selbstbildern und Introjekten, die sich bisher nur am Rand unseres Bewußtseinsfelds herumgetrieben hatten, jetzt aber anschaulich Gestalt gewannen. Sie saßen als phantasierte Figuren vor uns auf dem leeren Stuhl. Dann wieder wurden sie von uns selbst verkörpert und während alldem gleichsam *erkannt*: »Ach, du bist das!« Es war die erste Berührung mit einer neuen und aufregenden Dimension des Selbsterlebens. Sie führte uns hinaus über den leibfeindlichen und gefühlsfernen protestantischen Bannkreis moralischen und pseudopolitischen Intellektualisierens, in dem das Evangelisch-Theologische Seminar uns erzogen hatte. Aus der Papierwelt ins Leben. Es war, als sei uns unsere innere Wirklichkeit auf einmal zum Greifen nahe. Heute noch ist mir gegenwärtig, wie *real* die verschneite Stadtlandschaft vor dem Fenster aussah, als ich – gleichsam erwacht und noch halb betäubt eine Zigarette rauchend – wieder aus dem Theater meiner Introjekte in die Wirklichkeit zurückfand. Die schneebedeckten Autos und Straßenlaternen da draußen, die sich fast unmerklich bewegenden Zweige der Bäume, die langsam fallende Dämmerung, das Gesicht meiner hinter mir stehenden Freundin, als ich mich wieder ins Zimmer hinein umdrehte. Alles hatte neue Konturen gewonnen. Als sei es jetzt erst in die volle Sichtbarkeit getreten. Und ich in mich selbst zurückgekehrt.

»Ich will, daß es draußen schneit und ich nur deine Stimme höre«, lautete die zu diesem Moment gehörende Zeile eines nie geschriebenen Gedichts. Für eine Zigarettenlänge war ich »Vollbürger der Realität« im Foyer des Hotels »Wirklichkeit« gewesen. Dieses Realitätsbewußtsein war ein neues, tatsächlich unbekanntes Gefühl. Es glich von allem, was ich kannte, am meisten den Minuten nach dem Orgasmus. Dann verschwand der Ausnahmezustand wieder in den Wellen des Alltags. Aber mein Freund und ich hatten an jenem Stuttgarter Winternachmittag ein für alle Mal verstanden, daß Psychotherapie zwar ins Reich der Unvernunft führt, aber paradoxerweise trotzdem eine vernünftige Sache ist und in diesem Spannungsfeld zwischen Vernunft und Unvernunft reale Wirkungen zeitigt. Die schon verwendete Theatermetapher führt bei der Beschreibung dieser eigentlich nicht beschreibbaren Wirksamkeit am weitesten. Psychotherapie berät und unterstützt das Selbst ihres Klienten bei dem Vorhaben, seine Intendantenfunktion zu erlernen oder wiederzugewinnen. Denn auf der Bühne der Gesellschaft und der eigenen Existenz, mit jenem dauernd in sich zerstrittenen und wenig einsichtigen Personal muß unser Selbst, ob es will oder nicht, eine Vorstellung zustande bringen, die es der Welt irgendwie präsentieren kann. Die Qualität dieser Aufführungen ist naturgemäß sehr unterschiedlich. Die Bandbreite reicht vom Schmierentheater bis zu großem Kino. Im einigermaßen gelungenen Fall aber bringt der Intendant »Selbst« ein theatrales Arbeitsumfeld zustande, das Heinz Kohut in seinem Buch »Die Heilung des Selbst« als einen »psychologischen Sektor« beschreibt, »in dem Strebungen, Fertigkeiten und Ideale ein ungebrochenes Kontinuum bilden, das von Freude erfüllte Tätigkeit ermöglicht«. Was jenes Selbst aber eigentlich ausmacht, das da im Interesse einer gelungenen Lebensaufführung mit Es, Ich und Über-Ich verhandelt, weiß man im Grunde nicht. Das Selbstgefühl ist die geheimnisvollste Instanz des inneren Apparats.

Der Schrecken, der mich im Herbst 1979 erfaßt und monatelang nicht mehr losgelassen hatte, bestand jedenfalls in der unheimlichen und schockierenden Erfahrung, daß wir alle auf dünnem Eis gehen, wenn wir »Ich« sagen. Ein halbes Gramm schwarzer Afghane kann in bestimmten Lebenssituationen genügen, und der Regisseur der inneren Theateraufführung verabschiedet sich in eine ausgedehnte feuchtfröhliche Mittagspause, aus der er, wenn überhaupt, nur noch leicht schwankend zurückkommt. Und nicht nur der gesellschaftlich-politische, auch der praktisch-lebensgeschichtliche Moment war 1979 für eine Begegnung mit dem inneren Ungeheuer günstig. Eine ganze Generation war beim Gedanken an ihre Zukunft ins Grübeln geraten. Was sollte aus uns werden, wenn sich die politischen Machtträume, wie damals deutlich zu spüren war, endgültig in Luft auflösten? Es stand zu befürchten, daß für unseren langgehegten politischen Heroismus gar kein gesellschaftlicher Bedarf bestand. Politisch arbeitslos und auf uns selbst zurückgeworfen (aber worin bestand unser Selbst eigentlich?), standen wir dem Machthaber in der anonymen Gestalt der bundesrepublikanischen Gesellschaft gegenüber, der wir jetzt unsere Arbeitskraft anbieten sollten. Die Ortsgruppe des MSB Spartakus, jahrelang eine Art Exoskelett unserer spätadoleszenten Seelen, zerfiel an der Schwelle zur Berufstätigkeit. Entgleisungen und Verwahrlosungen häuften sich im Kreis der Bekannten und Genossen. Dabei waren wir eigentlich nur in die Periode existentieller Unsicherheit eingetreten, die auch leidlich stabile Angehörige des Mittelstands am Ende ihrer durch das Studium verlängerten Jugend heimsucht: Welchen Beruf sollen sie ergreifen? Hatten sie nicht eigentlich das Falsche studiert? Sollten sie ihre Freundin heiraten? Meine war vor wenigen Wochen zu einem Studienjahr nach Kalifornien abgereist. Hatte sie tatsächlich, wie ich verzweifelt ins Tagebuch schrieb, mit ihrem Weggang auch meine Liebe zur Welt und mein »Selbst« mitgenommen? Der Umbruch von 1980 hatte eine Ursituation bürgerlicher Jugend bis zur Krankheit verschärft.

In Amerika war die Psychoanalyse derweil schon seit den sechziger Jahren so wenig aus dem Leben der oberen Mittelschicht wegzudenken wie aus einem Film von Woody Allen. Paradoxerweise jedoch stellten die Kinder der Kriegsgeneration, jene »Babyboomer«, die seit 1960 mit ihren Störungen in die Praxis psychologisch Sachverständiger kamen, durch ihre Symptomatik grundlegende Annahmen Freuds und seiner ersten Schüler in Frage. Im Vordergrund dessen, was die amerikanischen Psychoanalytiker damals zu hören bekamen, stand nämlich durchaus nicht der erwartbare klassische Konflikt zwischen einem triebgesteuerten Es und einem verbietenden Über-Ich, jener berühmte »Ödipuskomplex«. Er war zwar noch da, wurde aber überformt durch neuartige Störungen des Selbstgefühls, für die sich bald der Sammelbegriff »Narzißmus« einbürgerte. Die damaligen Klienten wußten eher nicht mehr, wer sie waren, als daß sie sich in ihrem Triebleben unterdrückt fühlten. Symptome der Derealisation und der Depersonalisation – in der klassischen psychoanalytischen Diagnostik *red flags* der Psychose – waren allgegenwärtig geworden: unzuverlässige Selbst-Bilder, schwache emotionale Bindungen an andere, Gefühle innerer Leere, Stimmungsschwankungen, unerklärliche Wutanfälle, Verlustängste, Panikattacken,

Überflutungserlebnisse, unverständliche Selbstverletzungen. Es wurde, wenn die Psychoanalyse als medizinisches Geschäftsmodell eine Zukunft haben sollte, Zeit für eine praktische und theoretische Ergänzung der Grundannahmen und Methoden Freuds. Auf Heinz Kohut, der 1913 in Wien zur Welt gekommen war und in Chicago als Analytiker praktizierte, geht die wichtigste technische Neuerung der Psychoanalyse in den sechziger Jahren zurück, das Konzept der »Spiegelübertragung«. Die konnten seiner Ansicht nach auch solche Patienten entwickeln, die narzißtisch oder psychotisch in sich selbst verkapselt waren und deshalb lange als nicht therapierbar galten. Sein Wiener Landsmann Otto F. Kernberg stellte mit dem Begriff der »Borderline-Persönlichkeitsstörung« ein diagnostisches und therapeutisches Konzept bereit, das die Brandmauer zwischen analysierbaren Neurosen und schicksalhaft jeder Therapie unzugänglichen Psychosen durchlässig zu machen schien. Jedenfalls erwiesen sich die Symptome, die Kernberg als »pathologischen Narzißmus« beschrieb, einer psychoanalytischen Behandlung als durchaus zugänglich. Von diesen amerikanischen Weiterentwicklungen, so würde sich herausstellen, profitierten jetzt auch wir verwirrten Veteranen des roten Jahrzehnts in Deutschland.

Der Psychotherapeut Dr. Walter Oppenheimer, dem ich mich schließlich anvertraute, residierte in einem winzigen, dabei nicht unluxuriösen ebenerdigen Kubikel, dessen bodentiefe Fenster in einen novemberlichen Garten hinausgingen. Der bald verschneit war, dann frühlingsgrün wurde, anschließend sommerlich, dann wieder herbstlich und noch einmal winterweiß. Die ab jetzt zweiwöchentliche Trambahnfahrt zur Psychotherapie führte die Weinsteige hinauf und endete in einer Allerweltseinfamilienhausgegend. Der Blick aus dem gelben Straßenbahnwagen in den weiten Talkessel. Die dramatisch wechselnden Perspektiven ausgedehnter historistischer Bürgeranwesen und Gärten am Hang über und unter mir. Der Gang von der Endhaltestelle an einer Lebensbaumhecke entlang. Das Abreißen und Verreiben eines Zweigleins zwischen den Fingern wurde zum Ritual. Der ätherisch-würzige Geruch und die schwachgrüne Färbung meiner Finger begleiteten mich auf die Couch mit dem Blatt Küchenrolle auf dem Kopfkissen. Das fast nicht zu überwindende Bangen vor und Körperzittern während der ersten Sitzungen. Das nahegelegene Hallenbad, in dem ich nach Beendigung der Therapiestunden meine Bahnen zog. Oppenheimer eröffnete die Behandlung mit einem Schachzug, der, wie man sagt, »schon die halbe Miete war« und vor allem jene quälenden Depersonalisierungsanfälle schlagartig beendete. Er sagte nämlich trocken, sachlich und nicht besonders einfühlsam, wenn er mich für »präpsychotisch« halten würde, könnte er mich sowieso nicht in Behandlung nehmen. Das würde er »sich nicht zumuten wollen«. Wodurch meine Zweifel an der Verläßlichkeit und Funktionsfähigkeit meines Selbst durch eine Art

»Outsourcing der Selbstgewißheit« beruhigt und mein Vertrauen in mich selbst fast über Nacht wiederhergestellt wurde.

Jene Zustände sind seither auch nie wieder aufgetreten. So wenig wie die jugendbewegt marxistisch-leninistische Dringlichkeit, die meine Gedanken und Handlungen bis dahin in detaillierteste Verästelungen bestimmt hatte. Es war das Ende zuvor allgegenwärtiger Grübeleien über Fragen der Art, ob das Werk Franz Kafkas denn tatsächlich, wie der Bannfluch Georg Lukács' gelautet hatte, eine »Widerspiegelung« der Fäulnis des absterbenden Hochkapitalismus sei – und ob meiner glühenden Kafka-Faszination folglich etwas schuldhaft Bourgeoises anhaften könnte. Dann wieder hatte in den Jahren vor meinem Zusammenbruch die beunruhigende Frage im Raum gestanden, wie ich meinen Genossen klarmachen könnte, warum ich nicht als »Bildungsbeauftragter« in den MSB-Ortsgruppenvorstand eintreten wollte. Der wirkliche Grund meiner Weigerung war, daß ich wenigstens einen Teil meiner Arbeitskraft und Studierzeit vor den Sektenanforderungen in Sicherheit zu bringen strebte, statt wie die meisten anderen Gruppenmitglieder nur noch zum Schein zu studieren – in Wahrheit waren meine Genossen längst Berufspolitiker. Ich wollte so nicht leben. Was ich aber nicht offen zu sagen wagte. Und so weiter. Es war ein unfreies und gedrücktes Agieren und Gedankenleben im MSB Spartakus gewesen: voller Zwanghaftigkeiten, Skrupel, Selbstzweifel und Schuldgefühle. Durch die Entscheidung zur Psychoanalyse war etwas anderes in den Vordergrund getreten. Ich hatte nicht nur mein Selbst behelfsmäßig ausgelagert, sondern auch eine neue Respekts- und Wertschätzungsfigur in meinem Leben installiert. Psychoanalytischer Umgang mit meinem Inneren – deliberativ, liberal, rational, ironisch, lebensorientiert – trat an die Stelle der sadistisch fordernden und strafenden Über-Ich-Strukturen des Pietismus und Leninismus. Noch heute, beim Niederschreiben, fühle ich, wie befreiend es war, bei Oppenheimer plötzlich vor die richtige Schmiede gekommen zu sein. Statt der pseudopolitischen Beklemmungen und Bedrücktheiten öffnete sich mir während der nächsten zwei Jahre (»in unseres Lebensweges Mitte, als ich mich fand in einem dunklen Walde«) ein Blick auf mein bisheriges Leben, das von da an eine grundlegend planwidrige Wendung nehmen sollte. Damals wußte ich noch nicht, daß die in jenen Herbsttagen plötzlich zutage getretene Fragilität meines Selbst sich in den nächsten Jahrzehnten als Grundlagenqualifikation eines lebenslangen Schreibprojekts und einer Lebensreise durch sieben fremde Städte und Länder erweisen sollte. Fragilität und Fragilitätstoleranz wurden Qualifikationen für ein Auslandsleben, in dessen Verlauf ich ein halbdutzendmal psychisch zerfallen und mich wieder zusammensetzen mußte. Denn ich war, wie sich herausstellen würde, in London oder New York allen Ernstes ein anderer Mensch als in Krakau oder Tiflis, in Tokio wiederum ein ganz anderer als in Bratislava oder Minsk. Und die Fragilität meines Selbst wurde über diesen Wandlungen zugleich zur Voraussetzung einer Schriftstellerei, die meine De- und Rekonstruktionsprozesse begleitete. Daß die Konstellation von Selbst, Es, Ich und Über-Ich in meinem Fall ein bißchen *wobbly* zu sein schien, daß sich aus ihrem Zusammenspiel offenbar nicht in jeder Situation ein schlüssig selbstgeleiteter Charakterorganismus herstellen wollte, war lebenspraktisch – für Karriere, Ehe und gesellschaftliche Arrivierung – zwar ein Nachteil. Für mein inneres und schriftstellerisches Leben aber würde es sich als die entscheidende Chance herausstellen.

Schon daß ich meine über lange Jahre gußeisern festgehaltene Mitgliedschaft und Mitarbeit im MSB Spartakus in jenen Monaten mit federleichter Nonchalance aufzugeben in der Lage war, beweist mir im Rückblick, daß die Lebensrolle »intellektueller Jungkommunist«, für deren Verkörperung mein Selbst während der letzten Jahre die Charakterchargen »Ich«, »Es« und »Über-Ich« in jener neurotischen Dringlichkeit angehalten hatte, ungefähr so zufällig gewesen war wie die Doppelverkörperung der Romanfigur Vito Corleone durch Marlon Brando und Robert de Niro in »The Godfather« – um einen Film zu erwähnen, den ich damals anschaute, sooft er in einem Stuttgarter Kino auftauchte. Vor dem Eintritts- und Aufnahmeakt im November 1974 waren mir meine zukünftigen Genossen als die interessantesten und ernstzunehmendsten gleichaltrigen Gesprächspartner an der provinziellen Stuttgarter Universität schrittweise immer unentbehrlicher geworden. Die rotsilberne Anstecknadel mit dem Verbandsemblem – geballte Faust an aufgeschlagenem Buch – hatte eine fetischhafte Anziehungskraft entwickelt. Nach dem Eintritt war alles ganz anders gewesen. Die sich mehrmals wöchentlich bis spät in die Nacht hinziehenden Mitglieder-, Sektions- und Schulungssitzungen verwirrten mich bis zur Verzweiflung. Ich hatte plötzlich kaum Zeit mehr für mein zuvor mit träumerischer Hingabe betriebenes Studium. Das Flugblattverfassen und -verteilen nahm viel Zeit in Anspruch. Das Herumstehen im Institutsfoyer, um meinen Kommilitoninnen (denen ganz andere Avancen zu machen mich insgeheim dringend verlangte) das Verbandsorgan »Rote Blätter« anzudrehen, wurde zu einer Selbsterniedrigung, der ich mit Schweißausbrüchen entgegensah. Konspirative Einreisen in die DDR wurden organisiert, wo man mich in jugendherbergsartigen Einrichtungen bei Potsdam und Dresden marxistisch-leninistisch »schulte«. Die Depressionen, die mich dort anwandelten, galt es sorgfältig geheimzuhalten, sogar vor mir selbst. Denn wenn der »real existierende Sozialismus« so aussah, so roch, offensichtlich so wenig funktionierte und menschlich so wenig gelungen und inspirierend wirkte, wie ich ihn bei diesen Aufenthalten erlebte – wozu dann das alles? Unterdessen verwandelte sich meine bildungsbürgerliche Herkunft in einen Makel, der stärker war als jedes Argument. »Ha woisch, der isch halt kleinbürgerlich. Mit dene Leit kohsch nix mache«, hatte, wie ich zufällig mithörte, ein alter DKP-Genosse, den ich wegen seines Widerstands in der Nazizeit sehr verehrte, zu einer Funktionärin gesagt, die sich nach einer Sitzung irgendeines »Berufsverbote-Ausschusses« bei ihm beklagte, daß ich ihr des öfteren widersprach. Das pietistische Sündhaftigkeits- und Verworfenheitsbewußtsein meiner Kindheit und Schulzeit, das mir in den Jahren nach dem »Evangelisch-Theologischen Seminar« schrittweise abzulegen gelungen war, erlebte eine politikförmige Auferstehung. Ich wollte damals sein, was ich nicht war. Ich hatte ein paar Jahre lang in einem nur mir selbst sichtbaren Film eine selbstentworfene Figur irgendwo zwischen Friedrich Engels, Karl Liebknecht und Leo Trotzki zu spielen versucht. Jetzt lief schon der Abspann. Bald würde im Kinosaal das Licht angehen.

Ich verließ das marxistisch-leninistische Kopfkino 1980 schließlich, ohne mich noch einmal umzusehen. Andere Genossinnen und Genossen meiner Gruppe hatte der Übergang von der Studentenpolitik zur Berufssuche existentiell aus der Bahn geworfen. Eine von ihnen hatte sich nach dem Examen das Leben genommen. Ich dagegen ersetzte das Projekt Weltrevolution mit mich selbst verblüffender Leichtigkeit durch das Projekt Selbstneuzusammensetzung. Offenbar war ich, vielleicht anders als viele meiner Genossen, in Wahrheit überhaupt nie ein besonders politischer Mensch gewesen. Meine Politisiertheit, begann ich zu begreifen, war auf neurotische Verschiebungen zurückgegangen. Ich lernte in Oppenheimers *studiolo*, daß ich unbewußte Wünsche und Ängste, so wie es Freud anhand der Traumarbeit analysiert hatte, mit seltsam um ihre eigene Achse verdrehten Realitätsmaterialien kostümiert hatte. Nämlich mit Versatzstücken aus der Geschichte der Arbeiterbewegung, die mich in Wahrheit nicht das geringste anging. Mein angeblich politischer Anfall der Jahre 1974 bis 1980 projizierte innere Unsicherheiten, deren ich mich schämte und die deshalb einer Zensur meines Wachbewußtseins zum Opfer gefallen waren, in den Raum öffentlichen Räsonnements und Engagements. Und damit krankmachenderweise in eine Sphäre, wo sie sachgerechter Bearbeitung entzogen waren und jahrelang halbbewußt weiterschwiemelten. Aus Leo Löwenthals Autobiographie »Mitmachen wollte ich nie« würde ich mir etwas später seine Analyse der radikalisierten amerikanischen Universitätsjugend ins Tagebuch exzerpieren – durchaus mit selbstkritischer Intention. »Besonders hier in Berkeley«, schrieb Löwenthal 1980 über seine politisch stürmenden und drängenden kalifornischen Zöglinge der siebziger Jahre, »hatte ich bald den Eindruck, daß es sich im wesentlichen darum handelte, gewisse psychologische Bedürfnisse zu befriedigen, anstatt realistische politische Ziele zu verwirklichen, und es gibt genug Beispiele, wie mit

der Zeit diese privatpsychologischen Projektionen sich nicht selten in Frustrationen und Tragödien im Studentenkreis übersetzten.«
Ehrliche Selbstbeobachtung über die Jahre und Jahrzehnte hat mir seither die meisten meiner politischen Meinungen – gerade die, an denen ich mit dem größten emotionalen Engagement hing – als solche »privatpsychologischen Projektionen« verständlich gemacht. Und auch bei anderen politisch engagierten und meinungsstarken Menschen bin ich, besonders bei links oder rechts »radikalen« Meinungsäußerungen, das Gefühl selten losgeworden, daß es diesen Zeitgenossen und -genossinnen vor allem um ihre eigenen Konflikte und Befindlichkeiten ging und viel weniger um die politischen Ziele, mit denen sie ihre Intentionen und Bedürfnisse wie durch das Hantieren mit Theaterrequisiten zugleich ausdrückten und versteckten. Ich hatte mich während meiner politischen Jahre, die schlagartig zu Ende gegangen waren, als eine Figur in einem Gesellschaftsroman erfunden. Zugleich war meine Verwandlung von Politik in Psychoanalyse um 1980 ein *essayistischer* Moment. Mein Selbst, lernte ich damals, war kein Festkörper oder gar Schwerbelastungskörper, wie mir das Selbst vieler Zeitgenossen noch heute vorkommt. Mein Selbst glich vielmehr einem Schwamm: durchlässig für Strömungen und Trends, saug- und aufnahmefähig für die geistigen Schweb- und Nährstoffe seiner gesellschaftlichen Umgebung. Tatsächlich: Ich war ein intellektuell erlebnisfähiger Schwamm. Je mehr ich mich in den nächsten Jahren daran gewöhnte, klandestin in jenem Traumzimmer hinter dem Laden zu leben, nachzudenken und mich umzusehen, desto einleuchtender wurde mir die »Kontingenz« des Selbst, die Richard Rorty 1989 analysiert hat. Das moderne Selbst war nur noch »ein menschliches Etwas«, das »sich in einer allgemeinen Nährflüssigkeit« bewegt, so hatte es Robert Musil schon 1930 beschrieben. Personifizierte Schwammintelligenz, durchströmt von einer Ursuppe gesellschaftlicher Identifikationsangebote. Es ist eine Existenzform und historische Lage, die ernsthaftere Naturen als mich in Selbsthaß, Verzweiflung und Selbstaufgabe getrieben hat. Aber einem eher spielerischen Charakter wie dem meinen bot das Leben als Schwamm ebenso viele Chancen, das Selbst in wechselnden Lagen aufzugeben und neu zu justieren – und während alldem aufzuschreiben, was da passiert. In meiner scheinpolitischen Phase hatte ich mich zum ersten Mal und ohne es zu wissen als Essayist verhalten. Die linke Gesamtstimmung des Gemeinwesens vor und nach 1968 hatte mir als eine Art Kostümkammer gedient, die Selbst, Ich, Über-Ich und Es in seltener Gemeinsamkeit aufgesucht hatten, um die unverstandenen eigenen Befindlichkeiten mit einer allgemeinverständlichen Rolle auszustaffieren. Jetzt mußte ich eine neue einstudieren. Das 1980 zumindest intuitiv verstanden zu haben, würde sich in den folgenden Jahren als der Ursprungsmoment einer Lebens- und Schreibhaltung herausstellen.

»Ich habe gehört, daß die Russen vom toten Punkt (sick point) sprechen«, schrieb der »Gestalt«-Gründervater Fritz Perls. Der vornehme Berliner Philosophiestudent, Max-Reinhardt-Schauspieler, Arzt und Psychoanalytiker der zwanziger Jahre war nach einer langen, verschlungenen Lebensreise als verzauselter Weiser im kalifornischen Big Sur unter Hippies, Systemtheoretikern, Popmusikern, Internet-Pionieren und Lebenskünstlern alt geworden und verfaßte 1969 eine sympathisch durchgeknallte Autobiographie, die ich ausweislich einer Notiz auf dem Vorsatzblatt 1981 gekauft habe. »Sie sagen, daß im Zentrum der Neurose ein Kern steckt, der nicht zu behandeln ist. Aber die Energien rund um diesen Kern lassen sich neu organisieren und sozial nutzbar machen.« Ich hatte mir den Satz damals dick angestrichen. Vierzig Jahre später weiß ich, warum. Das Leben, scheine ich heute zu wissen, gelingt, falls es gelingt, als eine Art Laubsägearbeit, Buntpapiercollage oder Streichholzkathedrale: Wir basteln aus den Materialien einer glücklichen oder unglücklichen Kindheit ein Erwachsenenleben, für das wir dann, anders als für unsere Kindheit, Verantwortung übernehmen können. Das Projekt einer Neuorganisation meiner psychischen Energien rund um den unheilbaren »sick point« einer ödipalnarzißtischen Enttäuschung wurde um die Jahreswende 1981/82 zum Ziel der gemeinsamen Arbeit mit Dr. Oppenheimer. Liebeskummer als Meditationstechnik: Es galt, aus den unheilbar infantilen Spuren einer frühen und fundamentalen Verwundung etwas zu basteln, das einerseits dem zerstörten Kindertraum glich, andererseits mit der Welt vereinbar war und nicht mein Leben zerstörte. Der Kern meiner narzißtischen Neurose hat sich in den Jahren auf der Couch dann auch als nicht wirklich behandelbar erwiesen. Aber es war ein vorläufiger Ersatz für die Heilung, daß sich »die Energien rund um diesen Kern neu organisieren und sozial nutzbar machen« ließen. Ich begann zu begreifen, daß ich durch realitätsorientierte Lebensarbeit meinen infantilen Liebeskummer zu einer Lebenstechnik umarbeiten konnte, auf seinem Grund vielleicht den Weg zur Erlösung von mir selbst finden würde.

JULIA FIEDORCZUK

PSALMEN

Gedichte

PSALM I

M. M.

manche gedichte kann man nicht mehr schreiben.
manche ließen sich nicht früher schreiben.
nachts die verzweiflung wegen der kinder, ertrunkener
kinder, erhängter kinder, verbrannter
kinder, vernichteter kinder, der kuscheltiere von
kindern im zerschellten flugzeug, denn muttersein
gilt lebenslänglich, und die verzweiflung sucht nach attraktionen
und käuflichen formen, um sich in diese zu kleiden,
um sich zu bedecken, sich zu schirmen;
also schweig lieber, sag ich, also sag ich: behütet seien
eure gebeine, nicht eines von ihnen wird zerbrochen, sagen wir,
»es wird euch an nichts mangeln«, sagen wir,
»wie ein baum gepflanzt an wasserbächen« –

PSALM III

In welcher sprache soll ich zu dir sprechen, sonne, damit du morgen für mein
kind aufgehst, damit du aufgehst und das nährende gewebe weckst

den kreislauf,

wie soll ich das singen für mein kind, wie soll ich dir singen, planet, damit du
verzeihst, daß ich hunger gebar, daß ich sie gebar

die frage

ganz ohne anlaß, wie soll man sich die gunst der kleinen schöpferinnen sichern,
der bakterien,
sauberen regen luft glukose

la la

daß wir uns betten und einschlafen, daß wir erwachen und daß wir uns betten
und einschlafen, daß wir erwachen, oh schwerkraft:

la la
daß du uns bettest und einschläfst und daß du uns aufweckst?

PSALM IV

einundvierzig jahre menschenleben ohne krieg
ob ein körper ausreicht
(unversehrt nach dem winter der schlechten botschaft die ferien)

(unversehrt nach dem frühling der schlechten botschaft von 2500 ertrunkenen)
das sind die deinen und
nicht die deinen

(unversehrt in den städten des grünkohls den städten ohne gluten)
erhoffen wir uns leben
unsere lebensdauer hat sich verdoppelt und nimmt weiter zu

(unversehrt in den gut bewirtschafteten wundern der natur)
fürchte dich nicht
(im pixelregen im labyrinth des künstlichen hungers)

hab keine angst, töchterchen
die zahl unserer experten steigt immer weiter
erhoffe dir leben
immer mehr leben

(in der roten wüste unter der hohen azurblauen woge)
hab keine angst
töchterchen mein nicht mein

auf den grünen weiden
töchterchen mein – nicht mein
dort ist es still dort gibt es nahrung bodenlos
(unversehrt nach dem winter dem frühling der schlechten botschaft die ferien)
das sind die deinen die menschen das sind keine –

PSALM VII

j. cz.

ich habe die wurzel keimenden getreides gesehen
an dieser stelle will ich den tempel erbauen
ich habe das blanke skelett der eidechse gesehen
von ameisen sauber entfleischt
an dieser stelle will ich den tempel erbauen

ich erkenne den hunger der kleinsten
das bittere korn der sprache
dicht an der erde geflüstert
in den beharrlichen wind

ich habe sonnenlichtsäulen gesehen
die bis an den meeresboden reichten
an dieser stelle will ich schutz suchen
in schwärmen namenloser fische

im vergifteten wasser
in der angst der schimmernden kleinsten
den salzigen worten der zunge
welle um welle

»so verfolge der feind meine seele
und ergreife sie und trete mein leben zu boden«
an dieser stelle will ich den tempel erbauen
an dieser stelle will ich schutz suchen
um dem kleinsten ernährung zu sein
in welle um welle gewöhnlicher menschenzeit

und die freude der gerechten zu erkennen an lungen magen händen
und der zunge
in der man mir sprach
bevor sie war bevor ich war –

PSALM X

mit der klinge des aprillichts aus dem himmelshintergrund geschnittene
wolkentupfen, dasselbe licht weckt hier und jetzt
eine frau

vom rot des aprildämmers untermalter vorhang
des regens, dasselbe wasser formt hier und jetzt
eine frau

vom dunkel der aprilnacht enthüllte körper der sterne,
dieselbe finsternis erfüllt hier und jetzt
eine frau.

mensch
aus erde geboren
weckt angst –

PSALM XII

aufstehen vor dem dämmer, die helle
Venus über den kiefern, dunkle
dunkle stämme, die wurzeln gehn tief
in den menschlichen körper die zeit
(wir sagen meine, wir sagen unsere)
zieht den dunkelblauen lack
von den stillen häusern und
in den tiegel erde eingebrannt
der wahrste, frische tag,
                                        da:
vor siebzehntausend jahren schon
formte jemand eine tierfigur
das erste buch
begann mit dem wort: zorn –

PSALM XVIII

nachts schwappt ihre angst in meine träume, nichts
besonderes, im baumwollnen obdach erwacht
lachen wir über wasserdunkel, dichtes gewölk, schwingen
des windes in den ritzen des hauses und der warschauer himmel
tut leise das seine zeigt uns nur die rückseite,
das innere der hand; wenn ein taubenschwarm
in ihren augen schaukelt, ihre bloße seele, die seele
mit bloßem kopf läuft,
                              dem wind hinterher, sag ich
entschieden zur zeit: halt ein, und eine sekunde
scheint es mir, daß –

Aus dem Polnischen von Esther Kinsky

DENIZ UTLU

DIE RÜCKSEITE DER WORTE

I Erfahrungen und Beschreibungen

Wie beschreibe ich einen Kuß?
Wie erzähle ich von einem Kuß?
Von einem zweiten, ganz anderen. Und von einem dritten.
Wer »Kuß« liest, hat sofort ein Bild im Kopf. Die einen erinnern sich an ihren letzten Kuß, andere denken an eine Filmszene, wieder andere an einen erträumten Kuß, von dem sie sich wünschen, daß es ihn gäbe. Wie erfahren sie durch Worte etwas über einen Kuß, von dem sie vorher nichts wußten? Dessen Existenz sie vorher noch nicht einmal geahnt haben. Lesen heißt erfahren. Schreiben heißt allerdings nicht, jene Erfahrung für Lesende herzustellen. Schreiben kann Zugang zu einer Erfahrung verschaffen, aber das ist nicht der Zweck – denn dann gäbe es kein Schreiben ohne Lesende. Ich habe lange gebraucht, um zu verstehen, daß der Schreibprozeß genauso wichtig ist wie die Veröffentlichung des Geschriebenen, vielleicht sogar wichtiger. Wenn es überhaupt eine Antwort auf die Sinnfrage geben kann, dann liegt sie im Schreiben, nicht im Veröffentlichen. Und zwar deshalb, weil es, im Sinne von Camus, für den absurden Menschen nicht mehr um Erklärungen und Lösungen geht, »sondern um Erfahrungen und Beschreibungen«. Camus entwickelt diesen Gedanken in seinem berühmten Essay »Der Mythos des Sisyphos«, den er mit der Frage beginnt, ob sich das Leben lohne oder nicht. Der erste Satz lautet: »Es gibt nur ein wirklich ernstes philosophisches Problem: den Selbstmord.« Die Dringlichkeit des Textes läßt für mich keinen Zweifel daran, daß die Frage für Camus offen, das Problem noch nicht gelöst war, als er mit der Arbeit an seinem Essay begann, und daß es für ihn keineswegs klar war, ob er dessen Vollendung überleben würde, denn: »wenn es wahr ist, daß (…) ein Philosoph, der ernst genommen werden will, mit gutem Beispiel vorangehen müsse, dann begreift man die Wichtigkeit dieser Antwort, da ihr dann die endgültige Tat folgen muß«. Diese Radikalität fordert das Schreiben ein. Schreiben heißt, sich völlig offen in einen Prozeß der Veränderung ins Unbekannte zu begeben. Wenn der Text am Ende irgendeine Konsequenz haben soll, muß das zuallererst für die Person gelten, die ihn verfaßt. Insofern bin nicht nur ich es, der einen Text schreibt. Auch umgekehrt gilt: Der Text schreibt mich. Die Verwandlungskraft des Textes spiegelt sich in der Wandelbarkeit des

Schreibenden. Aus diesem Grund wohnt dem Schreiben etwas Anarchistisches, Unberechenbares inne. Ich weiß nie, was der Schreibprozeß mit mir macht und wer ich sein werde, wenn ich einen Roman abgeschlossen habe.
Ich wußte auch nicht, daß ich ein anderer sein würde, nachdem ich einen Auszug (das letzte Kapitel) aus »Der Mythos des Sisyphos« gelesen hatte. Ich war vielleicht sechzehn Jahre alt und saß im Fach »Werte und Normen« bei einer Aushilfslehrerin, von der wir wußten, daß sie katholische Nonne war. Ich erinnere mich noch daran, wie ich mich vom Schulsystem hintergangen fühlte. Wir, die nichtchristlichen Schüler und Schülerinnen, für die doch, wie ich damals glaubte, dieses Fach eingerichtet worden war, um uns nach dem säkularen Versprechen des Staates – das es so natürlich nie gab – nicht die christliche Religion aufzudrängen, sollten von einer Nonne unterrichtet werden. Mein Verdacht erwies sich als Vorurteil. Die Lehrerin nahm meine Rebellion ernst. Sie ließ zu, daß ich einen Song der Punkband Propagandhi mit dem Titel »Fuck Religion« der Klasse vorspielte, und zwar bis zum Schluß – die letzten ein bis zwei Minuten bestehen nur aus einer Wiederholung von »fuck religion«. Ich wollte mit dem Song meine Lehrerin beleidigen und mangels anderer Mittel auf diese Weise ausdrücken, daß ich den Versprechen der Institutionen nicht traute. Darüber hinaus verstand ich wenig davon, worum es in dem Text ging. Die Lehrerin sah über meine beleidigende Absicht hinweg und analysierte mit mir und der Klasse in aller Seelenruhe das Lied. Stimmte einigen religionskritischen Aspekten zu, erklärte, weshalb anderes fahrlässig verkürzt sei – über den Antisemitismus des Textes sprachen wir meiner Erinnerung nach damals gar nicht. In ihrem Unterricht las ich, daß wir uns Sisyphos als glücklichen Menschen vorstellen müssen. Sie hatte jenes Kapitel für uns kopiert und im Unterricht verteilt. Mir war es nicht gelungen, sie zu verletzen, aber sie gab mir etwas mit, das mein Weltbild auf den Kopf stellte. Ich kann ohne Übertreibung sagen, daß nach der Lektüre ein neues Leben für mich begann. Ich wußte aufgrund einiger persönlicher Erlebnisse bereits, was Verzweiflung heißt. Und jetzt sagte jemand, es gebe kein Schicksal, das nicht verachtet werden könne. Das Schlimmste, was uns passieren könne, sei die Verzweiflung. Aber gemeint war damit nicht, daß Verzweiflung besonders schlimm sei, vielmehr las ich darin Trost: Was kann schon geschehen, wenn alle Stricke reißen, bist du eben verzweifelt, na und? Es ist immer noch Leben, immer noch Erfahrung, immer noch etwas, das sich beschreiben läßt. Zumindest, wenn es gelingt, die Verzweiflung zu überwinden, denn in ihr selbst liegt nichts Produktives. Nach der Lektüre war ich verstört. Als hätte man mir ins Gesicht geschlagen. Ich war nicht darauf vorbereitet gewesen, daß ein wenig Druckerschwärze auf dem dünnen Kopierpapier der neunziger Jahre innerhalb einer Dreiviertelstunde einen anderen Menschen aus mir machen würde. Ich

weiß nicht, ob die Erinnerung stimmt oder ob sie fiktional ist – das ist falsch formuliert, es muß heißen: Ich weiß nicht, ob die Erinnerung fiktiv ist oder nicht, aber sie stimmt: Nach dem Unterricht blieb ich noch einmal stehen, lief zurück, drängelte mich an den Mitschülern und Mitschülerinnen, die in die Pause wollten, vorbei zu unserer Lehrerin und bedankte mich für jenen Text. Ihre Augen lächelten mich an. Sie, die Nonne, wußte genau, daß gerade etwas in mir geschehen war, womöglich etwas, das einer religiösen Erweckung ähnlich war. Sie hatte gewonnen, ich aber auch.

In einem Tagebucheintrag Camus' aus den dreißiger Jahren las ich später folgende Notiz zu seinem Romanprojekt »Der glückliche Tod«:

»Ich sehe diesen Mann vor mir. Er ist in mir. Und jedes Wort, das er spricht, bedrückt mein Herz. Er lebt und atmet mit mir. Er hat Angst mit mir.

… Und jener andere, der ihn in die Knie zwingen will. Auch ihn sehe ich leben. Er ist in mir. Ich schicke ihm den Priester, um ihn jeden Tag zu schwächen.

Ich weiß, daß ich jetzt schreiben werde. Es kommt eine Zeit, da der Baum, nachdem er viel gelitten hat, Frucht tragen muß. Jeder Winter endet in einem Frühling. Ich muß Zeugnis ablegen. Nachher wird der Kreislauf neu beginnen.

… Ich werde nichts anderes ausdrücken als meine Liebe zum Leben. Aber ich werde sie auf meine Art ausdrücken …

Andere schreiben verdrängter Versuchungen wegen. Und jede Enttäuschung ihres Lebens schenkt ihnen ein Kunstwerk, eine aus den Lügen ihres Lebens gesponnene Lüge. Meine Werke aber werden aus meinem Glück entstehen. Bis in ihre Grausamkeit hinein. Ich muß schreiben, wie ich schwimmen muß, weil mein Körper darauf besteht.«

Eigentlich hatte ich damals keine Ahnung, wovon Camus an jener Stelle sprach. Letztlich handelte es sich nur um einen Tagebucheintrag, und zwar um den eines Schriftstellers, also um einen Text, der wenig vertrauenswürdig war, weil der nicht notierte Teil, also das ungesagte Komplementäre im Kopf des Autors, dabei eine große, möglicherweise alles verändernde Rolle spielt. Aber ich notierte diese Sätze, und sie wurden zu einem Kompaß. Es war, als hätte ich sie in meinem eigenen Tagebuch gelesen, als hätte ich sie vor langer Zeit aufgeschrieben und müßte mich jetzt wieder an sie erinnern. Ich spürte ihre Wahrheit in meinem Körper. Und ich wußte, ich brauchte meinen Körper, um zu schreiben. Ich mußte spüren, wahrnehmen, erfahren, lieben, leben. Um dann Zeugnis abzulegen. Vor wem? Das war vollkommen gleichgültig. Aber falls jemand lesen sollte, was ich schrieb, sollten meine Texte jene verändernde Kraft entfalten, die mich selbst so überrumpelt hatte an jenem Tag im Unterricht. Mir war damals – obwohl so naheliegend – noch nicht klar gewesen, wie sehr das Schreiben auch mich selbst verändern würde.

Meinen ersten Roman »Die Ungehaltenen« habe ich in die Welt hinausschreien wollen, eine Umwandlung der Wut in meinem Bauch in Worte. Aber während des Erzählens ist die Wut versiegt, oder wie Frantz Fanon schreibt: Ich schreie nicht mehr. »Denn schon lange ist der Schrei aus meinem Leben gewichen.« Nach meinem zweiten Roman »Gegen Morgen« war ich zum ersten Mal in der Lage, die Zeichen, die die Zeit meinem Körper zufügt, zu feiern, Vergänglichkeit als eine Bedingung des Lebens zu begreifen. Ich wußte beim Schreiben nicht, daß sich dieses neue Lebensgefühl einstellen würde. Wenn ich mich hätte entscheiden können, hätte ich meine Wut als Mittzwanziger vielleicht bewahren wollen. Ich wußte nur, ich mußte schreiben, was immer auch die Konsequenz sein mochte. Es gibt nichts Radikaleres, als wandelbar zu bleiben. Max Frisch würde hinzufügen: und nichts Lebendigeres. Vielleicht ist am Ende sogar ein untröstlicher Text noch auf der Suche nach den Kanälen der Lebendigkeit. Wenn die Lebensdauer nicht verlängert werden kann, muß das Leben intensiviert werden, so Camus' Überlegung, die ihn zu dem Schluß führt, daß es beim (absurden) Roman ums Erfahren und Beschreiben gehen müsse (und nicht ums Überzeugen). Hier kann leicht mißverstanden werden, daß der Roman als Kunstwerk bleibenden Charakter haben oder wenigstens seinen Verfasser überdauern müsse: Ich kann nicht ewig leben, aber ich hinterlasse etwas, das bleibt. Das ist aber gerade nicht die Intensivierung durch Erfahrung, von der Camus spricht. Schließlich ist für ihn die Schauspielerei der Beruf, der dem Gedanken des Absurden am ehesten entspricht. Die intensive Erfahrung auf der Bühne, die nur für die Dauer der Aufführung Geltung hat und anschließend vorbei ist. Man kann darüber berichten, kann Aufnahmen davon zeigen, aber das Einmalige, das nur im Moment entsteht und sich auch bei der nächsten Aufführung nicht wiederholt, läßt sich nicht festhalten. In gewisser Weise kann jene Magie des Theatersaals auch im zeugenlosen Schreibraum des Dichters entstehen. Eine verlangsamte Bühnensituation, die offen ist, ohne Rezipienten, obwohl nicht nur die vierte Wand fehlt, sondern alle – das Eintauchen des Schreibenden in den Text bleibt. Die Figuren lösen sich los und erleben etwas, das ihr Autor gar nicht erwartet hätte. Oder er wußte genau, was sie erleben würden, aber war nicht vorbereitet auf die Emotionen, die das in ihm auslösen würde. Es kommt zu einer Verdopplung der Erfahrung, nämlich durch das Erleben des Schreibens und das Erleben dessen, was die Figuren tun. Auch deshalb ist Schreiben Intensivierung von Leben, unabhängig davon, ob der Text veröffentlicht wird und überdauern könnte.

Indes ist die Veröffentlichung keineswegs gleichgültig. Alle Texte sind letztlich unvollendet. Erst durch die Veröffentlichung sind sie für Schreibende vollendet oder zumindest abgeschlossen. Erst wenn der Autor, die Autorin den Text aus der

Hand gibt und seinem Schicksal überläßt, kann er, kann sie sich auch von ihm verabschieden und schließlich loslassen – vielleicht wie ich damals meine Wut – und so zu jenem inneren Wandel kommen. Für den Text ist die Veröffentlichung insofern wichtig, als er sich damit weiteren Eingriffen entzieht.

Was bedeutet Erfahren und Beschreiben aber konkret für einen Text, wie erfahre ich mit Worten, wie beschreibe ich, ohne meine Figuren, also letztlich die Welt, in der ich mich bewege, zu verurteilen? Wie stelle ich mich der Wahrheit der Figuren, ohne mich korrumpieren zu lassen von meiner Meinung und von dem, was die Welt im Augenblick für richtig oder falsch, gut oder schlecht, verdaulich oder nicht erachtet? Wie beschreibe ich einen Kuß, der wirklich ein Kuß meiner Figuren ist, in dem ihre Sehnsüchte und Ängste in einem sinnlichen Augenblick zusammenfließen? In James Baldwins Roman »Ein anderes Land« gibt es eine Stelle, an der eine der Hauptfiguren, Vivaldo, seinem Liebhaber Eric ein Geständnis macht. Und zwar mit Bezug auf den Selbstmord des gemeinsamen Freundes Rufus. Er erzählt, wie er Rufus' Freundin Leona zu sich nach Hause geholt habe, um sie vor den Mißhandlungen seines gewalttätigen Freundes zu schützen, und er dann die Nacht bei ihm geblieben war:
»Und ganz am Ende, als er im Bett lag, nachdem er geweint hatte, nachdem er mir – so viel Schreckliches gesagt hatte, lag er auf der Seite mit halb geöffneten Augen und sah mich an. Ich zog meine Hose aus, Leona war bei mir zu Hause, und ich hatte vor, bei Rufus zu bleiben, ich hatte Angst, ihn allein zu lassen. Als er mich ansah, kurz bevor er die Augen zumachte und sich von mir wegdrehte und einrollte, hatte ich das sonderbare Gefühl, daß er von mir in den Arm genommen werden wollte. Nicht um mit mir zu schlafen, wobei das vielleicht passiert wäre. Ich hatte das Gefühl, daß er von jemandem gehalten werden wollte, daß er jemanden halten wollte und daß es in dieser Nacht ein Mann sein mußte. Ich legte mich ins Bett und dachte darüber nach und sah seinen Rücken an, es war so dunkel im Zimmer wie jetzt hier in diesem, und ich lag auf dem Rücken und habe ihn nicht angefaßt und nicht geschlafen. In meiner Erinnerung ist diese Nacht eine Art Mahnwache. Ich weiß nicht, ob er schlief oder nicht, die ganze Zeit habe ich versucht, es an seinem Atem zu erkennen – aber das konnte ich nicht, er war zu abgehackt, vielleicht hatte er Alpträume. Ich habe Rufus geliebt, ich habe ihn geliebt, ich wollte nicht, daß er stirbt. Doch als er tot war, dachte ich daran – ist das nicht komisch? Ich wußte nicht, daß ich so viel daran gedacht habe – und ich habe mich gefragt, frage mich wohl immer noch, was passiert wäre, wenn ich ihn in den Arm genommen hätte, wenn ich ihn festgehalten hätte, wenn ich nicht – so ängstlich gewesen wäre. Ich hatte Angst, er würde nicht verstehen, daß es nur Liebe ist. Nur Liebe. Aber, mein Gott, als er starb, dachte ich,

vielleicht hätte ich ihn retten können, wenn ich nur diese Armeslänge im Bett überbrückt und ihn festgehalten hätte.«
Baldwin erzählt hier von der Leugnung einer sinnlichen Wahrheit. Um die tragischen Konsequenzen dieser Leugnung geht es auf den ersten knapp hundert Seiten des Romans. Wir wissen nicht, ob Rufus überlebt hätte, wenn Vivaldo in der Lage gewesen wäre, »die Armeslänge« zu überbrücken. Niemand weiß das. Aber selbst, wenn es ihn nicht vor seinem Selbstmord bewahrt hätte, so wäre er doch aus einer Welt gegangen, in der eine wahrhafte Berührung möglich ist. Diese wahrhafte Berührung, die erzählt, das heißt erfahren und beschrieben werden muß, kann an dieser Stelle des Romans nur durch ihre Abwesenheit erfaßt werden. Das Literarische – also das Wahrhaftige des Schreibens – liegt paradoxerweise oftmals jenseits der verwendeten Worte, vielleicht auf ihrer Rückseite, vielleicht in weiter Ferne. In Baldwins Text fällt die sinnliche und begriffliche Erfahrung einer Berührung zusammen, obwohl oder gerade weil die Figur es versäumt, sie zu vollziehen. Die sinnliche Begegnung findet auf der Ebene der Sprache statt. Manchmal kann ich einen Kuß nur beschreiben, indem ich ihn auslasse.

II Selbstermächtigung

Camus hatte durch seine Vorstellung vom Absurden einen Denk- und Fühlprozeß bei mir ausgelöst, der zunächst weniger mit meinem Schreiben als mit meinem alltäglichen Leben zu tun hatte. Meine eigene Schreibpraxis blieb unreflektiert. Ich mußte das Schreiben nicht bewältigen. Es war die Bewältigung des Lebens selbst. Erst allmählich fiel mir – nicht ohne Angst – auf, daß das Schreiben immer mehr aus einer Bewältigungsstrategie herauswuchs und sich in einen Lebensmodus wandelte, eigentlich – ohne, daß mir das klar gewesen wäre – nie etwas anderes gewesen war. Bis zu den ersten Buchveröffentlichungen führte das zu einem Widerspruch in meinem Leben, der nur schwer auszuhalten war. Das Schreiben war mein Zuhause, aber der Literaturbetrieb war mir fremd. Nicht nur fremd, ich empfand ihn als bedrohlich. Ich hörte und las, daß die Verlage Tausende Manuskripte zugesandt bekommen. Weshalb sollten sie gerade meins lesen? Ich hörte, daß Verbindungen wichtig waren. Ich hatte keine. Ich kannte nicht einmal jemanden, der welche hatte. Ich schaute mir in den frühen Nullerjahren die Gegenwartsliteratur an und stellte fest, daß es fast keine Autoren und Autorinnen mit türkischen Namen gab. Zwischen 1995 und 2010 existierten kaum deutschsprachige Autoren mit Türkeibezug, die in Publikumsverlagen Romane veröffentlichen konnten – mir fallen nur drei ein: Emine Sevgi Özdamar, Feridun Zaimoglu und Selim Özdogan. Natürlich gab und gibt es andere Schriftsteller von Rang, etwa Zafer Şenocak, die aber (vielleicht auch, weil sie es so entschieden hatten) eher in kleinen und Kleinstverlagen publizierten. Man muß sich vor Augen halten, daß es in den neunziger und Nullerjahren gerade die Gruppe der Türkeistämmigen war, die im wiedervereinigten Deutschland in die Rolle des Anderen gedrängt wurde. Nach *nine eleven* verwandelten sich diese Ressentiments allmählich in einen allgemeineren antimuslimischen Rassismus (den es natürlich vorher auch schon gab).

Was hat das mit dem Schreiben zu tun?

Ich glaube nicht, daß es eine Möglichkeit gibt, mich außerhalb meiner Zeit und ihrer Verhältnisse zu stellen. Selbst wenn ich das Privileg haben sollte, mich vor deren Zumutungen zu schützen, etwa durch Reichtum, Verbindungen und einen Status, in den ich hineingeboren wurde, ändert das nichts daran, daß ich in einer Zeit lebe, in der die meisten Menschen diesen Schutz nicht genießen. In einem literarischen Text sind Auslassung und Nichtgesagtes mindestens so relevant wie das Gesagte, denn erst da, wo der Text über sich selbst hinausragt, beginnt das Literarische. Ich kann einen Roman über mein privilegiertes Leben schreiben, von Abenden im Yachthafen von Saint-Tropez erzählen, aber, ob ich es will oder nicht, und auch wenn ich sie mit keinem Wort erwähne, befinden sich flüchtende Menschen auf unsicheren Schlauchbooten nur einige hundert Kilometer entfernt von meiner fiktiven Yacht. Im selben Wasser widerfährt ihnen ein ganz anderes Schicksal und jedes Sonnenbad auf dem Bug erzählt *ex negativo* auch von ihnen. Hier fallen das Politische und das Ästhetische zusammen. Sie stellen nunmehr ein und dieselbe Frage: Weiß der Text von den Auslassungen oder widerfahren sie ihm? Entsteht in ihm eine literarische Form für die Auslassung? Verändern sich Syntax oder Ton des Textes, auch wenn ich beispielsweise die Geflüchteten in der Nähe der Yacht mit keinem Wort erwähne? Wenn der Text von seinen Auslassungen nichts weiß, sie für ihn vielleicht sogar gar keine sind, wird das zum ästhetischen Problem: Dem Text fehlen bestimmte Schichten und Dimensionen, er bekommt eine Einfältigkeit, die ich nur noch mit stilistischen Mitteln, etwa Ironie, kaschieren kann. Aber zumindest mein Anspruch ist genau das Gegenteil: die Offenlegung. Genau hinzusehen, den Blick nicht abzuwenden, die Wahrheit der eigenen Geschichte auszuhalten, über die eigene Schmerzgrenze hinaus. Das ist eben eine ästhetische Frage, weil sie in den Klang, die Syntax, die Metaphorik und Erzählweise des Textes hineinwirkt. Es gibt natürlich auch die politische Frage nach der Verantwortung des Künstlers, die sich daraus ergibt. Diese muß in jeder Epoche neu gestellt werden. Ich will mich damit bei anderer Gelegenheit beschäftigen. Hier möchte ich über einen anderen Aspekt der Verantwortung nachdenken, nämlich jenen des Schriftstellers, der Schriftstellerin für das eigene Schreiben und Leben. Die psychosozialen Bedingungen des Schreibens haben eine poetologische Dimension, über die bisher wenig nachgedacht wurde. Ich versuche das zu verstehen anhand des eben erwähnten Widerspruchs zwischen dem Lebensentwurf des Schreibenden und der außenweltlichen Verwaltung seines Schaffens: In den neunziger und Nullerjahren war für mich bereits klar, daß ich ein schreibendes Leben führen wollte. Zugleich mußte ich mich in einer Gesellschaft einrichten, die in nicht unerheblichem Maße über Ausgrenzung funktionierte, deren Institutionen exklusiv waren, von Eliten bestimmt – mein frühes Mißtrauen gegenüber Institutionen bestätigte sich im Leben nach der Schule, und keine Nonne war in Sicht, die dieses Gefühl besänftigen könnte. Der Literaturbetrieb bildete hier keine Ausnahme. Wie sollte ich diesen Widerspruch aushalten? Meine Schreibsprache war deutsch. Das war keine Frage der Wahl. Ich beneidete den türkischjüdischen Schriftsteller Mario Levi, der sagte, er habe sich bewußt dafür entschieden, auf türkisch zu schreiben, er hätte auch ein französischer Autor werden können. Ich schaute auf zu Samuel Beckett, der sich entscheiden konnte, seine Schreibsprache zu wechseln. Diese Beispiele gaben mir zwar Hoffnung, nämlich, in ein anderes Land, in eine andere Sprache gehen zu können, wo andere Ausschlußkriterien galten, die sich besser mit dem vertrugen, was ich mitbrachte. Aber tief in mir wußte ich, daß ich diese Wahlmöglichkeit nicht hatte. Daß ich wie Celan und Canetti – ganz unabhängig von meiner Mehrsprachigkeit und meinem Wohnort – auf deutsch schreiben mußte, trotz allem. Ich wußte also, daß ich schreibend leben würde – ich meine das nicht ökonomisch, sondern existentiell –, ich wußte, daß das Mittel meines Ausdrucks die deutsche Sprache sein würde. Gleichzeitig war mir klar, daß die Chancen, mich im Betrieb zu behaupten, statistisch gesehen ziemlich gering waren, hinzu kam eine soziopolitische Strukturierung der Kulturindustrie, die für mich nachteilig zu sein schien. Überall, wo ich nach Auswegen suchte, lief ich in Sackgassen. Ich hörte, ich solle es nicht mit Lyrik probieren, das ginge mit meinem Namen kaum, und meine Prosa solle welthaltiger werden. Ich fragte, was »welthaltig« heiße? Immerhin hatte ich die Geschichte eines Jungen geschrieben, dessen Vater eben gestorben war und der das Trauma durch die Erfindung einer Liebe bewältigte. Erst Jahre später begriff ich, daß mit »welthaltig« gemeint war, die ethnischen und kulturellen Hintergründe der Figuren stärker herauszustellen. Damals verstand ich – zum Glück – einfach nicht, was man von mir wollte. Aber mir wurde klar, daß ich selbst Kriterien entwickeln mußte, die mir sagten, was die Literatur war, in der ich mich wiederfinden, die ich hervorbringen wollte. Ich tat mich mit meiner Handvoll Freunde zusammen, von denen ich wußte, daß auch sie schreibend leben wollten und ebenfalls wenig oder gar keine Verbindungen zu Kultureinrichtungen hatten. Wir lasen uns unsere Verse vor, wir feierten ihren Sound, und wenn er nicht paßte, feilten wir daran oder feierten den Sound des nächsten Textes. Wir redeten nächtelang über die Inhalte, machten uns auf die Suche nach weiteren

Schreibenden. Wir wurden zu unserer eigenen Instanz und es machte uns wenig aus, daß man jahrelang kaum Notiz von unseren Veröffentlichungen in selbstgegründeten Literaturzeitschriften und unseren Lesereihen in Kneipen und Foyers von Off-Theatern nahm. Wir überwanden auf diese Weise einen Widerspruch oder lernten ihn zumindest auszuhalten, einen Widerspruch, der sich sonst lähmend auf unsere schöpferische Arbeit hätte auswirken können – das war unsere Selbstermächtigung. Dieser Versuch – es ist immer ein Versuch, aber das ist schon mehr, als man sich manchmal erhoffen kann –, dieser Versuch, den etablierten Anerkennungsstrukturen ihre Autorität zu nehmen, hatte noch eine weitere, diesmal poetologische Auswirkung: Wir bestimmten alleine, welche Literatur uns wichtig war. Wir konnten uns Forugh Farrochsad vorlesen: »Ich starb an dir/Und doch warst du mein Leben/Du gingst mit mir/Du sangst in mir/Wenn ich ohne jedes Ziel/Durch die Straßen wanderte/Du gingst mit mir/Aus den dunklen Ulmen ludest du/Die verliebten Spatzen ein/In den Morgen unsres Fensters/Wenn es Abend wurde und dann Nacht/Wenn die Nacht nicht enden wollte/Ludest du aus den dunklen Ulmen/Die verliebten Spatzen ein/In den Morgen unsres Fensters.« Wir konnten Lesungen veranstalten, auf denen wir dem ernsten und todtraurigen Klang eines kurdischen Gedichts lauschten, ohne Übersetzung, um gleich danach schallend über eine Satire zu der Frage »Wo kommst du her?« zu lachen. Pathos war nicht wichtig. Humor konnte ernst sein. Wir entschieden – oft unbewußt –, welche literarischen Mittel wir angemessen fanden für unsere Erfahrung in jener Zeit in diesem Land. Gerade unsere so unterschiedlichen Erfahrungen des Ausgestoßenseins halfen uns, unsere eigenen Stimmen zu finden und uns gegenseitig dabei zu unterstützen. Dabei lernte ich auch die Ambivalenz von Autoren und Autorinnen auszuhalten, auf die ich mich berief, etwa die Tatsache, daß im großen ersten Roman von Camus, »Der Fremde«, der Protagonist einen Araber erschießt, der namenlos blieb – bis 2014 der algerische Autor Kamel Daoud seinen Roman »Der Fall Meursault – eine Gegendarstellung« veröffentlichte, in dem er jener in der Literaturgeschichte übergangenen Figur einen Namen gab. So bekam ich einen erweiterten Zugang zur Poetik jener Autoren und Autorinnen und wußte genau, daß beispielsweise ein Satz aus dem von mir so geliebten Tagebucheintrag Camus' »Jeder Winter endet in einem Frühling« seinen Ursprung bei den Barden des Nahen Ostens hat – ich kannte die Verse, die folgten, ich konnte sie in einer Version des alevitischen Dichters Aşık Daimi singen: »Jeder Winter endet im Frühling/Alles, was kommt, verschwindet wieder, weine nicht/Ich, Daimi, sage Dir, nicht jedermann findet Zugang zu diesem Geheimnis/Nur, wer spirituelle Reife erfährt, ist jenem Licht gewachsen/So kam auch Joseph mit Geduld in Ägypten an/Alles, was kommt, verschwindet wieder, weine nicht.«

Womöglich ist es genau das, was einen Kanon akzeptabel macht: nicht der Inhalt, sondern wie ich ihn lese. Und wie ich ihn immer wieder neu und anders lesen kann, so daß ich in ihm auch die Stimmen zu hören beginne, die lange keine Möglichkeit hatten zu erklingen.

III Suchende

In ihren Seminarnotizen zur politischen Erfahrung im 20. Jahrhundert schreibt Hannah Arendt: »Keine Theorien, vergessen Sie alle Theorien. Wir wollen mit der direkten Erfahrung konfrontiert werden, um diese Periode stellvertretend aufzunehmen.« Dies gelinge durch »schöpferische Einbildungskraft«, bei der es nicht darum gehe, so zu fühlen oder zu denken wie andere, sondern ihre Perspektive einzunehmen und von da aus den eigenen Gefühlen und Gedanken nachzugehen, denn nur »wenn man seine eigenen Gedanken denkt, kann man eigentlich erfahren, wenn auch auf eine vermittelnde Weise, stellvertretend«. Diese »politische Erfahrung« stellt Arendt der »privaten Erfahrung« entgegen. Wobei das Politische privat werden könne und umgekehrt. Es ist die politische Erfahrung – und nicht das Argument –, die aus ihrer Sicht Grundlage des Urteilens ist. Durch Arendts Unterscheidung läßt sich Camus' Anspruch an die Erfahrung differenzieren – immerhin bezieht sie sich in ihren Überlegungen auch auf seine Arbeiten, allerdings auf »Der Mensch in der Revolte« und nicht auf »Der Mythos des Sisyphos«. Der Aspekt der Intensivierung des Lebens durch Erfahrung bekommt so eine Ergänzung: Es gibt Erfahrungen, die ich aufgrund meiner gesellschaftlichen Position nie selbst machen kann, etwa das Ausgestoßensein aus rassistischen oder homophoben Gründen – allerdings kann ich meine »eigenen Gedanken« denken, »aber an der Stelle von jemand anderem«, wie Hannah Arendt schreibt. »Nur wenn man seine eigenen Gedanken denkt, kann man eigentlich erfahren, wenn auch auf vermittelte Weise, stellvertretend.« Debatten über Literatur mit marginalisierten Perspektiven haben häufig eine exotische oder voyeuristische Konnotation. So als wären diese Bücher nur interessant, weil sie Einblick in ein bestimmtes – migrantisches, schwules, verrücktes – Milieu geben. Aber wer außen stehenbleibt und meint, mal eben reinschauen zu können, verpaßt die Erfahrung. Es geht um die – durchaus schreckliche – Wahrnehmung der eigenen Wahrheit, im Schreiben wie im Lesen, die letztlich zu einer existentiellen Veränderung führen kann, manchmal ohne daß die Lesende oder der Schreibende das bemerken.

Arendt schreibt vom Erfahren als Grundlage des Urteilens. Literarisch interessiert mich vor allem die Vorstufe dazu, nämlich die Haltung. Die Arbeit an einem Roman verlangt nach der Kultivierung schöpferischer Einbildungskraft, die es ermöglicht, die Perspektive unterschiedlicher Figuren einzunehmen. Den

Lesenden mag der Roman eine ähnliche Bewegung erlauben, auch sie können in einer Geschichte anstelle einer Figur fühlen und denken. Dabei begegnen sie aber auch etwas, das hinter den Figuren steht, etwas, das über das mit der Erzählung Erlebte hinausgeht. Die Romantiker hätten wohl vom Genie gesprochen, das durchscheint. Unserer entzauberten Epoche scheint alles eine Frage des Handwerks zu sein. Ich denke, daß beides nicht stimmt. Das Schreiben ist kein Handwerk, es ist eine Lebensweise, die – wohlgemerkt – ohne das notwendige technische Können nicht auskommt. Das Literarische eines Textes bestimmt sich aber nicht durch eine besonders raffinierte Dramaturgie oder eine ausgefallene Metaphorik und sicher auch nicht durch die Thematik. Offen gestanden weiß ich nicht, was jenes etwas ist, das eine Ansammlung von Wörtern zu einer körperlichen Erfahrung macht. Aber es muß etwas mit dem Autor, der Autorin zu tun haben. Nichts, was in nennenswertem Maße Rückschlüsse auf die Person des Schreibenden zuließe, gar eine Bewertung, ob es sich um einen guten Menschen handle oder nicht. Vielmehr ist es eine Bewegung im Verfasser, die etwas mit dem Bezug zur eigenen Wahrheit zu tun hat und mit der Radikalität, mit der er nach ihr sucht. In Baldwins bereits erwähntem Roman »Ein anderes Land« hat der Schriftsteller Richard zwar Erfolg, er unterschreibt bei einem wichtigen Verlag, aber er weiß wie alle anderen, daß er es sich zu einfach gemacht hat, indem er nur eine gute Geschichte erzählte, anstatt sich den Abgründen seiner Figuren zu stellen. Er hat es nicht gewagt, mit jener Offenheit zu schreiben, die einen Wandel ins Unbekannte bedeutet. Das wird ihm zum Verhängnis. Wer die Frage ehrlich stellt, ob sich das Leben lohnt, muß auch die Konsequenzen der Antwort aushalten können, andernfalls war die Frage nicht wahrhaftig, sondern lediglich interessant, lustig oder spannend. Aber er hat nicht riskiert, alles zu verlieren. Richards Frau Cass reflektiert das folgendermaßen:

»Vielleicht wurden solche Geheimnisse, die Geheimnisse aller Menschen, nur ausgesprochen, wenn man sie mühsam ans Licht der Welt zerrte, sie der Welt aufdrängte und zu einem Teil ihrer Erfahrung machte. Ohne diese Mühe war der geheime Winkel nur ein Kerker, in dem der Mensch zugrunde ging; ohne diese Mühe wäre die ganze Welt tatsächlich eine unbewohnbare Finsternis. Mit entsetzlichem Widerwillen begriff sie, wieso diese Mühe gescheut wurde; mit Widerwillen, weil ihr da auch klar wurde, daß Richard sie bitterlich enttäuscht hatte, mit einem Buch, an das er nicht glaubte. Auf einmal wußte sie – und wußte auch, daß Richard sich das nie eingestehen würde –, daß das Buch, das er geschrieben hatte, um Geld zu verdienen, den Gipfel seiner Gabe darstellte. Es war nicht wirklich geschrieben worden, um Geld einzubringen – schön wär's! Es war geschrieben worden, weil er Angst hatte, Angst vor dem Dunklen, Fremden, Gefährlichen, Schwierigen und Tiefen.«

An anderer Stelle zweifelt Vivaldo, der an seinem ersten Roman arbeitet und blockiert ist, an sich selbst – auch er mochte Richards Buch nicht:
»Ein Geschehnis ist nicht dasselbe wie die Erkenntnis, was man durchlebt hat. Die meisten Menschen hatten ihre Schrecknisse nicht durchlebt – und waren genaugenommen auch nicht an ihnen gestorben. Sie waren einfach nur von einem Hammer betäubt worden. Und verbrachten fortan ihr Leben in einer Vorhölle aus verleugnetem und unerforschtem Schmerz. Die große Frage, der Vivaldo sich heute früh gegenübersah, war, ob er in seinem Leben überhaupt jemals wirklich anwesend gewesen war.«
Es ist weder das Handwerk noch die Genialität des Künstlers, was die erschütternde transformative Kraft eines Textes ausmacht. Womöglich ist es die ehrliche Bereitschaft des Autors, anwesend zu sein, den Blick nicht abzuwenden und sich auf eine Suche einzulassen. Ehrlich zu suchen und in Kauf zu nehmen, dafür alles zu verlieren – diese Suchbewegung im Herzen des Schreibenden scheint vielleicht von der Rückseite der Worte, durch sie hindurch zu den Lesenden, an den Stellen, an denen sie empfänglich dafür sind.

Wichtig bleibt vor allem, was im publikumslosen Bühnenraum des Dichters geschieht. Wenn ich danach frage, wie ein Kuß zu beschreiben sei, interessiert mich die sinnliche Erfahrung auf der Ebene der Sprache im Schreibprozeß: An welchem Punkt verbinden sich sinnliche und sprachliche Erfahrung? Die sprachliche Erfahrung ist nicht das Nachholen des Kusses. Es geht darum, daß der Kuß erst, wenn ich ihn beschreiben kann, vollendet wird. In Arendts Terminologie gedacht: Mich interessiert nicht die reproduktive Einbildungskraft, sondern die schöpferische. Ich habe in meinem zweiten Roman »Gegen Morgen« nach einer Sprache gesucht, die die fehlende »Armeslänge« von Vivaldo zu Rufus ausmißt, die sich an die Sinnlichkeit jenes Textes schöpferisch erinnert und den Protagonisten der Erzählung die Möglichkeit gibt, eine sinnliche Wahrheit nicht zu leugnen, sondern sie zu leben. Auch wenn im Ergebnis, hier wie dort, niemand wissen kann, ob es die eine rettende Berührung gibt. Ich möchte diese Überlegungen mit einem Kuß zwischen Kara und Ramón beenden, der auch ein Speicher ist für die fehlende Berührung in der großen Szene in »Ein anderes Land«:
»Jeder Kuß ist ein Speicher aller vorangegangenen Küsse, jeder Kuß ein Speicher der Zeit – meine Mundwinkel berühren die Lippen Ramóns. Die Kälte weicht aus Vince' Zimmer. Ramóns Hand an meinem Knie ist warm. Ich spüre die Wärme durch die kalte Jeans hindurch, sie fließt durch mein Bein. Sein Gesicht in der Dunkelheit, die lange Nase. Der Atem der Hunde. Seine Wangen sind kalt. Ramóns Wange so nah an meinem Auge. Der Schatten eines Hundes hinter uns an der Wand. Wir liegen still beieinander.«

MÁTYÁS DUNAJCSIK

VERLORENE GEDICHTE

Diese Gedichte wurden in einem dreisprachigen Geisteszustand geschrieben. Sie haben drei verschiedene Inkarnationen, keine davon origineller als die andere: in Englisch, Deutsch und Ungarisch. Manchmal erinnern sie sich an Worte und Sätze aus ihrem anderen Leben: Leben, die sie nie gelebt haben und nie kennen werden. So wie wir alle.

DER KETTENRAUCHER

Diesem Gedicht sind die Worte
untreu geworden. Es hat gesehen,
wie sich seine Muttersprache in ein
akustisches Ornament verwandelt hat,
eine Art Vogelgesang, bei dem die
Schmerzensschreie nicht von
Freudentrillern zu unterscheiden sind.
Seitdem fällt es auch diesem Gedicht
schwer, zwischen beiden zu
unterscheiden. Édes hazám, mi legyen
veled? Megtöltöd a bőröndömet.
Ekkora súlyt nem bírok el, kell az
életemnek a hely. Vigyázzon rád más
mostantól, az én szívem fáradt traktor:
engem elhúz még úgy-ahogy, zakatol,
mint az angyalok. Dieses Gedicht hat
aufgehört zu sprechen, als jemand zum
dritten Mal die seltsamen Stimmen, die
aus seiner Kehle kommen, als exotisch
beschrieb. Dieses Gedicht wußte, daß
es in einer Fremdsprache nie so klug
sein wird wie in seiner Muttersprache,
also gab es auf.

Dieses Gedicht ist zum Kettenraucher
geworden, weil es das Gefühl hatte,
daß es sich nur in der Sprache des
Rauchs ausdrücken kann. Dieses
Gedicht saß in einem Raum und
haßte sich selbst, bis es zu spät war,
geschrieben zu werden. Dieses
Gedicht ging verloren, bevor jemand
hätte sagen können, daß sich selbst
Muttersprachler nicht verstehen.
Das Zimmer war fest verschlossen.
Draußen schmolz der Schnee, und
zwischen den Ästen der Bäume
erwachten exotische Stimmen,
die jedoch von den gut isolierten
Fensterscheiben abprallten.

Dieses Gedicht starb mit dem Traum,
eines Tages verstanden zu werden.
Dieses Gedicht gab auf, bevor es
erkennen konnte, daß Poesie
in jeder Sprache Vogelgesang ist.

DER FREIFALLENDE

Halt mich fest und atme tief ein,
denn dieses Gedicht kann nur gefangen
werden, wenn wir im freien Fall sind.
Es hat Federn, die es nicht benutzt,
in Farben, die niemand zuvor gesehen
hat, und eine Stimme, die nie den Bauch
verließ. Es ernährt sich von Blitzen und
Chemtrail. Es schaut dir direkt in die
Augen, wenn du fällst und dich fragst,
what the hell did I get myself into?
Es hält Augenkontakt und ist gnadenlos
Wie die Messer.

Dort unten beginnst du, Hügel
zu sehen, die fernen Mäander eines
Flusses, der in der späten
Nachmittagssonne scheint, Straßen
und Häuser: ein Leben. Sie nähern sich
schneller, als du dir vorstellen kannst,
bereit, dich zu zerquetschen.

In dieser Höhe ist alles totenstill,
deshalb weißt du, daß wir noch
geschützt sind. Halt mich fest, denn
dieses Gedicht wird uns nicht retten.
Lélegezz. Es wird sich nicht plötzlich in
einen Fall-, oder noch besser, in einen
Gleitschirm verwandeln, wie andere
Gedichte. Lélegezz. Es schaut dich nur
an und scheint in der Luft aufgehängt
zu sein, seine Geschwindigkeit perfekt
auf unsere abgestimmt, which is
bullshit, da es nichts wiegt. Aber
es schaut dich weiter an und ist gnadenlos
wie die Messer.

Atme tief ein und laß den Wind
alte Schwerkraftbeschwörungen in dein
Ohr singen. Lélegezz. Überzeugt mich,
daß es keine Erde unter uns gibt,
daß wir nirgendwo hinfallen können,
wir schweben nur in der ewigen
Dunkelheit. Dann wirst du mich sehen,
wie ich dieses Gedicht in der Hand
halte, und dann lasse ich es los.

DER URALTE

Dieses Gedicht ist nach der uralten Art
gekleidet. Es ist nicht einmal ein
Gedicht, sondern eine Hymne,
ihre Tentakel das tiefe Violett der
Alpträume, bis zu der klaffenden Leere

reichend, die unsere Eltern uns lehrten
Himmel zu nennen. Du hörst dieses
Gedicht schon so lange du dich
erinnern kannst, der seltsame
anapästhetische Rhythmus von innen an
deine Trommelfelle klopfend. Szakadék,
szakadék, szerelem, szerelem: elemészt
a magány, nem ereszt sohasem.
Szakadék, szakadék, szerelem, szerelem:
iszonyú kegyelem, iszonyú kegyelem.
Dieses Gedicht schlägt immer wieder
seine uralischen Trommeln
und scheißt auf deine indoeuropäischen
Diktionsnormen.

Dieses Gedicht wollte dich zum Tanzen
bringen, wenn du es wie eine gedruckte
Supernova in der Tasche deines
Wintermantels bei dir trägst,
aber es waren zu viele Leute drum
herum und du warst müde.

Dieses Gedicht kann verbrannt werden,
und selbst wenn es dich nur ein paar
Minuten warmhält und dich dann noch
gnadenloser als alle Feinde
erfrieren läßt, wird es zurückkommen
und deine Seele auf die andere Seite
tragen.

Dieses Gedicht sendet seit dem Untergang der
Dinosaurier niederfrequente Funksignale
zur Erde. Seine Botschaft ist einfach:
»Hi. If you're reading this, I have been
already dead for aeons and we will never meet.
I've had a good life.«

Du hast dieses Gedicht einmal in einem
zufällig ausgewählten Buch in der
Nationalbibliothek eines fremden
Landes gelesen. Seitdem versuchst du
es wiederzufinden.

INGEBORG DREWITZ, HANS SAHL

»DIE SCHLEIMSCHRIFT DES SCHICKSALS LIESS KEINE KALLIGRAPHIE ZU«

Briefwechsel 1976/77

Zeuge des Dilemmas. Eine Vorbemerkung

Michael Hamburger, exilierter Berliner, Poet und Essayist, hat einmal von dem zweifelhaften Begriff der Exilliteratur gesprochen, die 1945 keineswegs zu Ende gewesen sei. Auch Gabriele Tergit – wie Hamburger in England exiliert – sprach nur widerwillig von Exilliteratur. Sie beschrieb sich als einer »dritten Literatur« verpflichtet, die keiner der beiden Seiten Nachkriegsdeutschlands zuzuschlagen war, einer, die sich im Niemandsland abseits der sich abschottenden Literaturen in Ost und West eingerichtet hatte. Hamburger verwendete den Begriff Exil demnach nur sparsam. Er suchte ein anderes Bild, um zu fassen, was geschehen war: das einer »Epoche der Dispersion«, einer Zerstreuung der urbanen deutschen Literatur in alle Weltgegenden, die zwischen 1933 und 1945 ihren Höhepunkt hatte. Doch auch als alles zusammengebrochen war, bebte etwas nach.

Was umfaßt also dieses Phänomen »Exil«, wenn man es, wie Hamburger nahelegt, existentiell begreift? Wie den Erfahrungshorizont umschreiben, den der schicksalsverwandte Hans Sahl teilte? Jener Sahl, Berliner Jude, promovierter Kunsthistoriker, einst Hoffnung der hiesigen Theaterkritik, der nach seiner Flucht in die USA die längste Zeit seines Lebens das betrieb, was man die New Yorker Dependance der deutschen Literatur nennen könnte. Mit Übersetzungen zumeist moderner amerikanischer Autoren – Tennessee Williams und Thornton Wilder etwa – schlug er sich durch. Exil war – und ist – insofern eine seelische Erschütterung, die, je nach Alter des Exilierten, unterschiedliche Risse hinterläßt. Für den Schreibenden ändert sich das Verhältnis zur Sprache von Grund auf, mit tiefgehenden Verunsicherungen. So hat Robert Musil den exilierten Literaten einmal als eine daheim einst mächtige Erscheinung beschrieben, mit »gewaltigen Hörnern«, an deren Stelle in der Fremde »zwei lächerlich empfindliche ›Hühneraugen‹ entstanden« seien.

Sahl, dessen späte Korrespondenz mit der Berliner Autorin und PEN-Funktionärin Ingeborg Drewitz hier abgedruckt ist, verkörperte in mehrerlei Hinsicht dieses Verunsicherungsdilemma des Exils, wenn auch auf ganz persönliche Weise. Drewitz mag dafür empfänglich gewesen sein, hatte sie das Dritte Reich doch eher angepaßt überstanden und war später auf der Suche nach Wegen, mit der eigenen passiven Zeugenschaft umzugehen. Die studierte Germanistin, die noch am Ende des Krieges mit einer Arbeit über Kolbenheyer promovierte, trat erstmals 1955 mit »Alle Tore waren bewacht« öffentlich in Erscheinung, einem Stück, in dem sie versuchte, sich dem Grauen der NS-Lager szenisch zu nähern. Neben der Arbeit an Schuld und Verstrickung teilte sie noch ein anderes Interesse mit Sahl: das an der Stadt Berlin. So finden sich bei ihr, exemplarisch in der Erzählung »Bahnhof Friedrichstraße«, immer wieder subtile Erkundungen des umgewälzten Stadtraums der Nachkriegszeit, beschrieben aus der Sicht der gebürtigen Berlinerin und Dagebliebenen, was jemanden wie Sahl – einen Kenner des Berlins der Weimarer Republik – nicht unberührt gelassen haben dürfte. Sahl seinerseits brachte sein New Yorker Deutsch, das er als Inselsprache im Meer des Englischen fortführte, auf den Begriff einer »exterritorialen Literatur«. Exterritorial, das bedeutete – wie eindringliche Szenen seines Roman-Hauptwerks »Die Wenigen und die Vielen« (1959) zeigen – eine Fortsetzung seiner Berliner Spaziergänge in den Straßenschluchten Manhattans. So verdichten sich seine Stadtansichten zu stereoskopischen Bildern. Beim Gang durch die Stadt wird, wie Drewitz in ihrer Besprechung 1977 treffend anmerkte, zwischen den Orten »erinnernd Bilanz« gezogen. Exterritorial bedeutete aber auch, stellvertretend für seine Generation den mühseligen, schmerzhaften Weg des unabhängigen Denkens zu gehen. Es ist der Weg des einsamen Geistes, der keiner Ideologie folgt – und doch der einzig mögliche der Literatur ist. Vielleicht scheute Sahl eben darum die Rückkehr nach Deutschland: weil seine geistige Unabhängigkeit teuer erkauft war. Erst in seinen letzten Jahren – nach der Wiedervereinigung – kehrte er endgültig zurück.

Unmittelbar nach dem Krieg war er noch auf verlorenem Posten. Sahl, der 1933 nach Frankreich geflohen, in ideologische Grabenkämpfe geraten und – wie Walter Benjamin und Franz Hessel – interniert worden war, wurde durch sein fünfzig Jahre währendes Exil zum leibhaftigen Beweis für Hamburgers These vom Fortleben der traumatischen Grunderfahrung des Vertriebenen über das Datum 1945 hinaus. So sagte er einmal, das Exil sei für ihn zur »Lebensprobe« geworden. Es sei kein »Ruhebett«, sondern er sei »von einer Unsicherheit in eine andere« gefallen. (Vgl. die im Archiv der Akademie der Künste Berlin verwahrte Oral History Hans Sahls: AVM-33 7062. Hans Sahl im Gespräch in H. H. Westermann. Zeugen des Jahrhunderts. 21.8.1989.) Diese Probe habe er angenommen: als sein Schicksalsthema. Es hat ihn, wie Drewitz im ersten Brief feinsinnig bemerkt, auf bleibende Weise »wetterfühlig« gemacht.

Doch ist Sahl noch aus anderen Gründen Zeuge eines Dilemmas. Es ist das einer Generation im »Wartesaal«, wie Wolfgang Koeppen die Zwischenkriegssituation umschrieb. Die Autoren, die ihr angehörten, machten ihre ersten Schreibversuche im Berliner »Industriegebiet der Intelligenz« in den kleinen Formen, in Feuilletons, Glossen und Kritiken. Es war eine Generation im Klammergriff einer Polarisierung, die sie selbst mit herbeigeführt hatte – und der am Ende die eigene Sprache abhanden zu kommen drohte. Für eine geistige Unentschiedenheit steht zunächst auch Sahl, für ein inneres Schwanken zwischen ideologischer Parteinahme – schärfer gesagt: auch Mitläufertum – und dichterischer Selbstbehauptung. Nach dem Zusammenbruch der linken Illusionen fand er im Exil zu individuellem Ausdruck zurück. Seinem Selbstverständnis nach wollte er, wie schon der Titel seines Gedichtbands »Wir sind die Letzten« (1976) sagt, etwas Bleibendes bezeugen.

Sahls Perspektive ist darin die des »Schiffbrüchigen«, dessen »stille Stimme aus dem Chaos« – so sein Freund Koeppen – in den ersten Nachkriegsjahrzehnten kaum einer vernahm und der darum, nach einem gescheiterten Versuch, in Westdeutschland wieder Fuß zu fassen, bei seinem Broterwerb durch Theaterübersetzungen blieb. In dem, was er in diesen Jahren an Literarischem hinterließ, hatte er die Last einer doppelten Zeugenschaft zu tragen: zum einen für die »anderen«, die Toten, die durch die epochale Kluft zwischen 1933 und 1945 in Vergessenheit geraten waren, eine Kluft, durch die, wie es ein anderer US-Exilant, Günther Anders, formulierte, das »Vorgestern« ferner »als das vorige Jahrhundert« schien, und zum anderen für die Nachgeborenen. Er fand sich in der Rolle des alternden »Argonauten« wieder, wie ihn der gleichfalls exilierte Max Beckmann in seinem letzten Werk (1950) ins Bild gesetzt hatte. Darauf zielt Sahls Ruf »Fragt uns aus« in dem Gedicht »Wir sind die Letzten«. So stellte er dem Roman »Die Wenigen und die Vielen« nicht zufällig einen Vers Gertrud Kolmars voran: »Nichts als Sand in den Schuhen Kommender zu sein«.

Hier konturiert sich das Dilemma eines Zeitgenossen, der um die verbrannten Gemeinschaftsutopien seiner Generation wußte. Eine Erfahrung, von der in den Schriften nur ein unbestimmtes »Wir« übriggeblieben ist, das sich mit den Jahren zum Geistergespräch wandelte. Dem »Wir« folgte im Exil das Zurückgeworfensein auf das Selbst, der Versuch der Rückgewinnung einer ethischen Sicht, die in die Haltung eines skeptischen Moralisten mündete. Nicht umsonst wurde er in dieser Zeit zum Leser von Montaigne und Pascal. Hier kam er zu seiner »Minima moralia«, die er in »Die Wenigen und die Vielen« so skizziert: »gescheit und gütig zugleich« sein und »der Mehrheit mißtrauen und der Minderheit dazu verhelfen, gehört zu werden«. Sahl hatte, um Hamburger wieder zu zitieren, mit den »Dämonen des Konformismus« Bekanntschaft gemacht. Er kannte die Anfälligkeit »seiner Leute«, der großstädtischen Intellektuellen, ihre ideologische Anlehnungsbedürftigkeit. So schrieb er in einem Essay: »Es scheint, als ob der auf sich selbst angewiesene Geist aus Angst vor dem Alleinsein eine Zugehörigkeit braucht.« Hier lauert das letzte Dilemma, die Gefahr, sich eine Sprache anzueignen, die nicht die eigene ist – und die man später nur mit Mühe wieder abschüttelt. Sie konnte bis zum Verlust des dichterischen Ausdrucks gehen. Alfred Döblin, ein Bekannter aus Weimarer Tagen, konstatierte in diesem Sinne nach dem Krieg: »Die deutsche Literatur, wohin ist es mit ihr gekommen. Die Politik hat sie bei der Gurgel gefaßt.« Dazu gesellen sich Fallstricke, über die ein geborener Feuilletonist wie Sahl stolpern konnte. Er benennt sie im letzten Brief an Drewitz selbst: die Versuchung des Tagesschreibers zu dichten. Er habe das auch einmal gekonnt, gibt er melancholisch zu verstehen. Er habe ein Empfinden gehabt für leisere Töne, habe sie aber im »Drang der Aussage-Geschäfte verlernt«.

Doch wer Sahl gegen den Strich liest – Drewitz' Antworten geben Hinweise dazu –, mag mit ihr zu dem Schluß kommen, daß er dort am Wahrhaftigsten ist, wo er sich mit dem »Mut der Schutzlosigkeit« ausliefert. So sind die hellsten Momente dieser Briefe jene, in denen er sich als der zeigt, der er war: der »wirklichkeitswunde Mensch«, nach einem Wort Paul Celans. So gesehen hätte er in Celan – jenseits des hier ausgesprochenen Dissenses – einen Schicksalsverwandten erkennen können. Denn Sahl wußte, daß auch für ihn das rettende Wort zur Schwimmweste geworden war: »wenn ich überlebte, so, doch nur deshalb, weil ich an das Wort glaubte«. Er mochte es zuweilen finden. So, wenn er dem Protagonisten Kobbe in seinem Roman »Die Wenigen und die Vielen« das Geständnis in den Mund legt, er – Kobbe – sei es gewesen, der mit dem »spähenden, zielenden, zuweilen tödlichen Wort« Umgang gepflegt hatte. Doch habe er nur versucht, so Sahls Alter ego, am »Unaussprechlichen« seiner Zeit zu rühren. Sahl, das machen diese Briefe deutlich, ist auch Zeuge der Sprachnot seiner Generation. Aber einer, der letztlich nur auf der Suche nach dem war, was er das »mot vrai« nannte: das ungeschützte »aufrichtige Wort«.

Till Greite

Ingeborg Drewitz
Quermatenweg 178
1000 Berlin 37 (Zehlendorf)
Telefon 813 31 43
19.8.76

Lieber Hans Sahl,
vor wenigen Tagen bekam ich Ihre Gedichte vom Lambert Schneider Verlag mit einem Gruß von Ihnen zugeschickt. Ich danke Ihnen ganz herzlich. Der Mensch, der da schreibt, der das Elend, in das ihn die Menschen seiner Heimat gestoßen haben, vernarbt hat aber mit den Narben lebt, wetterfühlig, erinnerungsfühlig, bitter geworden aber nicht verbittert, wach aber gegen rasche Begeisterung gefeit, ist groß. Jedes dieser verhaltenen, bildstarken Gedichte haftet, hakt sich ein, hinterläßt Spuren.
Schon das Auftaktgedicht Die Letzten! Besser habe ich das noch nicht gelesen, besser die Stückgut-Erfahrung des Emigranten nicht formuliert gefunden. Und diese Gedichte, die während des Krieges, in der Zeit der Ratlosigkeit, des Bangens, der Erstarrung der Lebensimpulse geschrieben worden sind, haben die Unmittelbarkeit der Erfahrung, sind nicht ein bißchen Vergangenheit geworden, machen den Leser in ihrer Lautlosigkeit zum Mit-Leidenden ohne die geringste Geste des Mitleiderhaschenwollens. Und dann doch auch Berlin! Dieses mit einer Stadt leben – trotz allem, gegen die erzwungene Entfremdung an, gegen das Aus-der-Realität-geraten-Sein an.
Die Amerika-Gedichte sind von einer Behutsamkeit des Sich-Näherns, des Verstehen-Wollens, das in diesem Bicentennial-Jubel so leicht vergessen, überlärmt wird. In ihnen schwingt die Dankbarkeit mit, der Versuch zu begreifen, aus welcher Kraft dieses Land bereit war, sich für die Geächteten zu öffnen. Und dann die Abschiede, die Erfahrung dieser Jahre!
Ein Buch, ein Leben – zur Sprache gebracht.
Gut, daß es da ist, bleiben wird!
Herzlich
Ihre Ingeborg Drewitz

dr. hans sahl 800 west end avenue new York, n.y. 10025
4.9.1976

Liebe Ingeborg Drewitz,
Ich hatte Sie auf die Liste derjenigen gesetzt, denen der Verlag meinen Gedichtband zuschicken sollte, in Erinnerung an Ihre wunderbare Reaktion auf meinen Roman »Die wenigen und die vielen«, und nun bin ich wieder in Ihrer Schuld – Sie haben das, was ich wollte, so unverrückbar sicher und so endgültig getroffen, daß ich nur bedaure, daß es nicht noch mehr Lesern zugänglich gemacht worden ist … Das Verhältnis der Deutschen zur Exilsliteratur ist durch falsches Schuldgefühl getrübt. Schuldig fühlen sich meist die, die sich nichts vorzuwerfen haben – sie schämen sich für die andern. Man erwartet von einem Exilsautor zunächst einmal Klage, Anklage, Self-pity, und wenn das fehlt, wie bei mir, was Sie so richtig erkannt haben, wundert man sich. Ich war nie antideutsch, sondern anti-Nazi, ich habe Hitler nicht *nur* bekämpft, weil ich Jude bin, und ich wollte aus meinem Elend keine Literatur machen (wie etwa der unglückliche Paul Clean), sondern aufschreiben, was vorgefallen ist, und das geschah natürlich mit den Mitteln der Literatur, und immer sollte der Leser den Eindruck gewinnen, daß ich Zeugnis ablege, nicht für etwas, das mir persönlich passiert ist, sondern für die condition humaine, für die Hinfälligkeit der Gattung Mensch, und wenn ich überlebte, so doch nur deshalb, weil ich an das Wort glaubte … Und dann war der Krieg zu Ende, und die großen Kriegselephanten des Exils kehrten heim und wurden gefeiert, natürlich nicht sofort, erst mußte die Manege noch etwas umgebaut werden, Fahnen mußten gewechselt, Gesichter umgenäht werden, und dann kam lange nichts, und dann kam das gemeine Fußvolk, etwas betreten, die Nachzügler, die Einzelgänger ohne Verlagsvorschüsse, und bestenfalls bekamen sie eine Erbsensuppe und man bescheinigte ihnen, wieviel sie »durchgemacht« hätten … Kunststück, aber das ist doch, zum Donnerwetter, keine literarische Leistung, und als mein Roman »die wenigen und die vielen« endlich 1959 erschien, nachdem fast alle deutschen Verlage ihn hohnlachend – aber sie hielten sich dabei die Hand vor den Mund – abgelehnt hatten, warfen mir einige vor, warum ich denn nicht die richtigen Namen benutzt, nicht die Berner, Brecht, Kerr usw. mit Namen genannt hätte, dann wäre es doch »verkäuflicher« gewesen, und erst jetzt hat ein junger Literaturprofessor in New Hampshire mir bewundernd geschrieben, ich hätte lange vor Max Frisch den Wechsel von erster und dritter Person in den Roman eingeführt – was ich tat, weil ich eben jede Spur von Self-Pity vermeiden wollte, was mir nicht gelungen wäre, wenn ich allein in der Ich-Form erzählt hätte. Diese Objektivierung von emotionalen, historischen, politischen Ereignissen schwebte mir vor, im Roman

und im Gedicht, und eben das habe ich aus den Zeilen herausgelesen, die Sie mir schickten, und weil das so selten ist und doch einmal gesagt werden sollte, aus Gründen einer Begriffsklärung, darum tue ich jetzt etwas Unglaubliches: ich schicke Ihnen eine Photokopie Ihres Briefes, mit der Bitte, sich zu überlegen, ob Sie ihn nicht als Buchbesprechung verwenden können, Sie brauchten ja kaum ein Wort zu verändern …

Ich werde voraussichtlich zur Buchmesse nach Frankfurt fahren, um mit Fischer meinen Kampf durchzufechten – man hat sich nun doch, nach jahrelangem Hin und Her, zu einer Neuauflage der »wenigen und vielen« entschlossen, will ihn aber unter einem anderen Titel (»Die Schafe fressen niemals die Wölfe«) herausbringen, und ich wehre mich dagegen mit Händen und Füßen, nicht nur, weil es eine Irreführung des Publikums ist, ein Buch, das schon einmal erschienen ist und eine bestimmte Geschichte hat, als »neu« zu verkaufen, sondern weil ich den Titel nicht mag … Möglicherweise werde ich entweder vorher oder nachher in Berlin auftauchen, und dann werde ich bestimmt nicht versäumen, mich noch einmal persönlich für Ihre klugen, nein, *richtigen* Worte zu bedanken.

Mit allen guten Grüßen

Ihr

Hans Sahl

Ingeborg Drewitz

Quermatenweg 178

1000 Berlin 37 (Zehlendorf)

Telefon 813 31 43

23.9.76

Lieber Hans Sahl,

Sie haben recht! Und ich habe nun natürlich noch mehr geschrieben und es dem Tagesspiegel geschickt.

Danke auch für das schöne Gedicht für Carola Hammer!

Übrigens habe ich in Frankfurt bei Fischer nach Ihnen Ausschau gehalten. Aber in alldem Trubel …

Die Sache mit dem neuen Titel ist schon urkomisch. Jedenfalls besser, man nimmt's so, als daß man sich ekelt.

Möglicherweise treffen wir uns hier an einem der nächsten Tage auch wieder bei Festwochentrubel. Mich würde das sehr freuen. Aber ich schicke den Brief doch ab.

Eigentlich wollte ich Ihnen meine Erzählungen geben, die jetzt erschienen sind, oder DAS HOCHHAUS, jetzt in 2. Auflage und soll verfilmt werden. Aber ich muß das mal mit Ihnen besprechen. Denn vielleicht belastet Sie's nur – und taugt dann auch für die Fifth Avenue! Ich weiß doch, wir leben alle in unser Leben eingesperrt. Und das schützt uns auch ein bißchen.
Herzlich Ihre
Ingeborg Drewitz

Festwochentrubel Die heutigen Berliner Festspiele wurden 1951 als Berliner Festwochen gegründet.

dr. hans sahl 800 west end avenue new York, n.y. 10025

Liebe Ingeborg Drewitz,
Natürlich möchte ich Ihre Erzählungen lesen, und wenn Sie ein Exemplar für mich übrig hätten, so würde ich mich schrecklich freuen. Nur ist es bei mir jetzt mit dem Lesen so eine Sache. Vor anderthalb Jahren entdeckte man bei mir eine Augenkrankheit (Degeneration der Netzhaut), angeblich unheilbar, aber ich ließ mich nicht abspeisen und stieß bei meinen Ermittlungen auf einen Wunderdoktor in St. Gallen, der mich schon im vorigen Jahr behandelte und operierte, so auch in diesem, ob mit Erfolg, wird sich erst in Monaten, wenn überhaupt, herausstellen. Ich kann nur noch sehr langsam lesen, was sich aber beinahe als ein Vorteil herausgestellt hat, denn man liest nur noch, was sich lohnt (und Ingeborg Drewitz wird sich bestimmt lohnen).
Ja, ich hatte mich plötzlich entschlossen, auf ein paar Tage zu den Berliner Festspielen zu fahren, um das Comeback meiner alten Freundin Lotte Goslar mitzuerleben (ich hatte ihre Hungerjahre in New York in meinem Roman »Die Wenigen und die Vielen« beschrieben), und es war ein Triumph, vor allem bei den jungen Leuten, was das Erfreulichste war. Ich habe Sie zweimal telefonisch zu erreichen versucht, aber in der Autorenbuchhandlung (deren Mitglied ich geworden bin, das sind ja reizende Menschen), sagte man mir, Sie wären verreist, und auf der Buchmesse wurde meine Energie durch den Pendelverkehr zwischen S. Fischer und Lambert Schneider aufgebraucht. Dann fuhr ich gleich weiter nach St. Gallen (siehe oben).
Die Verhandlungen mit Fischer waren übrigens sehr erfolgreich. Es bleibt beim alten Titel, man verspricht sich sogar einiges von einer Neuauflage des Buches, das damals, als es erschien, am Widerstand der Buchhändler und des

Leserpublikums scheiterte. Die Zeit war noch nicht reif für »Exilsliteratur«. Heute ist man schon fast übersättigt und sehnt sich nach ein paar elementaren Grundwahrheiten. Das Echo, das mein Gedichtband gefunden hat, hängt wohl auch damit zusammen. (Ist übrigens Ihre Besprechung im »Tagesspiegel« schon erschienen?) Ich habe, im Gegensatz etwa zu Celan, nicht versucht, die Apokalypse formal abzuschmecken. Ich habe nicht mit doppeltem Boden gearbeitet. Celans Selbstmord, so tragisch er war, war ein Selbstmord der Ästhetik. Ein Gasofen ist ein Gasofen und keine surrealistische Versuchsanstalt. Bei Celan konnte jeder Ex-Nazi sagen: Na, wenn jemand so »schön« dichten kann, dann muß doch an den Juden etwas dran gewesen sein …
Was wir uns zum neuen Jahr wünschen, wissen wir beide, und ich wollte das alte nicht zu Ende gehen lassen, ohne Ihnen noch einmal für Ihre guten Worte zu danken.
Auf Wiedersehen!!
Immer Ihr
Hans Sahl

Autorenbuchhandlung Mit den Betreiberinnen dieser Berliner Institution in der Carmerstraße 10 in Charlottenburg stand Sahl bis an sein Lebensende in freundschaftlichem Kontakt. In einem Brief vom 30. Juni 1987 schildert Sahl ihnen seine Erinnerungen: »Ich sehe den Savignyplatz ploetzlich wieder ganz lebhaft vor mir, links das Eckhaus, in dem man George Grosz am Morgen tot fand (…) und dann in der Carmerstr. der Laden, wo vor etwa sechzig Jahren ein gewisser Hans Roger Madol (…) und ein gewisser Goldschlag alte Stiche verkauften.« (Mit Dank an Frau Helma von Kieseritzky)

Ingeborg Drewitz
Quermatenweg 178
1000 Berlin 37 (Zehlendorf)
Telefon 813 31 43
18.12.76

Lieber Hans Sahl,
das sind zumeist gute Nachrichten – bis auf die Notiz über die Augen. Immerhin wünsch ich Ihnen, daß der Operationserfolg anhält.
Ja, ich bin immer auf Ihrer Spur gewesen in Frankfurt und in Berlin, aber immer waren Sie schon weg. So geht das bei dem Literaturtrouble, den ich mag und doch auch wieder blöd finde, weil er so sehr nach Markt riecht.

Daß Sie's bei Fischer durchgesetzt haben, daß es beim alten Titel bleibt, freut mich. Alles andere wäre doch Mogelei, die die geschäftigen Leute allerdings gern »betreiben«, ganz dienstlich.
Meine – und ich muß sagen – begeisterte Besprechung Ihres Lyrikbandes liegt seit Okt. beim Tagesspiegel. Aber die kommen ja mit ihren 3 Büchern pro Woche überhaupt nicht nach, meine dort bestellten Rezensionen könnten einen ganzen Jahrgang füllen. Mir gefällt an Ihren Gedichten, daß Sie den Mut zur Schutzlosigkeit haben, daß Sie sich mit Wörtern aussetzen.
Meinen Erzählungsband werde ich Ihnen schicken, eine Nachlese aus 25 Jahren, längst nicht alle Erzählungen, die ich veröffentlicht habe, aber das muß ja auch nicht sein. Jetzt sitz ich am *Hochhaus*film und an einem neuen Buch. Und am europ. Schriftstellerkongreß. Im Frühjahr soll ich nach Israel fahren, Berlin vertreten.
Ich wünsch Ihnen die Stabilisierung der Sehfähigkeit, damit Sie all das notieren können, was noch behalten werden muß.
Herzlich
Ihre Ingeborg Drewitz

Ingeborg Drewitz
Quermatenweg 178
1000 Berlin 37 (Zehlendorf)
Telefon 813 31 43
2.5.77

Lieber Hans Sahl,
haben Sie Dank für Ihren guten Brief! Ich bin froh, daß die Besprechung Ihres wichtigen und schönen Buches erschienen ist, der Tagesspiegel läßt aus Platzmangel so vieles liegen, so meine Rezension Ihres Lyrikbandes.
Ihr Buch hat mich wieder, wie schon damals ergriffen. Und daran tun die paar Veränderungen nichts, ergriffen und erbost, weil niemand mehr daran denkt in der Bundesrepublik, was Hitler deutschen Bürgern angetan hat, weil der Prozeß der Abstraktion so im Gange ist, daß Hitler noch als ein Gott herauskommen wird. Ich hab einen Ekel vor meinen Landsleuten, weil das, diese Gleichgültigkeit gegenüber dem tiefsten Sturz aus der Geschichte so gar nicht mehr gilt.
Darum habe ich jede Phase mit Ihrem Kobbe miterlebt.
Doch auch, wie Sie schreiben können!

Kurz, ich bin froh, daß das Buch wieder »da« ist. Und ich wünschte, es hielte sich nun auf dem Markt.
Hier zu leben ist nicht mehr sehr schön. Die demokratische Mündigkeit fehlt noch immer, noch immer die Achtung vor der Meinung der Andersdenkenden, ein Mangel, den Rechts und Links teilen (ohne sich jeweils zu definieren). Meine pers. Anstrengung gilt nach wie vor der Demokratie, aber ich lerne immer mehr zu fürchten, daß wir nicht fähig sind, die Meinung des anderen zu achten. Ich bin fast verzweifelt an d. Menschen in diesem Land.
In den nächsten Tagen fahre ich zu Lesungen nach Israel. Was werde ich dort erfahren?
Sehr herzlich Ihre
Ingeborg Drewitz

dr. hans sahl 800 west end avenue new York, n.y. 10025

9.5/1977

Liebe Ingeborg Drewitz,
Wie soll ich Ihnen danken?
Sie schrieben mir einmal: »Mir gefällt an Ihren Gedichten, daß Sie den Mut zur Schutzlosigkeit haben, daß Sie sich mit Worten aussetzen.«
Ich bewundere an Ihren Erzählungen die Kunst der Einkreisung, des Umschreibens, die Behutsamkeit, mit der Sie sich dem Thema nähern, kurz, die indirekte Methode, mit der Welt ins Reine zu kommen. Das Unausgesprochene.
Ich konnte das auch einmal, habe es aber im Drang der Aussage-Geschäfte verlernt. Man schrieb ja immer in dem Gefühl, daß man das festhalten muß, bevor es zu spät ist. Die Schleimschrift des Schicksals ließ keine Kalligraphie zu. Ich habe versucht, meine »Schutzlosigkeit« mit den Mitteln der Ironie, der Satire abzuschirmen, den Schmerz wasserdicht zu machen, indem ich ihn objektivierte, ihn mit Fakten zu durchsetzen, die wie Fischbeine das Korsett stützen sollten. Ich wollte Fakten geben, deshalb mußte ich mich den Worten aussetzen. Aber ich beneide Sie um Ihre Verhaltenheit. Wären Sie ein minderer Autor, ich hätte mich über Ihre ergreifend verständnisvolle Besprechung nicht so sehr gefreut. Aber daß sie gerade von Ihnen kam, entschädigt für manches, das man für irreparabel hielt.
Immer
Ihr Hans Sahl

THOMAS KRÜGER

ANTHROPOZÄN

Gedichte

PROMETHEUS MIXTAPE

In Menschenhaut geschnürt, in deinem Gulli-
veranlandgeworfensein an diesem Seesternstrand,
gewickelt, eingepackt, gedreht ins Leinenband,
gefesselt à la Dido, weißer Stoff, ein Kuli-

tintenschwärzemilchgrund: Lebenszeichen, eilig-
flüchtige, dem beizusetzen, was Gepäckzustand,
dein windelhartes Bündel, Körper ist, Korsett-Versand:
ein Klumpen, hoch hinaus ins Wollen, *sans Bernoulli*.

So bist du auf der Welt, du Mumie, du Puppe:
Du wächst in deinen Grenzen – deinem Ringen
weist alles Enge Richtungen nach innen.

Verdichtung, bis du brichst: ein Spuk von Ur-Spuck-Suppe
auf schwarzer Leinwand: Falter, Engel, großes Wagen
in Schöpfungswahn und Nebel. Crap. Systemversagen.

ANTHROPOZÄN

Wir bauen eine Burg im Stil von Babel,
mit Tortenhebern statt mit Maurerkellen;
die krümeligen, rauhen Außenstellen
noch sahnefeucht und streichzart: leicht formabel.

Wir setzen Fenster ein, mit Kuchengabel,
bekrönen alles wild mit Turmdachwellen;
und schnell beginnt das Bauwerk aufzuhellen
und trocknend festzubacken: formidabel!

Das Prunkstück steht am Strand: Man staunt, genießt.
Dann zartes Tröpfeln, Wettern bald: Es gießt.
Die Festigung läßt nach – und alles fließt.

Die Burg aus Sand gleicht Zucker, löst sich, fällt.
Nur Stöcke stehn noch, Treibholz: aufgestellt
wie Rippen – daß der Sand ums Stockwerk hält.

NAVI

Der Blick in die Streichholzschachtel. Ein Wasserfall.
Schnell wieder schließen. Das Wegnetz der
offenen Hand. Vom blitzenden Inneren her
wählt der Himmel wen er will. Sterne sind machtvoll.

Die kleinen Dinge zum Greifen. Eine Flasche soll
Gin enthalten. Summende Feuerwehr be-
wahre die Finger in ihren Schlafsälen vor
brennenden Köpfen. Betrachte sie still,

die Schachtel. Die zischende Sonne geht auf
und aus. So hebe den Blick: einen Hauch von
Rauch von erloschenen Zeichen auf dem Rah-

Segel des iMac, wo streichholzweiß die Streifen
im Grau des Rennspiel-Standbilds weiterlaufen.
Die Schachtel. Die Büchse. Die Hoffnung. Jaja.

SUSANNE STEPHAN

THEODOR STORM UND DER STOFF AUS DEM MOOR

An einem Herbstabend um 1860 sitzt Theodor Storm mit einigen Gästen am Ofen seines Hauses im thüringischen Heiligenstadt; seit 1856 ist er, der in seiner Heimat Husum aufgrund seiner antidänischen Position Berufsverbot erhielt, hier im »Exil« als Kreisrichter tätig. Als ihn seine neuen Freunde wie bei fast jeder ihrer wöchentlichen Zusammenkünfte bitten, eine Geschichte zu erzählen – eine jener leicht grusligen aus seiner friesischen Heimat, von seltsamen Begebenheiten im Moor, Traumbildern, Todesahnungen –, läßt er die Lampen halb löschen, justiert die Flamme unterm Teekessel und beginnt. Befriedigt registriert er, wie die Geschichten, die er vor vielen Jahren hochbetagten Erzählerinnen in dämmerigen Stuben abgelauscht hat, seine Zuhörer zu fesseln und zu irritieren vermögen, auch wenn sie dies gern hinter ironischen Kommentaren verbergen.
Vielleicht sind die Erzählabende in Heiligenstadt ähnlich verlaufen, wie Theodor Fontane es von Storms Auftritten in Berlin festgehalten hat, wo er den Kollegen, der zunächst in Potsdam untergekommen war, in die literarischen Zirkel einführte. In »Von Zwanzig bis Dreißig« schildert er eine Lesung Storms im privaten Kreis, bei der dieser erst die Tür verschloß und die Lampe, »die schon einen für Halbdunkel sorgenden grünen Schirm hatte«, herunterdrehte, damit die Atmosphäre stimmte: »Er war ganz bei der Sache, sang es mehr als er es las, und während seine Augen wie die eines kleinen Hexenmeisters leuchteten, verfolgten sie uns doch zugleich, um in jedem Augenblicke das Maß und auch die Art der Wirkung bemessen zu können.« Weiter berichtet er: »Denselben Abend erzählte er auch Spukgeschichten, was er ganz vorzüglich verstand, weil es immer klang, als würde das, was er vortrug, aus der Ferne von einer leisen Violine begleitet. Die Geschichten an und für sich waren meist unbedeutend und unfertig, und wenn wir ihm das sagten, so wurde sein Gesicht nur noch spitzer, und mit schlauem Lächeln erwiderte er: ›Ja, das ist das Wahre; daran können Sie die Echtheit erkennen; solche Geschichte muß immer ganz wenig sein und unbefriedigt lassen; aus dem Unbefriedigten ergibt sich zuletzt die höchste künstlerische Befriedigung.‹«
Storm interessierte sich seit seiner Kindheit für mündlich weitergegebene Märchen, Geistererzählungen und Berichte von unheimlichen Begegnungen, die er ab 1840 in einer Sammlung mit dem Titel »Neues Gespensterbuch. Beiträge zur

Geschichte des Spuks« zusammenstellte; sie wurde jedoch erst rund hundert Jahre nach seinem Tod, 1991, in einer Ausgabe des Insel Verlags veröffentlicht.

»Erinnerung sah mich aus allen Winkeln an mit tausend Augen«, berichtet er 1842 in einem Brief an Theodor Mommsen von seinen Recherchen und erzählt von einer »alten halbverrückten Person«, die er öfter in einem Hinterhaus besucht habe, um sich »unter den sonderbarsten Exclamationen und Gebehrden Stücke von ihr erzählen zu lassen. Dabei schnurrte in den Pausen das Spinnrad, der Kater lag unter dem Ofen und schnarchte wie ein Kind; denn er war krank und medizinirte; auf dem Tisch brannte eine Thranlampe – vollkommner Hexenapparat.« Spinnrad, Ofen, Tranlicht: alles Elemente einer längst ins Hinterhaus der literarischen Hochkultur verbannten mündlichen Erzähltradition.

Auch der Sage vom »gespenstischen Schimmelreiter« begegnete er schon früh, wie das kleine, 1873 veröffentlichte Prosastück »Lena Wies. Ein Gedenkblatt« belegt; aber erst geraume Zeit später wird er sie als Novelle gestalten und 1888 veröffentlichen.

In der Würdigung der Bäckerstochter Lena Wies, der »Scheherezade« seiner Kindheit, erscheint Storm wieder das Ambiente wichtig, in dem er mit den Geschichten bekannt wurde, angefangen mit der Art des Lichts. Er erinnert sich, daß er, um zum Haus der Familie Wies zu gelangen, ein dunkles Stück Weges mit der Handlaterne gehen mußte: »Es gab damals in unserer Stadt noch keine Straßenbeleuchtung; aber desto mehr Gespenster; ›es übte vor‹, ›es jankte‹ draußen im ›Austrom‹, im Schlosse wurde nachts eine kleine braune Frau gesehen.« (es übte vor: sandte Vorzeichen; es jankte: klagte.)

Auch das Schreibzeug, mit dem er diese Erinnerung notiere, sei ihm ein wichtiges Ingrediens. In der Hand, bemerkt Storm, halte er eine Gänsefeder, die nicht gestutzt werden dürfe, denn »das gesellige vogelartige Gezwitscher, das sie, ihres Ursprungs eingedenk, beim Schreiben hören läßt, soll mich an vergangene Zeit gemahnen«. Interessant ist hier das Attribut »gesellig«, das auch dem im Brief an Mommsen erwähnten Schnurren des Spinnrads zukäme sowie allgemein der Erzählsituation an einem Ofen oder Kamin.

In der Stube stand, wie sich Storm vergegenwärtigt, ein alter Beilegerofen. Dies war ein in Norddeutschland weit verbreiteter, meist gußeiserner Ofen, der seinen Namen vom niederdeutschen »bilegen«, also »nachlegen, nachheizen«, erhielt; er verband die Küche, wo er befeuert wurde, mit der benachbarten, auf diese Weise mitgeheizten »Döns«, der warmen Stube. Der »Pesel« oder »Piesel« hingegen, die eigentliche gute Stube der Bauernhäuser, die man zu Festtagen benutzte, verfügte über keinen Ofen und wurde daher auch »die kalte Pracht« genannt. Der Beilegerofen besaß zur Döns hin eine oft mit einem biblischen Bildrelief verzierte Ofenklappe, deren religiöse Botschaft gleichsam durch die Strahlungswärme verstärkt

wurde. Storm erinnert sich an eine Darstellung der Verkündigung und daran, daß man – auch typisch für den Beilegerofen – dicke Messingknöpfe abschrauben konnte, um sich damit die Hände zu wärmen. Er ruft sich den Duft von Teig oder Bratäpfeln in Erinnerung, die in einer Schüssel auf der Messingplatte des Ofens warmgehalten wurden, und den Gesang der Heimchen, der Grillen, »der gesellig in das Zimmer hineinklang«. Storm evoziert das volle taktile, olfaktorische und auditive Erlebnis jener warmen Stube der Familie Wies, des Ortes, »an welchem ich die schönsten Geschichten meines Lebens gehört habe«.
Eine besonders begabte Erzählerin war die unverheiratete, von den Pocken gezeichnete Tochter Lena, die nicht nur Sagenerzählungen, sondern auch Selbsterlebtes oder Begebenheiten aus der Zeitung »wie aus geheimnisvoller Tiefe« darbieten konnte, während die Eltern »je zu einer Seite des Ofens«, der Vater im Lehnstuhl, die Mutter am Spinnrad, auf ihre Weise das Erzählte kommentierten, durch Nicken oder Anhalten des Rads. Dort, so schreibt Storm im »Gedenkblatt«, habe er die »Kunst des Erzählens« erlernt. Als Kind habe er immer weitere Geschichten erbeten – die sozusagen nachgelegt wurden wie im Beilegerofen die getrockneten Torfstücke oder Torfkohlen, das einzige Brennmaterial an der waldlosen Küste. Oft war es spät und die Stadt schon in völlige Dunkelheit gehüllt, wenn er nach Haus zu gehen hatte. Lena Wies mußte ihn dann noch ein Stück, »bis ans Ende der bösen Plankenstrecke«, begleiten und mit einem kräftigen »Gute Nacht!« für den Rest des Weges wappnen. Die Stimme seiner »Scheherazade« hielt die Gespenster wohl besser fern als sein »flimmerndes Laternchen«.
Vielleicht hat Storm einige dieser seltsam-faszinierenden Geschichten für sein »Neues Gespensterbuch« notiert und an den Erzählabenden in Heiligenstadt wiedergegeben; so könnte die eine oder andere auch in die Erzählung »Am Kamin« gelangt sein, die während der produktiven acht Jahre dort entstand. Dieser Reigen von Gespenstergeschichten, eingebunden in Rahmengespräche, erschien 1862 in zwei Fortsetzungen in der Zeitschrift Victoria, was sich in der Struktur abbildet: »Am Kamin« teilt sich in zwei Abende mit jeweils vier Geschichten. Erst 1911 wurde die Erzählung wiederentdeckt; der Autor hatte keine Belegexemplare der »Victoria: illustrirte Mode- und Musterzeitung« erhalten.
Die Erzählung greift die wöchentlichen Salonrunden auf, und Storms Freunde, örtliche Honoratioren-Ehepaare, sind mit ihren Initialen nur leicht verschlüsselt. Storm selbst nennt den Text in Briefen an die Familie einen »Cyclus von Spukgeschichten in einem leichten humoristischen Rahmen«, der »in heiterster Weise unser derzeitiges Zusammenleben abspiegelt«. In seinem Heiligenstädter Haus stand ein Ofen, kein Kamin, wie sehr wahrscheinlich in den meisten

Häusern, die Storm bewohnte; im Text macht er jedoch einen Kamin daraus, als Zentrum der Erzählrunde und literarischen Topos, Anspielung auf die Kaminerzählung, eine Gattung vor allem der englischen Erzählliteratur. Am offenen Feuer, so das Muster, werden vergangene Abenteuer berichtet oder zukünftige geplant, wie etwa die Expedition in Robert Louis Stevensons »Schatzinsel«; für Spukgeschichten scheint dies die natürliche Umgebung.

Der Erzähler wird als »alter Herr« vorgestellt und wie alle Zuhörer nicht weiter charakterisiert; wiedergegeben sind nur deren Einwürfe, in denen sich Spott, Skepsis, Neugier mischen, in denen sozusagen der Zeitgeist, die »abstrakte Lebensauffassung der Jetztzeit«, wie es in einer Episode im »Neuen Gespensterbuch« heißt, auf die berichteten übersinnlichen Ereignisse reagiert. Man macht sich lustig, bevor man die Geschichte überhaupt gehört hat, und fordert, kaum ist sie zu Ende, eine Erklärung, die der Erzähler nicht bieten kann oder will. Aber auch die Gäste der Kaminrunde geraten am zweiten Abend ins Erzählen, erinnern sich an unheimliche Geschichten, in der Erzählung, deren Mitte stets ein ungeklärtes Rätsel bildet.

Zu Beginn des ersten wie des zweiten Abends wird das Kaminfeuer selbst zum Thema der Rahmendialoge. Als der Erzähler Gespenstergeschichten ankündigt, wirken die Zuhörer belustigt und erstaunt; für ihn jedoch liegen sie »in der Luft. Hören Sie nur, wie draußen der Oktoberwind in den Tannen fegt! Und dann hier drinnen dies helle Kienäpfelfeuerchen!«

Statt in lodernde Flammen blickt man also in ein »Feuerchen«, ein Komfort-Deko-Feuer, wie man heute sagt; von Holzscheiten ist nicht die Rede, nur von Kienäpfeln (Kiefernzapfen), die von den Zuhörern ins Feuer geworfen werden, wo sie hell zerplatzen. Kien, harzhaltiges Kiefernholz, wurde über Jahrhunderte als Leuchtmittel genutzt; bei einem Kaminfeuer können Kiefernzapfen als Anzündhilfe dienen, geben jedoch selbst nicht lange Wärme und werden vor allem ihres schönen Knisterns und des harzigen Duftes wegen verbrannt. Stellen nun auch die Gespenstergeschichten eine Art Kienäpfel dar, die, ins schmächtige Kaminfeuer geworfen, für Momente einen besonderen archaischen Lichtschein verbreiten? Mit einem Rätselknistereffekt für den leichten Schauer, den kommoden Grusel, während draußen heiteres, warmes Oktoberwetter herrscht? Noch Nachsommer, nicht Novemberfrost. Eher wohltemperierte Zone denn bedrohliche Minusgrade. Draußen – so mag man die Szene deuten – liegen die milden Gefilde des fortschrittlichen 19. Jahrhunderts, deren Muster und Mode die Zeitschrift Victoria präsentiert, nicht jene vergangenen, existentiell vom Wetter, von der Ernte, von ausreichend Brennmaterial abhängigen Zeiten. Storms Interesse gilt der Frage: Was macht das Unheimliche mit den Menschen seiner Zeit? Es gibt keine Auflösung, nur den »Reiz des Rätsels«.

Der Gastgeber serviert jenen »Trank, bei dem der selige Hoffmann seine Serapionsgeschichten erzählte. – Setzen Sie die Bowle vor den Kamin, Martin!« Bei E. T.A. Hoffmann bildet tatsächlich der Punsch jenes Agens, welches in der englischen Tradition das Kaminfeuer ist. Nicht die einzige Hommage Storms an diesen Autor, während die zeitgenössische Literaturkritik, angeführt von dem einflußreichen Literaturhistoriker Julian Schmidt, alle romantische Geistermotivik aus der ernsthaften Literatur verbannt sehen wollte, was im Einwurf eines Zuhörers zur Sprache kommt: »Aber ich dächte, die Spukgeschichten gehörten gänzlich zum Rüstzeug der Reaktion?«
Die Kaminrunde erscheint Storm als passende Erzählsituation für Geschichten, die er selbst über lange Zeit für sein »Neues Gespensterbuch« gesammelt, auch aus Werken wie Johann Heinrich Jung-Stillings »Theorie der Geisterkunde« exzerptiert hat und die hier ohne literarisch ambitionierte Bearbeitung, also »unfertig« nach dem Urteil Fontanes, eingefügt werden. Sein Erzähler berichtet, wie sich die merkwürdigen Episoden ereignet haben: als Traum, Geistererscheinung, oder wo sie ihm zugetragen wurden, aber er deutet sie nicht, auch wenn seine Zuhörer ihn drängen. Statt einer Antwort erzählt er oft gleich die nächste Geschichte, die ebenso ohne Auflösung, ohne Erklärung bleibt. Er regt an, den »Reiz des Rätsels« wirken zu lassen und über Dinge nachzudenken, die »noch solche Schatten aus dem leeren Raume fallen lassen«. Das merkt er nach einer Geschichte an, in der ein Geist als »ein Ding, ungestaltig und molkig« erscheint, also quasi als Abbild des Es, des Unbewußten – die moderne Form des Unheimlichen.

Heiterer, gespensterfeindlicher Nachsommer herrscht explizit beim zweiten Zusammentreffen: »Aber es ist noch einmal wieder Sommer geworden, alter Herr! Wo bleiben da unsre Geschichten? Ein Kaminfeuer läßt sich doch bei sechzehn Grad Wärme nicht anzünden!«
Der Erzähler erwidert, daß der Winter unweigerlich näherrücke, aber: »Der Teetisch tut es auch für heute; lassen Sie nur den Kessel sausen, ich meinerseits bin mit dem Akkompagnement zufrieden.« Im Kessel klingt von fern der »Hexenkessel« an und damit jener »Hexenapparat«, von dem Storm im oben zitierten Brief an Mommsen spricht. Bedauerlich sei jedoch, bemerkt der Erzähler, daß kein Torf zur Verfügung stehe (der in Thüringen schwer zu beschaffen war): »Wenn der Teekessel ein Vertreter des häuslichen Herdes sein soll, so muß er unbedingt auf einem Kohlenbecken kochen; und zwar auf Torfkohlen, gehörig durchgeglühten. Das hält auch besser Dauer als jene ungemütliche Maschinerie.« Damit meint er, wie gleich darauf erklärt wird, die »Apothekerflamme der Berzeliuslampe«, also einen mit Spiritus betriebenen Brenner, der nach seinem Erfinder Jöns Jakob

Berzelius benannt ist. Der bedeutende schwedische Chemiker, der unter anderem die Buchstaben-Symbole für chemische Elemente einführte, also ein rationalisiertes System anstatt alchemistischer Ordnungen, stellte auch den seinerzeit vieldiskutierten Mesmerismus bzw. »tierischen Magnetismus« in Frage. Bereits in seiner 1802 veröffentlichten Dissertation zur »galvanischen Elektrizität« negierte er jeden therapeutischen Effekt des Mesmerimus und schloß ihn aus der seriösen Wissenschaft aus. Zielt Storm hier vielleicht indirekt auf die Direktive, daß das Übersinnliche, die »Nachtseiten« in einer als zeitgemäß geltenden Literatur keinen Platz mehr hätten? Soll dies das neue »Erzählfeuer« sein: die punktgenau eingesetzte Hitze eines Laborbrenners, der von einem Kritiker alles Parapsychischen erfunden wurde? Gespeist wurde die »Apothekerflamme« mit Petroleum (das damals ebenfalls in der Apotheke erworben wurde): »Indessen, da es hierorts weder einen Torf noch einen Teekomfort gibt – Sie kennen das Ding wohl nicht einmal? –, so akzeptiere ich das Kännchen Sprit.« Ein Wort, in dem immerhin die Begriffe Spirit und Esprit mitklingen. (Auch der alte Stechlin in Fontanes Roman lehnt übrigens, als er einmal verfroren nach Hause kommt und einen heißen Grog wünscht, einen Petroleumkocher ab; wenn kein heißes Wasser vom Herd übrig sei, trinke er den Cognac lieber kalt, denn vom Kocher kriege man »bloß Kopfweh«.)

Torf ist wie Kohle und Erdöl ein fossiler Brennstoff; er entstammt dem ersten Stadium der sogenannten Inkohlung organischer Sedimente mit oft noch sichtbaren Pflanzenteilen. Im Sommer wurde er im Moor gestochen und an der Luft getrocknet. Die noch höheren Brennwert bietende Torfkohle gewann man wie Holzkohle in luftdichten Meilern. In Storms Novelle »Der Schimmelreiter« erzählt der Schulmeister an einem torfbefeuerten Ofen jene Geschichte vom mysteriösen Deichgrafen, die er aus in Spinnstuben gehörten Legenden und Gerüchten geformt hat. Im Torfmotiv führt Storm Brennstoff und Erzählstoff zusammen; das ideale Erzählfeuer nährt sich für ihn aus tieferen mündlich-mythischen Schichten. Der Ausdruck »gehörig durchgeglüht« in »Am Kamin« signalisiert: Man gibt den Dingen, auch dem Erzählen, Zeit. Solcherart beim Weitererzählen »verdichtete« Geschichten halten »besser Dauer« als jene moderne »ungemütliche Maschinerie«, das Zweckinstrument Berzeliuslampe. Ähnlich stellt Walter Benjamin in seinem berühmten Essay »Der Erzähler« den »Rat« und die »Weisheit« des traditionellen Erzählens gegen die »Information«, denn diese habe »ihren Lohn mit dem Augenblick dahin, in dem sie neu war«.

In Storms Neuinterpretation der Kaminerzählung wird also das Holz zunächst durch Kiefernzapfen, dann durch Petroleum ersetzt. Der Brennstoff wechselt, das »Akkompagnement«, die archetypische Situation bleiben jedoch ähnlich – noch kann die Flamme unterm Teekessel das Herdfeuer ersetzen, noch wird mündlich erzählt. Den Abschluß bildet eine von einem Gast im Schein der »Apothekerflamme« erzählte Geschichte, die aus Jung-Stillings »Theorie der Geisterkunde« stammen könnte, einem wie Mesmers Lehre weit ins 19. Jahrhundert hineinstrahlenden Werk. Nach einer gegen den letzten Willen eines Verstorbenen vorgenommenen Sektion erhält dessen Freund, ein »geheimer Medizinalrat«, gerade als er in einer abendlichen Runde den Vorfall schildert, eine Art übersinnlichen Wink, wo sich das mittlerweile in Spiritus eingelegte Herz befinde; so gelangt es doch noch in das Grab und der Verstorbene zu seinem Seelenfrieden.

Für den Erzähler ist das Erlebnis des »Unbegreiflichen und Ungeheuren« eher eine Erinnerung daran, daß jede »Menschenkreatur, jede für sich, in fürchterlicher Einsamkeit« lebe, »ein verlorener Punkt in dem unermessenen und unverstandenen Raum«. Diesen un-heimeligen Gedanken versucht die Abendgesellschaft durch Witze abzumildern, und auch der Erzähler selbst schickt seine Gäste scherzend nach Haus, denn es sei doch »Bürger-Bettzeit«. Das kräftige »Gute Nacht!« der Lena Wies ruft er ihnen nicht nach – es gibt inzwischen eine Straßenbeleuchtung. Aber welche Träume mögen den Bürger heimsuchen? Beinahe sieht man seine Betten durch die ungeheure Nacht treiben, fern jener Erzählrunde am Kamin, wo das Unerklärliche berichtet, geteilt, besprochen wurde, vielleicht auch im Doppelsinn des Wortes: durchs Erzählen magisch beschworen und gebannt.

JOHN LOCKE

WEIHNACHTEN IN DEUTSCHLAND

(1665)

Vorbemerkung

Der englische Philosoph John Locke, der sein schriftstellerisches Hauptwerk innerhalb weniger Jahre an der Schwelle zum 18. Jahrhundert veröffentlichte, war einer der wichtigsten Vordenker und Stichwortgeber der Aufklärung. Deren Zielsetzungen und politische Diskurse prägte er so nachhaltig wie kaum jemand sonst. Ausgangs- und Bezugspunkt seiner gesellschaftsverändernden Überlegungen war die »Glorreiche Revolution« von 1688/89, die er als Gefolgsmann des neuen Monarchen William III. nach Kräften unterstützte. Diese Befreiung von der absolutistischen Regierung des exilierten Stuart-Königs James II., die zu einem gewaltigen Modernisierungsschub führte, erhob Locke auch für andere Nationen zum Vorbild. Stets kreisten seine Schriften um die Frage, was einen liberalen Staat in seinem Innersten auszeichnet. In seinem »Sendschreiben von der Toleranz« (1689) forderte er radikale Glaubens- und Gewissensfreiheit, die er in den Mittelpunkt des Projekts der Aufklärung stellte; sein »Versuch über den menschlichen Verstand« (1690) avancierte zum Grundbuch einer sensualistisch-empirischen Philosophie, welche die Körperlichkeit und Sinnlichkeit des Menschen als unverzichtbare Voraussetzung für alles Nachdenken über seine intellektuellen Möglichkeiten und seelischen Bedürfnisse beschrieb; in den beiden »Abhandlungen über die Regierung« (1690) propagierte er den repräsentativen Parlamentarismus, den er als Lebenselixier eines freiheitlichen Gemeinwesens deutete; mit seinen »Reflexionen über die Folgen der Absenkung des Zinssatzes und die Zunahme des Geldwertes« (1691) verteidigte er die Regeln der freien Marktwirtschaft; und in seinen »Gedanken über Erziehung« (1693) formulierte er die pädagogischen Prinzipien des spielerischen Lernens und des mündigen Gebrauchs des eigenen Verstandes.

Nicht ohne Grund feierte der erste deutsche Pädagogikprofessor Ernst Christian Trapp aus Halle den Universalgelehrten Locke noch 1782 als »Urquelle« des modernen Denkens: »Man liest nichts neues mehr, wann man Locke gelesen hat. Entwickelter findet man wohl manche seiner Gedanken bei denen, die nach ihm gekommen sind: aber was Neues, von Locken nicht gedachtes, schwerlich. Locke, welch ein Mann!« Auch die Feministin Mary Wollstonecraft beschrieb ihren Landsmann Locke in ihrer 1792 erschienenen Schrift »Verteidigung der Rechte der Frau« als Vorkämpfer eines auf umfassende Gleichberechtigung zielenden Denkens, das Mädchen und Frauen ganz neue Chancen auf Entfaltung ihrer Talente eröffnete. Schließlich ist das in der amerikanischen Unabhängigkeitsverfassung von 1776 formulierte Recht auf ein ungehindertes »Streben nach Glück«, das am Anfang des heutigen Gesellschafts- und Staatsverständnisses steht, ohne Lockes literarische Vorarbeit nicht zu denken. Gelesen und rezipiert wurde er gleichermaßen intensiv in Europa und Nordamerika, zumal die meisten seiner

Schriften schon frühzeitig in alle Weltsprachen übersetzt wurden. Als gebildeter Mensch kam man im Zeitalter der Aufklärung an Locke kaum vorbei, man mußte sich mit ihm und seinen Theorien auseinandersetzen und tat dies meist mit Gewinn. Die Zustimmung der aufklärerischen Avantgarde war dem Engländer dabei gewiß. Sogar der sonst so zivilisationskritisch auftretende Jean-Jacques Rousseau ließ in seinem Erziehungsroman »Emile« (1762) auf den kühnen Wegbereiter der modernen Gesellschaft nichts kommen: Als »exakter Denker« war der »weise Locke« für ihn unübertroffen.

In deutscher Übersetzung wurde Locke bereits in der ersten Dekade des 18. Jahrhunderts im gesamten Heiligen Römischen Reich gelesen, wobei es vor allem seine Reflexionen über eine zeitgemäße Erziehung waren, die durch Vermittlung des Hamburger Frühaufklärers Hermann Samuel Reimarus und dessen Schülers Johann Bernhard Basedow flächendeckende Verbreitung fanden. 1708 veröffentlichte der Leipziger Verlag von Thomas Fritsch »Herrn Johann Locks Unterricht von Erziehung der Kinder«. Dieser Ausgabe folgten dann viele weitere Übersetzungen des populären Werkes. Erst danach erschienen auch Lockes Toleranzschrift (1710) und sein Essay über den menschlichen Verstand (1757) in deutscher Sprache. Was das hiesige Lesepublikum an den Arbeiten des Autors so sehr schätzte, war neben dem Inhalt die Sprache, die an lakonischer Klarheit kaum zu überbieten war. Die logische Ordnung und glückliche Reihung seiner Argumente, sein immer faßlicher Stil und nicht zuletzt auch der besonnene Vortragston seiner Traktate, denen alles Gestelzte oder Gekünstelte vollkommen abging, luden zum ruhigen Nachdenken ein. Locke war das Musterbeispiel des hellen Denkens, das dem Geist aufhalf und zum guten Gebrauch der Vernunft erzog.

Verborgen blieb Lockes Anhängern allerdings eine Seite seines literarischen Schaffens, die der Philosoph der Öffentlichkeit bis zu seinem Tod nicht darbieten wollte: seine als junger Mann verfaßten Reisebriefe, in denen er sich – im Unterschied zu den Abhandlungen und Traktaten – als hinreißend talentierter Plauderer präsentierte, übrigens auch als sarkastischer Beobachter fremder Sitten und Gebräuche, die er mit viel Witz und im Gestus der grotesken Übertreibung zu seinem eigenen Vergnügen skizzierte. Da er sie wohl nur als Gelegenheitsarbeiten betrachtete, als bloße Kapricen, hielt er sie der späteren Veröffentlichung nicht für wert. Deshalb ließ ihn der Leipziger Dichter und Professor Christian Fürchtegott Gellert, der Locke in seinen 1770 erschienenen »Moralischen Vorlesungen« als prototypischen Aufklärer und Pädagogen unentwegt lobte, in seiner »Praktischen Abhandlung von dem guten Geschmacke in Briefen« (1751) unerwähnt, obwohl er den leichten und ironischen Briefstil der besten Engländer und Franzosen auch den Deutschen zur Nachahmung empfahl und dabei vorzugsweise auf Alexander Pope, Voltaire und Rousseau verwies. Seinen handschriftlichen Nachlaß vermachte Locke, der unverheiratet geblieben war, einem Sohn seiner Cousine Anne Locke, Sir Peter King, dessen gleichnamiger Enkel, Lord Peter King, einen Teil des in Abschrift erhaltenen Briefwechsels 1829 veröffentlichte. Erst 1947 gingen die Manuskripte aus den Händen der Familie King in den Besitz der Oxforder Bodleian Library über. Zwischen 1976 und 1989 wurde Lockes Briefwechsel von Esmond Samuel de Beer, einem neuseeländischen Publizisten und Philanthropen, der Zugang zum Nachlaß hatte, mit dem Anspruch auf lückenlose Vollständigkeit veröffentlicht – in einer historisch-kritischen Ausgabe der Clarendon Press. Eine deutsche Übersetzung der Briefe wurde nicht unternommen, nicht mal in einer kleinen Auswahl.

Tatsächlich gehören die Briefe, die Locke im Dezember 1665 im niederrheinischen Kleve verfaßte, zu den stilistisch brillantesten und kulturhistorisch interessantesten Dokumenten seiner Korrespondenz. Es handelte sich für den dreiunddreißigjährigen Locke, dessen Leben bis zu diesem Zeitpunkt in überschaubaren Kreisen verlaufen war, um die erste Auslandsreise. Der Sohn eines Gerichtsbeamten aus Somerset war als begabtes Kind auf die renommierte Westminster School in London gegeben worden, erlangte dort ein Stipendium und studierte am Christ Church College in Oxford Philologie, Philosophie und Medizin. Zwar erlangte er die Approbation als Arzt, doch betätigte er sich nach Abschluß seiner Studien zunächst als Dozent für Griechisch und Rhetorik. Ab 1663 hielt er auch Vorlesungen über Ethik. Die Oxforder Gelehrtenwelt war sein Bezugsrahmen, was in den Briefen aus Kleve wiederholt zum Ausdruck kommt, etwa wenn er einen dicken und gutmütigen Franziskanerprior, mit dem er tafelt und höfliche Konversation betreibt, als einen Mann beschreibt, der »dem Rektor eines College« jedenfalls »nicht unähnlich« sei. Noch war Locke – der erst 1667 in den Dienst der hochrangigen Adelsfamilie des Earl of Shaftesbury wechselte und zwischen 1683 und 1689 in Holland lebte – nicht jener weltläufige Gentleman, der im Zuge der »Glorreichen Revolution« zu einem der herausragenden Schriftsteller seines Landes werden sollte.
Locke verließ die Universitätsstadt, um den englischen Gesandten Sir Walter Vane zu Verhandlungen mit dem brandenburgischen Kurfürsten Friedrich Wilhelm nach Kleve zu begleiten. »Am Montag, den 13. November 1665, bestiegen wir in Oxford die Kutsche nach Deutschland«, notierte er am Tag der Abreise in einem Erinnerungsbuch, in dem er seine Reiseerlebnisse in knappen Notizen festhielt. Sir Walter Vane, dem Locke Schreibdienste zu leisten hatte, wurde nach Deutschland beordert, um im Krieg gegen die Niederlande, den der englische Monarch Charles II. bereits einige Monate zuvor im März erklärte hatte, einen neuen Bündnispartner zu gewinnen. Den Fürstbischof von Münster, Christoph Bernhard von Galen, hatten die Engländer schon als Alliierten auf ihre Seite ziehen können. Nun ging es darum, auch den Großen Kurfürsten, den Herrscher Brandenburgs, der als solcher auch Herzog von Kleve war, der Koalition gegen Holland zuzuführen. Die deutsch-niederländische Grenzstadt Kleve war im 17. Jahrhundert neben Berlin und Königsberg die dritte brandenburgische Residenz. Friedrich Wilhelm, der großartige Parks und Gärten anlegte, hielt sich dort besonders gern auf. Es ist heute nicht mehr zu ermitteln, warum ausgerechnet Locke, der in Auslandsangelegenheiten völlig unerfahrene Dozent für Moralphilosophie, ausgewählt wurde, den englischen Chefunterhändler nach Deutschland zu begleiten. Vielleicht hatte ihn der König selbst dazu ausgesucht, als er sich im Frühjahr auf der Flucht vor der Pest – die Daniel Defoe in seinem 1722 veröffentlichten »Journal of the Plague Year« später so eindrucksvoll aus der historischen Rückschau beschrieb – von London aus nach Oxford aufmachte, wo er im Christ Church College mit seinem Hof Quartier nahm. Dort könnte er Locke begegnet sein. Dieser wiederum erblickte in der diplomatischen Mission, zu der er im Auftrag des Königs eingeladen wurde, eine willkommene Gelegenheit, seinen Horizont zu erweitern. Das politische Ziel der Reise wurde zwar nicht erreicht, da die englische Regierung nach langwierigen Verhandlungen nicht bereit war, dem Kurfürsten die für seine Unterstützung verlangten hohen Subsidien zu gewähren, weshalb er letztlich den zahlungswilligeren Holländern zuneigte. Doch Locke verbrachte bis zum Abbruch der Mission im Februar 1666 immerhin mehr als zwei Monate im winterlichen Kleve, wo er auch das Weihnachtsfest feierte.

Die Briefe aus Kleve waren unterschiedlicher Natur. In der Hauptsache fertigte er auf Vanes Geheiß die offiziellen Schreiben an die englische Regierung an. In diesen Berichten, in denen vom Fortgang des Krieges und den Verhandlungen mit dem Kurfürsten die Rede ist, agiert Locke ganz als Sekretär seines Auftraggebers. Daneben haben sich aber noch ein Dutzend privater Briefe erhalten. Auch in einigen von ihnen schildert er die Lage vor Ort aus Diplomatensicht. Diese Schreiben sind zumeist an William Godolphin gerichtet, den Sekretär des Lord Arlington, einen Mann von beträchtlichem Einfluß beim König. Hier erlaubt sich Locke in der Deutung der politischen Geschehnisse mehr Freiheiten als in den offiziellen Schreiben, wobei er im wesentlichen Vanes Anschauungen teilt. Vier Briefe schrieb er zwischen Dezember 1665 und Januar 1666 dann noch an einen seiner besten Freunde, John Strachey. In ihnen kommen zuweilen zwar auch ganz kurz die neuesten Kriegshandlungen zwischen den Niederlanden und dem Hochstift Münster zur Sprache, doch läßt Locke hier vor allem seiner Erzählkunst in der Beschreibung von Land und Leuten freien Lauf. Zwei dieser Briefe schildern in einem leicht dahinplaudernden, immer amüsanten und in manchen Passagen auch hochkomischen Ton die diversen Weihnachtsbräuche in Kleve und gehören zum Witzigsten, was Locke der Nachwelt hinterlassen hat. Vor allem seine Darstellung des Festmahls beim brandenburgischen Kurfürsten, zu dem er eingeladen wird, erinnert in ihrer Drastik an die üppig gedeckten Tische, die Hans Jakob Christoffel von Grimmelshausen in seinem Schelmenroman »Der abenteuerliche Simplicissimus« (1668) beschreibt. Über die kalte Jahreszeit sagt dessen närrisch-naiver Held Simplicius: »da fängt bei uns Teutschen das Fressen und Saufen an«. Auch Locke staunt darüber, »daß die fröhlichen Deutschen selber so mannhaft tafelten«, als ginge es ums Überleben, während er selber eher kleinere Portionen bevorzugt. Die Sottisen und Spötteleien, die sich in Lockes Ausmalung der Kochkünste der Deutschen finden, brauchen den Vergleich zu ähnlichen Schilderungen des großen Satirikers Charles-Louis de Montesquieu, der auf seiner Europareise 1728 und 1729 ebenfalls das Herzogtum Kleve bereiste und den Menschen dort beim Speisen zuschaute, nicht zu scheuen.

Als Verfasser von Briefen orientierte sich Locke übrigens schon früh an einem bedeutenden französischen Vorbild. In einem im August 1659 verfaßten Schreiben an Godolphin bekannte er einmal, daß er gerne über das Genie »von Balzac« verfügen oder zumindest dessen einschlägige Publikationen zur Hand haben würde, um selbst möglichst gut schreiben zu können. Damit spielte er auf Jean-Louis Guez, sieur de Balzac (1597–1654) an, dessen Briefe im 17. Jahrhundert in ganz Europa als modellhaft und nachahmenswert gepriesen wurden. Guez de Balzacs berühmter Briefsteller »Lettres« erschien erstmals 1624 (1636 dann in einer erweiterten Fassung als »Recueil de nouvelles lettres«), eine englische Übersetzung wurde 1634 veröffentlicht. Der Franzose empfahl seinen Lesern, Briefe stets in einer zwanglosen und klaren Sprache zu verfassen, die auch ungebildete Frauen und Kinder verstehen konnten. Locke hielt sich daran und schuf eine englische Prosa, wie man sie erst in den satirischen und humoristischen Stücken eines Jonathan Swift oder in der Reiseliteratur eines Joseph Addison wiederfindet. Dennoch fühlte sich Locke nicht bemüßigt, seine Briefe zu veröffentlichen. Es ist nicht einmal sicher, ob er sie an Strachey abschickte. Die Abschriften (möglicherweise sind es auch nur Entwürfe) im Nachlaß der Oxforder Bodleian Library geben darüber keine Auskunft. Vielleicht wollte er sie wirklich als alternatives Reisejournal bis zu seiner Rückkehr aufbewahren,

um dann, wie er schrieb, mit Strachey am Kaminfeuer »darüber (zu) lachen, denn es wird mir vielleicht (…) Sachen in Erinnerung rufen«.
Trotz der humoristischen Tonlage enthalten die Briefe auch ernsthafte Reflexionen, die Locke zum Nachdenken über Fragen der Religion und Gewissensfreiheit anregten. Denn in Kleve fand er, der selbst ein presbyterianischer Calvinist war, eine Stadt vor, in der sich Religionen und Konfessionen jener friedlichen Eintracht befleißigten, die er in seinem Sendschreiben über die Toleranz später überall verwirklicht sehen wollte. Brandenburg war ein Staat, der seinen Untertanen und Bürgern im 17. Jahrhundert bereits weitreichende religiöse Freiheiten gestattete. Die regierende Dynastie der Hohenzollern war calvinistischen Glaubens, während die meisten Brandenburger der lutherischen Konfession anhingen. Doch gab es dort, wie Locke hervorhob, auch Katholiken – die auf ihn einen überaus freundlichen Eindruck machten – sowie »Juden, Wiedertäufer und Quäker«. Besonders beeindruckte Locke, daß gerade die Quäker, die zu dieser Zeit in England erbarmungslos unterdrückt und verfolgt wurden, trotz eines auch in Brandenburg ergangenen Verbots unbehelligt leben konnten und sogar reich wurden: »sie achten des Verbots ihrer Versammlungen durch den Kurfürsten nicht«. Es waren dies dieselben standhaften Quäker, die dann auch William Penn auf seiner Missionsreise im September 1677 in der Umgebung von Duisburg und Düsseldorf antraf.

Jürgen Overhoff

John Locke an John Strachey, 14./24. Dezember 1665

An John Strachey Esq. auf Sutton Court, abzugeben bei Mr. John Blanches nahe beim Marktkreuz in der High Street in Bristol.
Sir,
wenn es Euch nicht mehr ermüden wird wenn ihr's lest, als es mich ermüdet hat, anzuschauen, was diese Exkursion nach Deutschland mir an Neuem oder Angenehmen gezeigt hat, dann werde ich Euch regelmäßig Bericht über diese meine Person geben, auf welche Ihr so guten Anspruch habt, und über jene Abenteuer, die ich auf meiner Ausfahrt unternehmen werde, und Ihr werdet mir eine Freundlichkeit erweisen, wenn Ihr all dies in einer Ecke Eures Studierzimmers beiseite tut, bis ich wiederkomme, denn ich beabsichtige, in Eure Hände alle Denkwürdigkeiten meiner Reise zu legen, da ich nicht groß Papier erbitten will, und ich hoffe, wenn wir uns begegnen, wird dies uns Material zu Gespräch und Unterhaltung geben.
(4. Dez.) Heute ging unsere öffentliche Unterhaltung, vom Kurfürsten ausgerichtet, zu Ende, gar sehr zu meiner Genugtuung, denn ich hatte keine große Freude an einem Festmahl, wo ich inmitten von reichlich Speise und Gesellschaft wenig zu essen und noch weniger zu sagen hatte; der Vorteil war es, daß die fröhlichen Deutschen selber so mannhaft tafelten, daß sie meine Müßigkeit

kaum bemerkten, und ich hätte wohl meine vollkommene Ruhe genießen und das ganze Mahl verschlafen können, wenn mich nicht ein Glas Wein hin und wieder aufgestört hätte. Und in der Tat war hierauf die besondere Sorgfalt der Gastlichkeit verwendet worden und auch die Aufrichtigkeit, denn der Wein verdiente es bekannt zu sein und mußte sich nicht schämen. Was aber die Speisen angeht, war jedes Fleisch so zurechtgekünstelt, daß man hätte meinen sollen, es sei eine Maskerade beabsichtigt und keine Mahlzeit und man wolle uns Rätsel aufgeben anstatt uns zu nähren. Doch stellten die Köche ihre Metamorphosen an wie bei Ovid, wo die Verwandlung ja für gewöhnlich in etwas Schlimmeres erfolgt. Aber ich hatte die Courage, mich an unbekannte Dinge zu wagen, und oft vermochte ich dann nicht zu urteilen, ob ich Fleisch oder Fisch aß oder, wie man sagt, guten sauren Hering, so sehr wußte alles und jedes einen zu täuschen – nur hie und da kam eine Platte ehrlicher Süßwasserfische herein, die so weit von Trug und List entfernt waren, daß sie nicht einmal die Schwänze in einem Tropfen Butter zu verbergen wußten, auch war keine Sauce daneben, sie zu verkleiden. Was haltet Ihr wohl von Huhn mit Kohl? Oder einem Stück gestäubten Rindfleisches mit eingemachten Quitten abgedeckt? Das sind hier keine Mirakel. Eines gefällt mir sehr gut, nämlich daß sie das ganze Jahr über gute Salate haben und sie häufig gebrauchen. Es ist wahr, daß der Kurfürst seine Viktualien zugab, doch seine Offiziere, welche unsere Gesellschafter waren, schätzten ihre Dienste genugsam, und einer hielt in der Tasche eine Liste bereit von denen, so Belohnungen erwarteten, in einer Höhe, daß die Teilnahme mehr kostete, als das Essen wert war.

Am 9. Dez. war ich eingeladen und dinierte in einem Kloster mit den Franziskanern, die zuvor eine lateinische Epistel zu uns hatten geschickt um Unterstützung willen, denn sie leben von der Wohltätigkeit anderer oder, die Wahrheit zu sagen, gehen müßig dank der Arbeit anderer Leute. Doch zu meinem Abendessen. Denn es läuft mir das Wasser im Munde zusammen, damit zu beginnen. Und zweifellos werdet Ihr Euch nach einer anderen solchen Einladung sehnen, wenn Ihr dies nun erfahrt. Erst irgend etwas anstelle von Gebet oder Musik, Ihr mögt es Euch aussuchen, denn ich konnte keines daraus entnehmen. Denn es ward zwar Lateinisch gesungen, doch die Melodie war derart, daß ich weder das Latein verstand noch die Harmonie. Den Anfang vom Vaterunser bis zur ersten Fürbitte wiederholten sie laut, doch fuhren sie dann stumm fort bis sed libera nos etc. und brachen schließlich in einen lauten Chorus aus, der fortging bis zum Ende. Während des Schweigens beugten sie sich vornüber und hielten sich den Kopf, als lauschten sie einander flüsternd. Nach diesem Praeludium setzten wir uns nieder. Der Oberste der Mönche (ich denke, der Prior) auf der Innenseite des Tisches gerade in der Mitte und alle seine Brüder zu Seiten. Ich wurde ihm direkt gegenüber gesetzt, als hätte ich ihnen allen den Kampf angesagt. Doch wir waren alle sehr still, und nach einer gewissen Schweigezeit marschierte eine feierliche Prozession mit Erbsbrei herein, jedem sein Teller. Ich konnte erst vom Anblick her nicht erkennen, was es war, bis ich zur näheren Untersuchung meinen Löffel hineintat und ein paar Erbsen unten auf dem Grund herauskamen, mitleiderregend dreinsahen und wieder abtauchten. Ich erbarmte mich und hätte sie gern verschont, war aber von wegen der guten Manieren (wenn auch wider meine Natur und meinen Appetit) gezwungen, ein paar zu vernichten, und machte mich daran. Währenddessen kein Wort, ich konnte nicht erkennen, ob dieses Schweigen auf den Eifer ihrer Mägen zurückging, der ihren Mündern keine andere Tätigkeit erlaubte, als sich zu füllen, oder auf eine andere Ursache: Ich war indes gewiß, daß es nicht aus Bewunderung für ihre vorherige Musik geschah. Endlich sprach das Orakel des Hauses und sagte ihnen, es gäbe Erlaubnis zu sprechen, um mich zu unterhalten. Ich erwiderte das Kompliment und wir begannen unser Gespräch über Stock u. Stein, wie unser schlechtes Latein und die noch schlechtere Aussprache beiderseits es erlaubten: Doch tat dies nichts, wir kümmerten uns nicht um Priscianus, dessen Kopf an diesem Tag nicht wenig zu leiden hatte. Doch rettete mich dies vor dem Erbsbrei und den Erbsbrei vor mir, denn nun hatte ich etwas anderes zu tun. Der nächste Gang hieß jedem ein Stück Fisch, mit Butter dabei, doch ob es frischer Fisch war oder gesalzener, kann ich nicht sagen, und ich halte dafür, daß diese Frage so schwierig ist wie nur eine, die Thomas je disputiert hat. Unser dritter Gang war Käse mit Butter, und der Käse hatte die Besonderheit, welche ich nirgendwo sonst gesehen habe, daß er mit Kümmelkörnern bereitet war. Der Prior hatte auf dem Tisch bei sich eine kleine Glocke, die er läutete, wenn er etwas wollte, und jene, die aufwarteten, brachten nie etwas oder nahmen etwas fort, ohne daß sie sich mit großer Ehrfurcht verneigten und den Tisch küßten. Der Prior war ein guter dicker Bursche, der mehr Bauch denn Hirn hatte und, wie ich dachte, sehr geeignet war, daß man ihm ehrfürchtig begegnete, er war gar nicht unähnlich dem Rektor eines College. Ich mochte ihn als Unterhaltung wohl leiden, denn hätten wir ein gutes Mahl gehabt, hätte er mich mit seinen Gesprächen nicht weiter gestört. Der erste, der den Tisch küßte, tat dies sehr gemächlich, und ich dachte, der hält sein Haupt so lange drunten, daß der Prior während unseres Schweigens ihm etwas auf den kahlen Kopf hätte schreiben und es solcherart seinem Verständnis zuführen können. Ihr Bier war recht anständig, doch ihre Gesichter bezeugten noch Besseres, ihr Brot war dunkel und ihr Tischzeug sauber genug. Nach dem Essen bekamen wir den zweiten Teil derselben Melodie, und danach brach ich auf. Sie waren wahrhaftig sehr höflich und zuvorkommend und schienen gutmütig. Es war Fastenzeit ihres Ordens bis Weihnachten. Wenn ich noch ein weiteres Festmahl dort bekomme, sollt Ihr mein Gast sein. Ihr werdet vielleicht denken: Was immer

sonst sich ereignen mag, meinen Bauch werde ich wohlbehalten nach Hause bringen, weil ich Euch nichts anderes erzähle als vom Essen und Trinken. Doch müßt Ihr wissen, daß fahrende Ritter sich ihre Abenteuer nicht aussuchen, und diejenigen, die dann und wann in schönen Burgen wohnen, bei Banketten und Damen, finden sich ansonsten in der Schlacht und in der Wildnis wieder, und man muß alles nehmen, wie es kommt.
Am 10. Dezember besuchte ich die lutherische Kirche und fand sie alle bei fröhlichem Gesang, mit dem Hut auf dem Kopf. So daß wegen ihrer Haltung und wegen der Art des Gebäudes, das einem Theater nicht ganz unähnlich war, ich schon befürchtete, ich hätte mich im Ort geirrt. Ich dachte, sie hätten sich nur versammelt, ihre Stimmen zu üben, denn nachdem ich recht lang dort war, fuhren sie immer noch fort mit ihrer Melodie, und ich glaube wahrhaftig, sie sangen den 119. Psalm, weil nichts anderes hätte derart lang sein können. Was es halbwegs erträglich machte, ist, daß sie besser singen als wir in unseren Kirchen und von einer Orgel unterstützt werden. Als die Musik erledigt war, kam der Prediger und betete und es wurde wieder gesungen und dann nach einem kurzen Gebet, zu dem sie alle aufstanden (und wie ich mittlerweile erfuhr, war es das Vaterunser), las er etwas aus der Bibel und legte dann das Buch beiseite und predigte ihnen memoriter. Seine Predigt war, glaube ich, in Blankversen, denn durch die Modulation seiner Stimme, die nicht sehr angenehm war, schienen seine Sätze nahezu alle von derselben Länge, doch wenn sein Inhalt nicht besser war als eine Redeweise, dann hatten die, so schliefen, keinen großen Verlust und hätten ebenso harmonisch schnarchen mögen. Nach der Predigt ein Gebet und dann wieder die Orgel und die Stimmen, und um alles zu beschließen, stand ein anderer Pfarrer an einem kleinen Pult auf dem Kommunionstisch auf (denn in den lutherischen und calvinistischen Kirchen hier gibt es keine Kanzel) und erteilte den Segen, der, wie man mir sagte, das Ite in nomine domini war, bekreuzte sich und entließ sie solcherart. Ich bemerkte in dieser Kirche zwei Bilder, eines eine Kreuzigung, das andere konnte ich nicht gut sehen, aber in der calvinistischen Kirche gar keine. Hier gibt es neben Katholiken, Calvinisten und Lutheranern (diese 3 sind anerkannt) Juden, Wiedertäufer und Quäker. Die Quäker sind etwa 30 Familien, einige davon nicht unter den Ärmsten, und sie nehmen zu, und soweit ich erfahren kann, stimmen sie mit den unsrigen in anderen Dingen überein ebenso wie im Namen und sie achten des Verbots ihrer Versammlungen durch den Kurfürsten nicht.
(11. Dez.) Die Größe und Bewaffnung der herzoglichen Garde hatte ich schon zuvor gesehen, heute aber traf es sich, daß ich ihren inneren Grimm kennenlernte, beim Essen, meine ich, nicht beim Kämpfen, doch wenn sie das andere ebenso vermögen wie das eine, dann ist ohne Frage der Herzog in ebensolcher Sicherheit wie die Viktualien in Gefahr sind. Doch damit Ihr meine Geschichte

besser versteht und das Decorum begreift, dessentwegen mir dies auffiel, muß ich zuerst die Örtlichkeit für Euch beschreiben. Der Kurfürst ißt gewöhnlich in einem großen Raum, den man am unteren Ende über einige Stufen betritt. Gleich außerhalb ist ein Vorzimmer. Als ich dieses am Abend in den Hof hinein durchschritt, sah ich einen Trupp Soldaten dicht beieinander, und Dampf stieg aus ihrer Mitte empor. Ich, neugierig, wie Fremde pflegen, ging etwas näher an diese Tapferen heran, wo ich 3 oder 4 irdene Festungen sah, worin Erbsbrei und gekochte Rüben oder Äpfel verschanzt waren, und diese wurden von den Kriegern mit großer Courage gestürmt, und wäre der Herzog beim Mahle gewesen (da es nahe an seiner Essenszeit war), hätte ich wohl gedacht, diesen hier wäre aufgetragen, seinen Appetit durch gutes Beispiel zu reizen und ihm zu dienen, wie in manchen Ländern die Hähne vor der Schlacht kämpfen, um den Mut der Soldaten anzustacheln, wie gewiß diese Soldaten durch ihr Essen andere Mägen. Hier hätte man nun den Hof und das Feldlager in nächster Nähe sehen können, dort ward ein Mahl mit großer Zeremonie vorbereitet und gleich daneben wurde herzhaft gegessen, ohne Schemel, Tranchiermesser, Tischtuch, Servietten oder, soweit ich sah, Brot oder Salz, doch lange blieb ich nicht, denn es deuchte mich ein gefährlicher Ort, und so überließ ich sie ihren Scharmützeln. Ihr werdet wohl, kommt Ihr ans Ende dieses kruden Vergnügens, so müde sein wie ich vom Schreiben, und deshalb verweise ich Euch, was den Rest meiner Abenteuer angeht (in welchem Ihr nichts Großes erwarten möget), auf das nächste Kapitel meiner Abenteuer.
Hier gibt es die Neuigkeit, daß die Holländer dem Bischof von Münster Lochem abgenommen haben, und er hat zum Dank 5- oder 600 ihrer Leute gefangen oder getötet. Die Franzosen, heißt es, sind teils davongelaufen, teils zum Bischof, der seine Leute in Garnisonen zusammengezogen hat, was den Holländern Gelegenheit gibt, eine andere seiner Städte zu belagern, doch keine sehr bedeutende. Alles hier scheint große Unruhe für nächsten Sommer anzudrohen, doch noch hat sich der Kurfürst nicht für eine Partei erklärt. Grüßt von mir Eure Gattin und Mutter und auch meinen Onkel mit Familie. Ich hatte ihm einen Brief mit Vollmacht geschickt (ehe ich England verlassen habe), um ihn zu autorisieren, meine Angelegenheiten dort zu ordnen und mein Vermögen so zu verwalten, wie es ihm am besten erscheinen mochte, ich hoffe, er hat's bekommen. Ich denke, es ist am besten, daß meine Pächter nicht wissen, daß ich im Ausland bin, sie möchten ansonsten noch säumiger ihre Pacht entrichten. Wenn er Euch irgend etwas sagt, das mich betrifft, so seht bitte zu, daß es erfährt
Euer getreuer Freund
JL
Geschrieben eine Stunde vor dem Weihnachtstage.
Richtet Eure Briefe an Mrs. Lichfields in Oxford, und sie werden mir nachgeschickt.

Schmeißt dies in irgendeine Ecke Eures Arbeitszimmers, bis ich wiederkomme, und wir werden zusammen darüber lachen, denn es wird mir vielleicht andere Sachen in Erinnerung rufen, und ein anderes Tagebuch habe ich dann wohl nicht.

John Locke an John Strachey (Ende Dezember 1665 – Anfang Januar 1666)

Sir,
habt Ihr Muße für eine halbe Stunde Mühe? Und werdet Ihr es zufrieden sein, daß ich meinen Brauch fortsetze, Euch lange Briefe mit geringem Inhalt zu schreiben? Dies ist ein öder Ort und es herrscht die langweilige zugefrorene Jahreszeit, also müßt Ihr keine großen Dinge erwarten, es mag genug sein, daß man zur Weihnacht belanglose Weihnachtsgeschichten fürs Kamineck hat. Um also zu beginnen: Am 15. Dez., hier der 25., also Weihnachtstag, ging ich um ein Uhr morgens, um mich mit Unserer Lieben Frau zu unterhalten, doch haltet mich nicht für blasphemisch, denn dieser Name ist sehr viel bescheidener als der Gottesdienst, dem ich beiwohnte. Ich werde nicht alle die Einzelheiten beschreiben, die ich in dieser Kirche bemerkte, welche die katholische Hauptkirche zu Cleve ist, sondern nur jene, welche dem Anlaß eigentümlich waren. Nahe am Hochaltar war ein kleiner Altar für die Feierlichkeit des Tages, die Szenerie war ein Stall, worin waren ein Ochs, ein Esel, eine Wiege, die Jungfrau, das Kind, Joseph, Schäfer und Engel als dramatis personae, und hätte man ihnen nur Bewegung verliehen, wäre es ein vollkommenes Marionettenspiel gewesen und hätte einen Penny per Zuschauer verdient, denn sie waren von derselben Größe und Machart wie unsere englischen Marionettenpuppen, und ich bin gewiß, daß diese Schäfer und dieser Joseph eng verwandt sind mit der Judith und dem Holofernes, so ich auf dem Bartholomew-Jahrmarkt gesehen habe. Ein wenig vor dem Stall stand eine Herde Schafe, aus Spielkarten ausgeschnitten, und wie sie so standen, schienen sie mir das beste Emblem, das ich seit langer Zeit gesehen hatte, und stellten, wie ich mir dachte, das arme unschuldige Volk dar, das – während die Schäfer eifrig so tun, als würden sie Christo nachfolgen und ihn anbeten – in der kargen Wildnis stehen gelassen wird. Dies war das Schauspiel; die Musik dazu war reiner Gesang von dem Chor daneben: Doch so etwas habe ich noch niemals gehört. Sie hatten starke Organe, doch so schlecht gestimmt, so schlecht gebraucht, daß es ihr Unglück war ebenso wie das unsere, daß man sie hören konnte. Wer bei einem Krug Bier nicht besser Chevy Chase singen kann, und sei es mit einem Schnupfen, der würde es verdienen, daß er sogleich die Rechnung bezahlen und durstig abziehen müßte. Doch glaube ich, daß dies die ehrlichsten Sänger waren, die ich je sah, denn sie mühten sich, ihr Geld zu verdienen, und verdienten es in der Tat mit Mühsal

genug; denn was ihnen an Geschick fehlte, das glichen sie durch Lautstärke aus und durch Variation, weil jeder sang seine eigene Melodei, und das Ergebnis war so ziemlich wie der Lärm, wenn man Abgeordnete fürs Parlament wählt, wo jeder am lautesten schreien will. Neben den Männern gab es noch eine Truppe kleiner Chorknaben, ich dachte zuerst, als ich sie sah, sie würden zur Musik der anderen tanzen, und es wäre wie bei den Festivitäten in Gray's Inn, denn sie hüpften auf und nieder um ein gutes Holzkohlenfeuer herum, das inmitten des Chors brannte (dieses, ihr Eifer und ihre Singerei waren genug, deucht mir, sie zu wärmen, war es auch eine sehr kalte Nacht). Doch war ihr Dienst nicht das Tanzen, sondern das Singen; wenn es an ihnen war, rannten sie auf ihre Plätze und ließen dort so gute Harmonien hören wie eine Abteilung kleiner Ferkel getan hätte, und ebenso sauber waren sie auch. War ihre Partie vorbei, sprangen sie wieder heraus zum Feuer hin, wo sie spielten, bis ihr Stichwort sie rief, und dann zurück auf ihre Plätze, wo sie sich zusammenkauerten. Man ist in dem Dienste hier so nachlässig und obenhin, an einem Ort, wo die Nähe von Gegnern einen lehren könnte, vorsichtiger zu sein. Doch ich denke, die natürliche Tendenz dieser Auftritte und der religiösen Mummerei würde es überall so gehen lassen wie hier, wenn nicht Angst und die Strenge des Magistrats das Ding bewahren würden, und da diese beiden hier weggenommen sind, geschieht es gar leicht, daß sie bei ihren Zeremonien schlampig sind, die anderenorts mit so viel Eifer und Exaktheit gehalten werden. Doch denke ich mir, daß man sie nicht tadeln soll, denn das eine scheint mir ebenso Religion wie das andere. Am Nachmittage ging ich zur Karthäuserkirche, die hatten auch ihren kleinen Herrn, doch in schöneren Kleidern, und ihre Engel mit Chorröcken und Gesangbüchern in den Händen, denn hierzuland läßt sich gar nichts ausrichten ohne Buch. Hier drängte sich eine große Menge von Kindern, um die hübschen Kleinen zu sehen, und ich darunter, so klug und fromm wie sie, und bekam für meine Mühe eine reichliche Besprengung mit Weihwasser ab, so kann ich jetzt dem Teufel die Stirn bieten. Also habe ich die Feiertage mit Weihnachtsvergnügen begonnen. Hätte ich die Sprache verstanden, so hätte ich wohl in der Reformierten Kirche etwas Ernsteres gefunden, denn sie haben an jedem der ersten 3 Tage zwei Predigten in ihrer Kirche, weil länger dauert hier die Weihnacht nicht. Was mir am meisten gefiel, war, daß ich in derselben katholischen Kirche am nächsten Tag Unsere Liebe Frau ganz in weißem Linnen sah, wie eine, so gerade entbunden hat, und im Schoße lag ihr etwas, das vielleicht vor 20 Jahren als ein Säugling gemeint war, doch jetzt einen Bart aufweist, und ich dachte, das sei wohl nicht so gut geordnet wie bei unseren Bauernburschen, die das ganze Jahr dem Schermesser entrinnen, aber auf die Weihnacht hin für gewöhnlich rasiert werden. Man muß es mir nachsehen, daß ich lustig bin, denn es ist Weihnachten, doch um Euch ernsthaft zu schreiben, ist die katholische Religion etwas anderes, als wir in England vermeinen, und ich habe nun eine andere Meinung als dort, wo ich an einem Ort voller Vorurteil gewesen bin, wo man das Ding nur vom Hörensagen kennt. Ich bin keinen Leuten begegnet, die so freundlich waren oder so höflich wie die katholischen Priester, und ich habe viele Aufmerksamkeiten von ihnen erwiesen bekommen, für die ich stets dankbar sein werde. Um aber die freundlichen Katholiken nun beiseit zu lassen und Euch einen kurzen Bericht von unseren Brüdern, den Calvinisten, zu geben, die sich kaum von unseren englischen Presbyterianern unterscheiden. Ich habe kürzlich durch Zufall einen jungen noch säugenden Geistlichen kennengelernt, der sich für einen großen Krieger des Herrn hielt und mich, als hätte er wie ein fahrender Ritter geschworen, allen Wanderern den Kampf anzubieten, zuerst höflich anredete, doch nachdem die übliche Begrüßung vorbei war, fand ich mich wild angegriffen und schwere Karrenladungen von Argumenten fielen auf mich nieder. Ich, der ich nichts dergleichen erwartete, hatte acht, mich unter dem treuen breiten Schild der Unwissenheit zu bergen, und gab nur hie und da einen Hieb in Form einer Frage zurück, und durch diese Flucht auf Partherweise verteidigte ich mich, bis ihn Leidenschaft und Atemnot ermüdet hatten, und so kamen wir zu einer Übereinkunft. Doch hätte er kräftigere Lungen gehabt und ich keinen anderen Gebrauch für meine Ohren, so hätte der Kampf andauern können (wenn man es einen Kampf nennen kann – ubi tu caedis ego vapulo tantum) so lang wie der Trojanische Krieg, und das Ende wäre ebenso gewesen, nichts als ein Schutthaufen Theologie, gleich nutzlos und konfus wie die Ruinen, welche die Griechen zurückließen. Es war dies ein Probekandidat der Theologie, und ich glaube (um bei meiner fahrenden Ritterschaft zu bleiben), daß diese gehalten sind, ihre Stärke im Kampf mit einem mutigen Unbekannten zu zeigen, ehe sie aufgenommen werden und die Würde des Amtes bekommen. Ich kann mir sonst nicht vorstellen, weshalb er über mich hergefallen sein soll, einen armen Unschuldigen, der nicht an Kampf dachte und nur wünschte, friedlich zu sein, ich war ja zu fern von meinem eigenen Misthaufen, als daß ich streitsüchtig gewesen wäre. Doch tut dies nichts, es gab keine Wunden außer am Kopfe des Priscianus, der in diesem Lande viel leiden muß. Diese Provokation habe ich hinreichend an einem ihrer Kirche gerächt, meinem Wirte nämlich, der zu Zeiten zu germanisieren pflegt und ein wenig zu viel von der creatura zu sich nimmt. Diese Schwächen drohte ich seinem Pastor anzuzeigen, der ihn gewiß nächsten Sonntag von der Kanzel herab tadeln wird (doch ohne Namen) und die Freiheit streng schelten wird, die er sich beim Getränke nimmt. So nähe ich dem guten Mann den Mund zu, weil der des anderen zu weit aufgerissen ward, und mache ihn meine Zunge so sehr fürchten, wie ich von der des anderen gestraft wurde. Doch trotz allem trinkt er sich manchmal in eine Auflehnung gegen Pfarrer und Disziplin hinein und horcht nur auf die Eingebungen des

Bacchus. Ihr dürft von mir nun für die ganze folgende Woche nichts Merkwürdiges erwarten, denn die habe ich damit zugebracht, ein Paar Handschuh zu erwerben, und bin dabei wohl noch rasch davongekommen. Ihr werdet Euch verwundern und glauben, ich fabuliere wie ein Reisender: Doch will ich Euch die Einzelheiten der Sache vermelden. Drei Tag wurden damit zugebracht, einen Handschuhmacher zu finden, obwohl ich die ganze Stadt in weniger denn einer Stunde abschreiten kann, doch sind ihre Läden derart angelegt, als wollten sie ihre Waren verbergen und nicht anbieten, und ich finde, möget Ihr es für seltsam genug halten, das ist auch wohlgetan und ist eine Bescheidenheit, die ihnen wohlansteht: das zu verbergen, dessen sich zu schämen sie wahrhaft Grund genug haben. Doch um fortzufahren, die nächsten beiden Tage gingen damit hin, sie anzuprobieren, den rechten Handschuh am Donnerstag und den linken am Freitag, und ich darf Euch versichern, daß das zwei Tage gute Arbeit waren und wenig genug, sie meinen Händen passend zu machen und dazu zu bringen, daß sie Gesellen sein mögen, wovon sie aber zuletzt immer noch so weit entfernt sind, daß ich, sind sie angezogen, stets befürchte, sie könnten einander Hiebe geben, so wenig stimmen sie überein. Am Samstag schlossen wir den Preis ab, berechneten und tauschten unser Geld, denn es braucht eine Menge Arithmetik und eine Menge Münze, 28 Stüber und 7 Deut zu entrichten. Doch Gott sei Dank sind sie alle wohlausgestattet mit Rechensteinen, denn ihr Geld ist sonst zu nichts gut, und ich bin hier arm mit beiden Taschen voll davon. Ich habe mich zuerst gefragt, weshalb die Marktleute ihre Ware in kleinen Karren herbeibringen, gezogen von einem Pferd, bis ich sah, daß dies dazu dienen mußte, den Preis für ihre Produkte nach Hause zu tragen, denn eine Pferdeladung Rüben ergibt zwei Pferdeladungen Geld. Ein Paar Schuh bekommt man nicht vor einem halben Jahr. Ich sah neulich eine Kuh schlachten, aus deren Haut ich mein nächstes Paar zu bekommen hoffe. Das erste, was sie machen, wenn sie hierzulande heiraten, ist es, dem Kind einen Mantel zu bestellen, und der Bräutigam muß wahrhaftig ein Tolpatsch sein, der nicht ein Kind hat, ehe der Umhang fertig ist, denn es ist hier leichter, einen Menschen zu machen als einen Anzug. Um im Ernst an Euch zu schreiben, dies sind die langsamsten und umständlichsten Leute, denen ich je begegnet bin, und ihr Geld ist schlecht. (22. Dez.) Ich sah die Inschrift, die dem Hause des Kurfürsten hier ein so hohes Alter gibt. Sie steht am oberen Ende eines großen Raumes, welcher der erste Eingang in das Haus ist, und lautet wie folgt: Anno ab urbe Romana condita 698 Julius Caesar Dictator hisce partibus in ditionem susceptis arcem hanc Clivensem Fund. Ich weiß nicht, wie alt die Mauer war, welche sie trug, doch die Inschrift war sicher viel jünger als ich, wie sich aus den Buchstaben und anderen Umständen ergibt. Doch ich glaubte dem Maler, achtete die Antiquität, ehrte das Andenken Caesars und war einer Tradition nicht abgeneigt, welche

durch die Lage und alte Bauart nicht unwahrscheinlich waren. Zur gleichen Zeit hatte ich das Privileg, die Küche und den Keller zu sehen, und obwohl in der Mitte der ersteren auf dem Boden ein Feuer gemacht worden war, groß genug, ein Halbdutzend Sancti Laurentii zu braten, war mir, als sei der Keller der noch heißere Ort, so daß ich mich beeilte, ihn wieder zu verlassen, und wenig davon zu sagen weiß, falls Ihr es nicht für angemessen hieltet, daß ich erzähle, wie viele Römer Rheinwein ich getrunken habe, wieviel Zwieback ich verzehrte, und daß ich dort fast gelernt habe, Hochdeutsch zu reden. (24. Dez.) In der Kirche der Lutheraner hatte ich nach einer guten ratternden hochdeutschen Predigt, deren Klang einen denken ließ, sie bestünde aus lauter Vorwürfen, Gelegenheit, die Austeilung des Sakraments zu sehen, die folgendermaßen ging. Als die Predigt zu Ende war, erhob sich der Geistliche, der nicht predigte (denn sie haben zwei in jeder Kirche), an einem kleinen Pult, welches auf dem Kommunionstisch fast am oberen Ende der Kirche stand, und las dann eine kurze Weile vor; ich nahm an, daß ein Teil dieses Vorlesens ein Gebet war, doch sah ich keine Handlung, die wie eine Konsekration war (was die Worte waren, weiß ich nicht). Als er fertig war, stellte er sich an das nördliche Ende des Tisches und der andere Geistliche, der predigte, an das südliche, dergestalt, daß sie einander den Rücken zukehrten, dann marschierte zu dem am nördlichen Ende ein Kommunikant hin, der, als er den Geistlichen erreichte, eine tiefe Verneigung machte und sich niederkniete, und dann legte ihm der Geistliche eine Hostie in den Mund, worauf er sich erhob, seine Verbeugung machte und zum anderen Ende ging, wo er es ebenso hielt und den Wein in den Mund gegossen bekam, ohne daß er den Kelch berührt hätte, um dann zu seinem Platz an der Südseite der Kirche zurückzukehren. So taten es 4 von ihnen, die alle waren, welche an diesem Tag kommunizierten, und dabei war ein Knabe von 13 oder 14 Jahren. Sie haben in dieser Kirche jeden Sonntagmorgen ein Sakrament. Am Nachmittag sah ich bei den Calvinisten eine Taufe. Nach der Predigt kamen 3 Männer und 3 Frauen (von denen eine die Hebamme war mit einem Kind in den Armen, der Rest Paten und Patinnen, von denen sie mehr zulassen als wir und so klugerweise mehr Löffel bekommen) an den Tisch, der gleich bei der Kanzel steht. Nachdem sie ihre Plätze eingenommen hatten, las der Geistliche auf der Kanzel ein wenig von dem Einsetzungstext, las dann ein kurzes Gebet, dann nahm ein anderer Geistlicher, der drunten stand, das Kind und goß ihm mit der Hand dreimal Wasser auf die Stirne, worauf jener auf der Kanzel noch ein kurzes Gebet las und damit schloß. All dies dauerte nicht viel länger als Vaterunser, Glaubensbekenntnis und Zehn Gebote, denn all ihr Gottesdienst ist sehr kurz neben ihrem Predigen und Singen, und dort geben sie reichliches Maß.
Adresse: An Mr. Strachey

Aus dem Englischen von Joachim Kalka

MICHAEL SPYRA

DAHRENSTEDTER DRAMEN

Gedichte

ERSTER, ZWEITER MANN

für Johannes Wolf

Zwei Männer treffen sich am Samstag morgen,
die Lederstiefel glänzen fettigschwarz,
und fahren dann zum Wandern in den Harz
und um in Zorge Whisky zu besorgen.

Zwei Männer suchen eine dicke Tanne.
Zwei Männer steuern später Schirke an.
Von Schirke wandern die zwei Männer dann
mit Schnaps und Joints und einer Thermoskanne

zum gelben Brink und sinken ein und laufen
nun immer wieder knietief durch den Schnee.
Zwei Männer wühlen sich durch das Baiser.
Man sieht sie in der Loipe, hört sie schnaufen.

Zwei Männer raufen sich zusammen, steigen
nun auf die Zeterklippe, rauchen dort
und sind dann plötzlich wieder beide fort.
Man hört sie stolpern und man sieht sie schweigen.

Dann wird es dunkel. Etwas huscht vorüber.
Am Molkenhausstern ist der Weg vereist.
Zwei Männer sind den ganzen Tag verreist.
Dann macht der Nebel auch den Abend trüber.

Zwei Schatten sieht man von zwei Männern winken
Sie haben sich dann doch noch aufgerafft
und es auch irgendwie zurück geschafft.
Zwei Männer hinken jetzt. Zwei Männer trinken.

DAS ÜBERRASCHENDE VERSCHWINDEN EINES HERREN

Ein Mann steht da, die Hände in den Taschen,
und es ist still in ihm und um ihn auch.
Ein Mann trägt sieben Bier in seinem Bauch
und, statt des Bieres, Luft in sieben Flaschen
und in den Lungen etwas feuchten Rauch.

Steht da und steht da nur in ganzer Länge
und voller Breite, steht da und verdaut.
Die Luft ist angedickt und aufgerauht
und dämmt die Töne, legt sich auf die Klänge
und dimmt das Licht wie eine trübe Haut.

Da steht der Mann. Man kann ihn noch erkennen,
auch wenn es immer stiller um ihn wird
und dunkler, und er steht da unbeirrt,
wie wir ihn nun schon ein paar Zeilen kennen,
als hätte ihn die Stille angeschirrt.

Und löst sich auf und dann ist er verschwunden,
der Mann, beziehungsweise unsichtbar,
ganz einfach weg, wo er bis eben war,
so viele, viele, viele, viele Stunden,
und dann wird auch der Rest der Szene klar.

AUF EINEN DRINK MIT SEINER THERAPEUTIN

Er setzt sich nachmittags in eine Bar,
an einen Tisch mit seiner Therapeutin.
Die stellt sich ein paar Jahre jünger dar.
Das wird ihm scheinbar erst allmählich klar.
Er mustert sie und dann schaut er erneut hin.

Und sie, in ihren Hotpants, angegraut,
so schlank und rank, am Tisch, an seiner Seite,
so forsch und frisch, hat sich ihm anvertraut.
Er zeigt sich interessiert an ihrer Haut
und sie ist offensichtlich auf der Freite.

Sie gehen noch zusammen in den Park.
Sie trinken Wein und küssen sich und ringen.
Sie ist genauso ungestüm wie stark,
genauso sehnsüchtig wie auch autark
und schafft es dort, ihn unter sich zu zwingen.

Und dann erzählt sie, als sie auf ihm kniet,
vom Mädcheninternat, der Ordensschwester,
dem unterdrückten Trieb, dem Dynamit,
der Gier, der Wollust und dem Appetit
und packt sein Glied und packt es immer fester.

DIE STÖRUNG

Das Land ist weit und flach nach allen Seiten.
Und jemand sucht in diesem flachen, weiten,
nach allen Seiten kultivierten Land
nach einem Abbruch oder einem Rand.

Der geht in dieses Land und kommt abhanden,
wie andere zuvor darin verschwanden.
Der bleibt darin verschwunden und vermißt,
bis man ihn, wie die anderen, vergißt.

Die vielen, die in dieses Land gegangen,
die in die weite Ackerlandschaft drangen
und keine Kante fanden oder nur
die Reste dieser Kante, eine Spur

im sonst so spurlos ausgebreiteten,
nach allen Seiten aufbereiteten,
bestellten und gepflügten Land, das so
gewöhnlich ist wie nirgends anderswo.

DER FÖHN

Dann kommt der Wind und mit dem Wind die Wärme.
Die schwüle Wärme schiebt sich übers Land
und bläst die Spreu vom Feld wie Mottenschwärme
an einen bislang unbekannten Rand

der Landschaft, in die unsichtbare Ecke,
und treibt sie da zusammen und bewegt
sich unter einer grauen Wolkendecke,
die sich von oben auf die Landschaft legt.

Die Weiden sind jetzt abgegraste Steppen.
Die Kühe bleiben liegen, wo sie sind.
Und unter dieser Wolkendecke schleppen
die Menschen sich durch diesen schwülen Wind.

Und alle trödeln dösig oder stöhnen
und gammeln lustlos, träge vor sich hin.
Den warmen Wind hört man die Bäume föhnen.
Das ist der Anfang. Das ist der Beginn.

ROSWITHA HARING

DREH DICH NICHT UM

Als zöge der Nebel sein Weiß aus dem Schnee, saugte Kälte aus dem gefrorenen Boden und läge naß und schwer in der Luft. Als watete man durch Wolkendunst, ginge mit vorsichtigen Schritten und hörte in die Stille hinein. Plötzlich standen wir vor einer Straße, auf der Kante des Bordsteins, und sahen Kopfsteinpflaster zu unseren Füßen, blanke, steingraue Huckel, in beengter Kolonne bis in den Norden der Insel hinaufgetrieben. Wir wollten zum Meer. Wenn wir schon an der See sind, sagten wir, und waren an diesem Sonntag, an dem wir Ausgang hatten, losgezogen. Kein Mensch war unterwegs, kein Fahrrad zu sehen, kein Auto zu hören, nicht ein Hauch zu spüren. Bald balancierten wir über harschen Sand, wichen großen, kleinen Eisbrocken aus, die wie Geröll herumlagen, stiegen über Wellen, deren Kamm sich messerscharf behauptete. Wir hätten weit hinausgehen können. In einem gefrorenen Meer ist auch die Zeit eingefroren, nur die Kälte regte sich in dem Nebel, biß in unsere Wangen, als sei sie ein Schwarm Winterinsekten. Wir zogen die Mütze ins Gesicht, den Kragen hoch, die Nässe schlüpfte doch unter die Kleidung und legte Eisstückchen auf unsere Haut, immerfort Nachschub liefernd. Gehen wir zurück, sagten wir, im Zimmer ist es warm.

Fünf Doppelstockbetten an drei Wänden, dazwischen Spinde, ein kaum anzuhebender quadratischer Tisch mit vier Stühlen in der Mitte, in der Ecke ein Kachelofen, eine Leuchtröhre an die Decke geschraubt, das war das Zimmer. Wir waren in der Dunkelheit nach neun Stunden Zugfahrt angekommen, Tor, Schotterweg, Baracke, geöffnete Flügel der Eingangstür, im Kältestrom immer drei, vier hindurchpassend, und waren diesen langen Flur entlanggegangen, Schritte von Unzähligen in Winterschuhen, Winterklamotten, Gepäck über wippende Holzdielen schleppend, um ein Zehntel die Masse Tür für Tür sich verringernd, bis der Gang wieder menschenleer und lautlos war, aber der Ton dumpfer Tritte weiterhallte und das Geräusch sich unter der Schädeldecke fortsetzte. Wir teilten die Betten einander zu und blickten dann in die Schwärze hinaus. Hell leuchteten Zimmerausschnitte im stockdunklen Abend, wie Posten akkurat nebeneinandergereiht. Schwache Lichtkegel hangelten sich Wege entlang, kraftlose Strahlen von winterlicher Nacht umzingelt. Als wir das Zimmer betrachteten, hatten wir auch an die Wände geklopft. Pappe, sagten wir, fünf Wochen werden wir in einer Pappbaracke leben.

Zu einem Spaziergang außerhalb des Lagers, einem Ausgang, der nur sonntags gewährt wird, dürfen wir Zivil tragen. Zivil heißt Alltagssachen, die eigene Hose,

Anorak und so weiter. Im Lager sind sie verboten. Auf dem Gelände, das mit Maschendraht umzäunt ist, tragen alle, auch die Zug- und Kompanieführerinnen, wattierte, gesteppte Hosen und Jacken aus dunkelblauer Baumwolle, eine Tschapka und schwarze Stiefel. Die Kleidung wärmt, sie liegt wie eine etwas zu groß geratene Hülle um den Körper, das Klobige der Stiefel verleitet zu einem schleifenden Gang, die Mütze hat Klappen für die Ohren, was nützlich ist und unseren Kopf wie ein gepolsterter Kasten umschließt. Wenn wir uns aufstellen, was mit der Ansage Formiert euch! beginnt, bilden zwei nebeneinander, jeweils in fünf Reihen hintereinander, eine rechtwinklige Fläche, die einzige außerhalb der Baracke erlaubte Erscheinungsform. So weiß jede, wer sich vor ihr befindet, deren Figur, deren Gang verrieten es nicht mehr. Wir sind in diesen Kleidern versteckt. Wir betrachten unsere Hände, den Rumpf, die Beine und stellen uns vor den Spiegel links neben der Tür unseres Zimmers und sehen das Gesicht, hart an den Rändern abgeschnitten, blicken dann zu den anderen in dunklem Blau eingepackten Frauenkörpern und finden etwas Trost in diesem Anschauen. Am ersten Tag lernten wir marschieren, eine Gangart, die wir während der ganzen Zeit im Lager anzuwenden haben. Marschieren muß man üben, obwohl es lächerlich und überflüssig ist. Denn ein einzelner, eine Masse kommt auf diese forcierte Weise weder schneller noch geschickter vorwärts. Als bewegte man sich in einem engen Raum, stoßen Arme und Beine dabei immerzu an unsichtbare Wände, als besäße man keine Augen im Kopf, ist man gezwungen, durch Pfützen, Dellen, über Erhebungen, Grasnarben zu laufen. Zum Marschieren genügen drei, vier Bewegungen. Es wird unbehaglich in der wattierten Hülle, unter der dicken Mütze. Eine Marschformation schafft eventuell eine bessere Übersichtlichkeit, wie Vierecke sie auf kariertem Papier erzeugen, oder erleichtert das Zählen, aber wäre dies einmal festgestellt, könnten die Ordnung und das Synchrone aufgegeben, freies Fortbewegen auf variierenden Flächen wieder gestattet sein. Der minimale Reiz der Gleichheit, des Gleichmaßes, des Überschaubaren wird durch die nutzlose Wiederholung zerstört. Tagelang trainierten wir mit der Zugführerin, auf einer gedachten, schnurgeraden Linie im Gleichschritt durch das Lager zu gehen, eine Kurve im rechten Winkel zu meistern und dabei wie aufgezogene Spielzeugfiguren auf der Stelle zu treten und so weiter, auch zum Stehen zu kommen muß man üben, Wenden, Auflösen, Weggehen. Als die Zugführerin zum ersten Mal Vergatterung! sagte, lachten wir nach einem Augenblick der Stille, konnten nicht aufhören, als wären wir in gelöster Stimmung. Das war an einem Vormittag. Die Schneedecke schien seit Tagen die einzige Lichtquelle zu sein. Die Sonne hatte sich vor minus fünfzehn Grad hinter eine undurchdringliche Wolkendecke gerettet, unter der wir seit zwei Stunden in diesen Klamotten, in einem mit Draht umzäunten Areal nicht weit von einem gefrorenen Meer hin und her gingen, stillstanden und gerade kicherten. Die Zugführerin hatte damit gerechnet und ließ uns auslachen, um die Übung noch mal von vorn beginnen zu können.

Zu einem Lager, zu dieser Kulisse aus Baracken, die Hunderte Frauen beherbergen, und sich durchs Gelände schlängelnden Schotterwegen, auf denen der Aufenthalt für sie nur in Marschformation erlaubt ist, gehören auch Sprachregeln. Die Zugführerin darf nicht sagen, Beginnt bitte gleichzeitig und geradeaus zum Speisesaal oder diesen Weg entlangzugehen. Sie muß sagen Ohne Tritt – Marsch! Abteilung kehrt! Stillgestanden! Selbst für das Grüßen gibt es Vorschriften. Man sagt nicht Hallo oder Auf Wiedersehen, winkt oder ruft. Züge zum Beispiel müssen einander nicht grüßen, auch Kompanien, aus fünf Zügen bestehend, nicht. Den beiden Männern in Armeeuniform jedoch, die immer zu zweit und immer mit einem Gesichtsausdruck steif, starr, ungemütlich wie ihre khakifarbene Kleidung unsere Marschrouten kreuzen, müssen wir uns mit einem militärischen Gruß nähern – mit den Fingerspitzen der ausgestreckten Hand seitlich den Kopf berühren, kein Wort sagen. Die Männer scheinen sich allerdings nicht darüber zu freuen, zumal sie ohne jedes eigene Fingerspitzen-an-die-Mütze gehen, als wären sie blind oder gehandicapt. Sie scheinen sowieso nur zu diesem Zweck des Gegrüßtwerdens im Lager unterwegs zu sein. Auf ihren Schulterstücken stehen zwei Buchstaben, Z und V, Zivilverteidigung. Diese Armeeleute machen keinen zufriedenen Eindruck. Unzufrieden mit dem Lager vielleicht, mit ihrem Beruf oder ihrem Arbeitsort. Oder unzufrieden mit uns, mit den Frauen, die man für fünf Wochen hier hochgeschickt hat, ans Ende der Republik, am Ende einer Jahreszeit, die nicht kälter werden kann. Vielleicht sind sie unzufrieden darüber, daß wir bei diesen Temperaturen manches nicht werden lernen können, wie eine vier Meter hohe Giebelwand mit Fensteröffnungen hinaufklettern zum Beispiel, einen Hindernislauf aus Zäunen und Gräben meistern, einen Balancierbalken überqueren, weil alles mit einer Eisschicht überzogen ist, die sich bis weit in den Frühling hinein halten wird, und wir Zivilverteidigung nur ungenügend beherrschen werden. Deshalb hören wir Vorträge darüber, stundenlange Vorträge im Speisesaal, in dem die Heizung defekt ist und wir in voller Montur, mit der Mütze auf dem Kopf, an den langen Tischen sitzen und unsere Lektüre, die wir von zu Hause mitgebracht haben, gut hinter diesen wattierten Türmen verbergen können. Draußen soll nur eine Nachtübung stattfinden, nicht so lang, nicht so spät.

Wenn morgens die Trillerpfeife zum Wecken ertönt, in dunkler Stunde die erste Lektion mit ihr beginnt, kommt sie doch zu spät als Lehre eines frühen Tagesanbruchs in winterlicher Zeit. Denn zuvor waren Stiefelschritte auf dem Flur zu hören, bedächtige, wiederholte Schritte rein und raus. Zuverlässig jeden Morgen

kommt einer, schleppt volle Kohleneimer, setzt sie vor Ofentüren ab, knallt sie nicht auf den Fußboden, läßt die Henkel nicht auf das Metall sausen, schiebt vorsichtig den Haken über den Rost, schaufelt bedächtig die Asche heraus und macht Feuer in den Kachelöfen. Es klingt tröstlich, gütig sogar, und in der Stille dann bis zur Trillerpfeife zieht Wärme in die Zimmer, und wir können unsere Bettdecke aufschlagen. Die Heizer sind wenige, sie marschieren nicht übers Gelände, dürfen sich auch tags allein und diagonal darin bewegen und blicken freundlich, wenn sie volle Ascheeimer tragend uns in dieser Formation passieren. Ich möchte dem Mann hinterherschauen, wie er einfach so geht, aber ich muß nach vorn blicken, Augen geradeaus! hat die Zugführerin gesagt, und ich laufe über die schmale Straße, spüre die runden Rücken des Kopfsteinpflasters unter der dünnen Sohle, wir haben leichtes Gepäck unter den Arm geklemmt und hören schon das Ziel, das rauschende Meer, das zuverlässig Wellen schickt, jede Langeweile vertreibt, jeden Ferientag sichert, und lassen uns in den hellen Sand fallen, beheizter Boden, der wegrutscht, als sei er ein Spielkamerad. Dösen, quatschen, lesen, sich in die Wellen stürzen, so vergehen die Tage. Das Meer ist behutsam im Flachen und reizt mit schwarzer Tiefe. An heißen Tagen am Meer sein, schwimmen, sich sonnen, immer im Wechsel, und die Gruppenleiterin sagt auf meine Frage, wieso sie nicht ins Wasser gehe, ich kann nicht.
Die Gruppenleiterin ist nett. Jeden Tag verbringt sie mit uns, macht was, sagt was und sitzt im Bikini im heißen Sand, in guter Stimmung wie sonst auch, und lächelt zu diesem Ich-kann-nicht. Sie geht nicht ins Wasser, weil sie nicht schwimmen kann, denke ich und grüble, ob sie bisher nur im Flachen watete oder mit uns ein Stück hinausschwamm, nicht so weit vielleicht, mit den Fußspitzen immer noch den Meeresboden berührend, und warte auf einen weiteren Satz von ihr. Aber sie sagt nichts, die Mädchen sagen nichts, alle blicken zu mir, freundlich, mild, als wäre ich die Hauptperson, und im Beisein der anderen will ich nicht fragen, du kannst nicht schwimmen, meine Mutter kann nicht schwimmen, mein Vater hat Angst im Tiefen, es scheint etwas Besonderes zu sein, was dieses Nicht-Können erklärt, was ich bisher übersah, weil ich Ferien habe und nicht achtgebe wie zu Hause. Das wortlose, nicht enden wollende Zu-mir-Blicken verdeckt das Geheimnis der Gruppenleiterin wie ein großes Handtuch, das manche am Strand zwischen ausgebreiteten Armen hochhalten, und nur ein schmaler Streifen einbeinig Balancierender bleibt sichtbar. Ich überlege, ob Schwimmen etwas mit Geschicklichkeit zu tun hat, mit Angstüberwinden. In meiner Klasse traute sich einer nicht, ins Tiefe zu springen, die Schwimmlehrerin packte den Jungen am Arm und warf ihn wie ein unnützes Ding ins Wasser. Ins Becken fliegend schrie er, aber schwamm dann, seit Wochen beherrschten wir es. Fragte ich, wieso kannst du nicht, risse ich vielleicht so ein Handtuch

weg, zöge etwas Unangenehmes an einem heißen Ferientag an diesen Strand, in eine kleine Mädchengruppe hinein, die jedoch schon beschlossen hatte, es mit gemeinsamem Dichthalten und freundlichen Blicken zu schützen. Ich tat wie die anderen, schwieg, lächelte.

Wir scherzen. Eine hat Geburtstag, und wir spielen für sie Nach-Hause-Fahren, brechen Zweige ab und laufen in der Hocke, die kahlen Triebe über unsere Köpfe haltend, unter dem Fenster entlang, immer in eine Richtung, immer wieder von vorn beginnend, und sie sitzt im Zimmer und schaut auf das wacklige Laientheater hinaus. Die Ausgelassenheit könnte nicht größer sein.

Heute nachmittag bleiben wir in der Baracke, gehen nicht im Rechteck und zakkigen Schritts in den ausgekühlten Speisesaal zurück, staksig jedesmal wie für eine Schulaufführung probend, sondern stellen uns im Flur auf, eine neben der anderen im dicken Blau an der Wand, und sind froh über das Drinnenbleiben. Auf dem Boden liegen Bündel, eines für jede, mit Gasmaske bestückt, die aufzusetzen Handfertigkeit verlangt, sagt die Kompanieführerin, und nicht länger als neun Sekunden dauern darf, das mißt die Stoppuhr. Ein Vortrag über das Aufsetzen einer Gasmaske, so vergeht auch Zeit, ein paar Minuten an einem Nachmittag von fünf Wochen, die Zeit ist eine strapaziöse Verbündete, macht sich breit überall, läßt sich nicht antreiben, und für das Anziehen eines Schutzanzugs, eines Overalls aus schwarzem Gummi, glatt, ausgewalzte Fahrradschläuche, werden zwei Minuten achtzehn gewährt, und das üben wir jetzt, steigen in voller Montur in dieses Ding, stülpen die Kapuze über den Kopf, vorn guckt die Gasmaske raus. Lauter Wesen an der Wand, die gerade noch Haare hatten, eine Brille vielleicht, Schultern und so weiter, mit Stimme und Mimik sprachen und nun unbeholfene Bewegungen machen im verschwundenen Körper, Augen in Löcher versenkt, eingesperrter Mund, und ich rufe etwas, dumpfe Worte hinter einer Eisentür, jage Blicke durch zerkratztes Glas und suche einen Schlupfwinkel in dieser Kluft. Wir ziehen die Maske ab und atmen durch. Anzug zusammenfalten und ablegen. Geschafft, Feierabend, sagt die Zugführerin, in schnellen Stiefelschritten ins Zimmer, aufs Bett fallen, ins Bett hinaufklettern, nur zum Abendbrot müssen wir noch einmal hinaus, rechts um, links um, wegtreten. In der Nacht träume ich, in meiner Alltagskleidung in diesem Bett zu liegen, seitlich mit an den Bauch gezogenen Beinen. Ich kann hören, ich kann sehen, mich aber nicht mehr rühren, bin eine schwere, dichte Masse im dunklen Zimmer im oberen Bett, schaue aber auch auf das nächtliche Lager mit den Baracken und Wegen, dem Zaun und dem Tor, und befinde mich schließlich am Strand, in stabiler Seitenlage im Sand, neugierige Wellen anlockend, die beständig näher kommen und wieder weichen. Eine ganze Weile geht das so, ich sinke in eine Mulde, die Wellen züngeln, rauschen, und dann, ich träumte genau dieses Wort,

formieren sie sich zum Meer. Sie werden kräftiger, drängen in kürzeren Abständen heran, und ich will mich erheben, am Ufer stehen und in die Wellen treten, daß es patscht, ins Wasser rennen und hinausschwimmen, aber die Schwere hält mich am Boden fest. Plötzlich ertönt ein langer, schriller Pfeifton. Lautes Pfeifen am Meer, das jedes andere Geräusch verbannt, anhaltendes Pfeifen mitten in meinen Kopf hinein, und ich öffne meine Augen. Das Signal für den Nachtmarsch. Wir müssen aus den Betten heraus. Beeilung. Anziehen, auf dem Flur in einer Reihe aufstellen. Da liegen noch die Bündel. Nachtmarsch mit Gepäck.
Hundertschaften im Rechteck, Hunderte in dunkler Kleidung auf fahlem Schnee, Buckel aufgebunden, Stiefelschritte im Takt durch die Stille der Nacht. Wir marschieren aus dem Lager hinaus durchs sperrangelweite Tor, das sonntags nur ein schmales Gatter öffnet, ohne Tritt die Straße entlang, Kolonnen über Kopfsteinpflaster, Häuser im Finstern, Häuser im Kegel der Straßenbeleuchtung, stillgelegte Wohnstätten aus schwarzen Fenstern und erkalteten Schornsteinen, kein Laut, kein Licht, keine Gardine vorsichtig zur Seite geschoben, eine Dorfattrappe als Spalier für einen müden Frauentroß. Wir zehn sind nebeneinander, hintereinander im Pulk der Hunderte, murmeln Klagen, senken die Lider gegen die Schärfe der Kälte, blicken für einen Moment in den verlorenen Schlaf und atmen gegen die eisige Luft. Rechts in den Wald hinein. Wir stapfen über unaufgeräumten Boden, schlurfen, schleifen etwas mit, reißen anderes weg, halten unsere Glieder zusammen unter der wattierten Hülle, und ich höre beständig Knacken, Brechen.
Um Mitternacht in fremder Kleidung und klobigen Stiefeln eine dürftige Ausrüstung durch einen heimischen Wald zu schleppen ist in der Logik des Lagers als Teil möglicher Rettung zu verstehen, besetzt eine hohe Stufe in der Hierarchie der Hilfsmaßnahmen, vielleicht nur übertroffen vom Aufenthalt in Kellern, deren Fenster zuvor in großer Eile mit Sand bedeckt werden müßten. Seit drei Wochen hören wir Vorträge, wie Menschen vor Gefahren geschützt, aus Gefahren geborgen werden können, und ich sehe die zertrümmerten Häuser, die verwüsteten Landschaften mit Verletzten, Verschütteten, Versehrten. Tag für Tag sitzen wir eingepackt, über unsere Lektüre gebeugt an einem Tisch in einem ungeheizten Saal, und Katastrophen in Dauerschleife mit Bedrohungen, Angriffen, Feinden füllen die winterliche Luft in dem hellen hohen Raum, senken sich auf unsere Schultern, Rücken, Arme, in die Falten und Dellen im wattierten Dunkelblau, und wir retten, räumen, schaufeln. Vor ein paar Tagen zogen wir dafür doch einmal ins Freie hinaus, ein Steilhang irgendwo, aufgerissene Stirnseite, bröckelnde Erdklumpen, dicke Seile von oben herabhängend, verknotet, verschlungen, lose baumelnd. Das Ganze sollte vielleicht ein brennendes Haus sein mit Unzähligen, die um ihr Leben bangten, mit Tragen, die im Flaschenzug auf und ab gezogen

wurden. Sie schlingerten, kippten nach unten, zur Seite, stockten im rettenden Abwärts, es waren bloß leere Bretter zum Üben für Ziehen und Zerren, aber wir mußten dann eine Liegestatt mit Gewicht, mit einer Frau aus der Masse der Hunderten schleppen, zu viert im Laufschritt über unwegsames Gelände hasten, Huckel, Kuhlen, Heidekraut, kein Wandergebiet, und die Liegende bat ängstlich um Langsamkeit, weil sie fast herunterfiel bei dem idiotischen Rennen weg von Chaos und Gefahr.
Jetzt also Gehen. Mitten in der Nacht mit nutzlosem Gepäck durch einen Wald gehen, aus gekapptem Schlaf über holprigen Boden stolpern, das kraftlose Licht der Schneeinseln, die Lippen schließen und nicht so tief atmen. Die Luft ratscht durch die Nase. Weitergehen, immer weitergehen, das Schlurfen und Schleifen der Schritte klingt schon wie Trost, da pfeift es erneut, langes schrilles Pfeifen und stockendes Stehenbleiben. Von Posten zu Posten gerufenes Kommando, Gasmaske aufsetzen, Schutzanzug anziehen.
Mein Körper ist von den Sohlen bis über den Kopf in eine schwarze Hülle eingesperrt. Durch zwei Öffnungen aus zerkratztem, schmutzigem Glas, kaum größer als Augen, blicke ich aus meinem Innern hinaus. Gummi haftet wie ein zweites Gesicht auf meiner Haut, klemmt meinen Kopf ein, und in diese Enge atme ich nun hinein. Einatmen, Ausatmen. Ich schnaufe, als wäre ich schon am Ende einer Anstrengung, bin nur noch Luftholen und stecke mit dem Geräusch in der Kluft fest. Das ist nun die Kunde von mir, keuchend, ungestalt durch die Nacht zu ziehen. Einatmen, Ausatmen. Gehen. Meine Beine machen einen Schritt nach dem anderen, bewegen sich im Diktat des Atemgeräuschs.
Ich starre auf meine Vorgängerin, trotte hinter ihr her. Der Gänsemarsch läuft zum Pulk auf, rückt zögerlich weiter in einem kalten Licht. Eine Lampe ragt hoch hinter Maschendraht auf, beugt sich wie ein Beobachter über die Szenerie. Wir stehen an einer unbekannten Stelle mit einem Tor mitten im Wald, und ich drehe mich um, will sehen, wie viele noch folgen. Massen sind es, schwerfällige Gestalten im aufrechten Gang mit Häuptern wie Totenschädel, Nase, Mund, Kinn zu einem Maul verwachsen, Augen in Höhlen versunken. Langsam gehen sie in ihrem Schwarz, das sich abhebt von der Dunkelheit des Waldes, das sie aus der Tiefe der Nacht saugen und damit auch das Geräusch, Schnaufen und Keuchen im Takt ihrer Schritte. Ich blicke wieder nach vorn. Menschen gehen da nicht hinter mir, nicht junge Frauen, die es in ungeheizten Räumen aushalten und beim abgezirkelten Marschieren. Verwandelte gehen da, in dichtes Zeug gehüllt, nichts entweicht, bloß von Luftholen erfüllt.
Einatmen, Ausatmen. Da stehen diese Armeetypen am Lagertor wie zwei Pfosten nebeneinander, scharfe Kanten ihre Kleidung und Mützen, starrer Blick ins Licht hinaus. Einer winkelt seinen linken Arm an, schiebt den Ärmelsaum mit dem

behandschuhten Finger ein wenig hoch und glotzt auf das Zifferblatt, als stünde er an der Haltestelle und vermisse den Bus. Er guckt bloß, sagt nichts, dreht sich nicht zu seinem Nebenmann, schreibt nichts auf, nur kurzer Blick auf die Uhr, die keine Stoppuhr ist, Zeit also keine Rolle spielt bei unserem nächtlichen Marsch, sondern der Anblick der dunklen Gestalten der tatsächliche Anlaß war, uns einmal herauszufordern und als solche herumzuschicken, unserer selbst ansichtig zu werden in unserem Bedrohtsein, wiewohl das ganze Land, jeder jederzeit von Gefahren umgeben ist, vor denen dichte Anzüge und komplette Kopfmasken schützen, Marschieren auch und tagelanges Sitzen in kalten Räumen, mitten in der Nacht bei Minusgraden durch einen Wald Ziehen sowieso, zivile Verteidigung eben. Die Armeetypen stehen da, gelangweilt und ausstaffiert, aber ohne Prädikat für unser Tun, keine Bewertung in Gut oder Schlecht, stehen da zur Demonstration, denn die Hauptsache ist schon erledigt, und wollen selber nur in ihr Bett, erst gähnen, dann weiterschlafen in der beheizten Stube, nicht weit von einem gefrorenen Meer, und überlassen uns diesem Keuchen, diesem Eingeschlossensein, und ich muß an den Uniformen vorüber, passiere wie die anderen das Tor, und in der Baracke reißen wir die Maske ab, schmeißen die Sachen auf den Boden, und die Zugführerin sagt, das müssen wir nicht noch mal machen.

Zehn Tage noch. Vorträge und Vorträge und zackiges Gehen. Routine schon, tägliche Lektüre im wattierten Aufzug und geschulten Abschirmen, da hören wir, noch einmal die Übung Gasmaske aufsetzen, Schutzanzug anziehen. Ich erhebe mich von meinem Stuhl, als sei diese Bewegung Teil einer Logik, das eine bedingt das andere, ich stehe einfach auf und verlasse den Saal. Ich darf nicht hinausgehen. Ich darf mich nirgends allein aufhalten, nicht im Gelände und nicht in dieser Baracke, für Toilettenbesuche ist eine Pause vorgesehen, dazwischen kein Hinaus oder Hinein. Es gibt keinen Ort, keinen zum Bleiben und keinen zum Ankommen, keinen für mich allein oder mit jemandem zusammen, nicht klagen, nichts sagen, knappe Luft zwischen Pappwänden, mein Atem rast, und ich hocke mich in eine Ecke des Korridors, gut einsehbar für jeden, der käme, hocke eingeknickt und weine, weine, was ich nicht stoppen kann eingeklemmt in meiner Haut. Niemand in dem Korridor, kein Heizer, kein Zugführer oder Uniformierter, da kommt eine aus der Gruppe und sagt, Bleib, holt mich später ab nach ausgeharrter Zeit, dann stehe ich wieder im Saal, nichts passiert, alles wie immer, weiches Dunkelblau im grellen Licht, reziproke Wärmeabgabe, ringsum Wände, ein Karton von innen zugemacht. Nächster Vortrag, Mittagessen. Ruhige Tage folgen, stille Tage.

Magenschmerzen, eine reist ab mit Attest, gestempelt und unterschrieben. Knöchel verstaucht, auch ein Argument für vorzeitigen Aufbruch mit Formular. Zwei Betten sind nun frei, ausgeschnittene Flächen im Zehner-Zimmer, die nächste verkühlt sich, Blasenentzündung, fies und behandlungsbedürftig zu Hause. In dem Lager agiert ein Arzt, expediert vom Heimatort, ein richtiger Arzt, und eine sagt zu mir, Geh auch hin, und meint meine Saalflucht und Korridorversteckerei, und ich denke, was soll ich vorbringen, nur Tränen, kein Magenproblem, keines mit einem Organ oder den Knochen, und melde mich doch am frühen Abend des nächsten Tages und weiß noch immer nicht, was ich sagen soll. Ich hab' bloß geweint, als andere machten, taten vom ersten Handgriff bis zum letzten, kein Gesicht, keine Haut, keine freundlichen Augen mehr, die anderen schimpften vielleicht, ätzend alles, ich aber hab' nur Verwandlungsphantasien, die nicht zum Krankheitskatalog gehören, Weinen schon gar nicht, Kinder weinen, Verlassene weinen, mein Vater weinte über traurige und lustige Geschichten, nur bei den schmerzlichen fand er manchmal kein Ende, bis meine Mutter sagte, Hör auf jetzt, und mein Vater sich einkriegte und Ablenkung suchte in einer Beschäftigung, kramte, buddelte, schwieg. Weinen ist okay, aber nicht auf eingezäuntem Gelände mit erfundenen Feinden und gewitterten Gefahren von sonstwoher, wo wir uns verbergen, vor uns selbst verbergen sollen, verkleiden in Schreckensfiguren, um wiederum andere abzuschrecken, die es gar nicht gibt. Alles Humbug, Schattengefechte, Kopien kriegerischer Zeiten, einer hat vergessen, die alten Zeiten abzuschalten und auf Gegenwart zu drehen, und so wimmelt es hier vor Vergangenheit, herausgerissen und an diesen Ort gezerrt.

Ich klopfe, da sitzt ein Mann mit ernstem Gesicht, steif und ernst, weißer Kittel über dunkelblauer Kluft, ein junger Mann, Doktorand vielleicht, wie wir zum Aufenthalt gezwungen, und ich suche in seiner Mimik eine kleine Stelle zum Andocken, irgendwo einen Eingang, einen Zugang, schnell muß es gehen, und sage, Bei dieser Übung mit dem Schutzanzug und der Gasmaske hatte ich Angst, und er, Sie wollen bloß wie die anderen vorzeitig nach Hause, und ich, Wohl kaum, ein Arzt muß das doch verstehen, und er, Sie können sich ja ganz gut verteidigen, und ich bin raus aus seinem winzigen Zimmer. Angst ist nicht gut, versuchen sie zu beschreiben noch weniger. Als der Hahn unter meinem Bett krähte, ich unablässig Kikeriki im Dunkeln hörte und vor allem das Wehgeschrei des Tieres fürchtete, weil sich Gefieder und blutroter Kamm in den Stahlfedern verfingen, rief ich lang, bis endlich meine Schwester kam und sofort sagte, da ist kein Hahn, und ich, nicht locker lassend, doch, bis sie endlich kniend nachschaute und meinte, da ist keiner. Sie hatte geschmunzelt seit ihrem Eintreten. Aber das Kikeriki war klar und laut, der Platz unter dem Bett eng, also würde geschehen, was ich befürchtete.

Ich darf allein und ohne Marschgetue durchs Lager gehen, in der Hand eine bescheinigte Arztkonsultation. Schwachbeleuchtet ist der Weg, Eis auf Zweigen, Dächern, ich muß schnell gehen, sonst frißt das Eis auch mich an. Wenn es taut, werden dicke Schichten krachend herunterfallen. Ich muß mich beeilen.

MATTHIAS ULRICH

DIE PROFESSORIN

In das Gästebuch meines Vaters schrieb sie, daß sie sich gern daran erinnere, mit ihm wieder und wieder Karussell gefahren zu sein, immer in der Erwartung, daß ihr schlecht würde, daß sie aber durch die Rufe und das Juchzen meines Vaters durchgehalten habe und ihr Mut mit einem phantastischen Flug durch die Luft belohnt worden sei. Das sei das Schönste an jener Karussellfahrt gewesen. Ich las diesen Eintrag viele Jahre später, und der Satz rückte meinen Vater wieder an mich heran und meine Tante natürlich auch. Sie war die Tochter des Bruders meines Großvaters, eines Druckereibesitzers aus Peine. Ich sah meinen Vater und sie in ihrer Zusammengehörigkeit, aber auch Fremdheit wieder, diese Ahnen, die ich nicht vergessen will, die aber doch weit aus meinem Alltagsbewußtsein herausgerutscht waren, und dachte wieder an das, was mein Vater von ihr erzählt und was ich selbst mit ihr erlebt hatte.
Meine Tante war mehr als alle anderen in unserer Familie eine Dame von Welt gewesen – und dabei von drüben, also aus der DDR. Die übrigen Tanten sprachen von alltäglichen Dingen, sie sprach von ganz anderem. Als Professorin für Georgische Sprache und Landeskunde hatte sie einen Lehrstuhl in Jena, und die liebe Verwandtschaft staunte, daß es eine solche Frau, einen solchen Aufstieg, in unserer Familie geben konnte. Daß sie in der Partei gewesen sei – und es darum auf ihre Leistungen sozusagen einen Bonus gegeben hätte, hieß es. Oder sie sprachen darüber, daß sie es einzig ihrem Professor und seiner Verliebtheit zu verdanken habe. Zu allem Überfluß hatte sie einen Sohn mit ihm. Aber das alles habe mit ihrem Wissen und ihrem Ruf als Wissenschaftlerin so viel zu tun wie Äpfel mit Birnen, hörte ich meinen Vater sagen. Das Geklatsche fand er peinlich. Sie war eben die berühmte Professorin aus Jena, die uns Weihnachtsbriefe auf Büttenpapier schrieb, aber ohne Maria-und-Jesus-Bildchen, statt dessen sandte sie uns einen Feuervogel, der für so vieles stehe, wie sie erklärend anfügte. Mein Vater schickte ihr regelmäßig seinen Jahres-Rundbrief, über den sie sich freute, um dann bedauernd zu schreiben, daß sie selbst mit einer richtigen Familie ja nicht aufwarten könne. Wenn sie uns besuchte, schlief sie nicht wie die anderen Tanten und Onkel auf einer Couch im Wohnzimmer, sondern ging spätabends in ihr Viersternehotel gegenüber dem Bahnhof. Denn als Professorin und Westreisender stand ihr das zu, und sie durfte mit Devisen in der Tasche fahren.

Sie hatte Stil, auch im Umgang mit uns Kindern. Mit freundlicher Geduld erklärte sie mir, daß Georgien im Russischen Grusinien heiße und ich das Georgische gar nicht lesen könne, weil es eine eigene Schrift habe, die nicht mit den gewohnten lateinischen Lettern geschrieben werde, sondern mit andersgeformten Linien, die aussähen, als seien sie mit luftiger Feder aufs Papier gekringelt. Georgische Gedichte in einer Art Schmetterlingsschrift und von ihr ins deutsche Buchstabenalphabet übertragen. Gedruckt und gebunden in Büchern, die kostbar waren, weil sie sie mir schenkte und eine Widmung hineinschrieb. Stilisierte Tierkörper, Gestalten mit Flügeln und Federn und reliefierter Schrift auf dem Einband, und die einzelnen Seiten zu schön, um das Buch einfach ins Regal zu stellen.
Einmal mußte ich mitgehen, nein, durfte ich auf dem Weg ins Hotel ihr Begleiter sein, weil sie nachts nicht gut sehen konnte. »Typisch Professor«, spottete meine Mutter. Ich war verliebt in sie, verliebt mit dem Ernst eines Zwölfjährigen, und wollte gern ihr Page sein. Sie genoß meine kindliche Bewunderung und lud mich in die dunkelgetäfelte Hotelbar ein, auf Barhocker aus dunklem Leder mit goldenen Knöpfen. So saßen wir nebeneinander und ich kam mir wundersam leicht vor. Mit Zigarette hielt sie rauchumwölkt ihr Whiskyglas, auf dem die schütteren Lichter der Bar sternenhaft glitzerten. Das war für mich wie der phantastische Karussellflug, den sie im Gästebuch beschrieben hatte.
Sie sprach davon, daß die Landschaft Georgiens alpin und wie ein Garten sei, im Frühling voll Blütenschnee und mit vielen Blumen und Farben wie von der Palette eines verschwenderischen Malers. Das Rot des Granatapfels und das Blau des reinen Himmels.
Ich hätte ihr die ganze Nacht zuhören können. Sie kam nahe an mein Ohr und flüsterte: »Jetzt mußt du aber gehen, in Georgien ist es schon fünf Uhr früh.« Ich stand ergriffen und etwas linkisch da. Sie lachte mir freundlich zu. Als ich das Hotel verließ, zerbrach ich mir den Kopf über sie und das ferne Land Georgien. Mein Herz schlug. Ich sah beim Zurückblicken eine rauchende Gestalt im Fenster. Langsam zog sie den Vorhang zu, mit einer Armbewegung, die mir wie ein Zeichen, wie ein besonderer Gruß vorkam. Ich hob meine Hand, da war sie schon verschwunden.
Viele Jahre vergingen, Jahre, in denen sich alles änderte. Aber eines war sich gleichgeblieben, das Bild meiner Tante, wie sie dasaß, rauchte, von Georgien erzählte, lachte und dieses und jenes noch sagte, die glitzernden Lichter und jenes Abschiedsbild im Fenster. Ich studierte nun, nicht Georgisch, aber Geographie, ich saß in überfüllten Hörsälen, ich schrieb Arbeiten, eine über den Kaukasus, über die älteste Besiedelung des europäischen Kontinents, und schickte sie ihr. Sie dankte mit einer Karte, auf der der Feuervogel tanzte. Mit Dank und Gruß. Ich setzte zum Examen an, und immer wenn irgendwo von Promotionsfeier,

Vortrag, akademischer Größe und Professoren-Kongressen die Rede war, dachte ich an sie. Ich erinnerte mich, mit welch rauchumwölkter Eleganz und mit welchem Feuer sie erzählt und mich so für die Sprache und das Land begeistert hatte.

Als ich das Examen bestanden hatte, gratulierte sie mir brieflich. Dann hörte ich lange nichts mehr von ihr. In der Wendezeit schrieb sie mir, daß Georgien ein anderes Land geworden und sie aufgefordert sei, beim Modernisieren seiner Sprache mitzuarbeiten. Kongresse, Veranstaltungen, Symposien. Ein Wörterbuch sei zu erstellen, um all dem Neuen Rechnung zu tragen: Computer, demographischer Wandel, Gentechnik, Kathodenstrahl, Kernkraft und absoluter Nullpunkt. Also, wie sie hinzufügte, ein Wörterbuch der Chaos-Gegenwart. Bürgerkrieg war auch so ein Wort darin.

Es gehe ihr nicht gut, schrieb sie noch und sprach offen davon, daß sie es ohne ihren Mann nicht mehr schaffen würde.

Ihr Mann, das wußte ich von meinem Vater, war mit ihr in eine Datsche gezogen, die sie in der Nähe von Dornburg an der Saale besaßen. Nach seinem Austritt aus der Parteileitung 1979 hatte er als Zeichner und Graveur gearbeitet. Er war auch ein guter Drucker, verkaufte und verschickte Karten, die er gemalt oder in Kupfer gestochen und auf einer alten Plattenpresse abgezogen hatte. Worte, Zeichen, Schmetterlinge, Feuervögel. Auch Georgisches, aber keinen Märchen- oder Gedichtband mehr. Sie habe schwere Gedanken, schrieb meine Tante, vieles bedrücke sie. Sie sei in Behandlung und liege viel.

Als mein Vater starb, kam sie überraschend zum Begräbnis. Da war sie wieder auf den Beinen und kam mit dem Zug. Das Privileg sie abzuholen ließ ich mir nicht nehmen. Mir klopfte das Herz – und dann war sie da, stieg aus, und wir umarmten uns. Sie drehte ihren Kopf so, daß ich mein Gesicht in ihr graues Haar drückte. Es war stumpf, und die Gesichtszüge ließen ihre frühere Schönheit nur noch erahnen. Sie trug ein grau-schwarzes Kleid, ein Versandhauskleid, das schlecht saß und alle Konturen der ehemals so eleganten Dame verwischte. Über das Frühere, also auch darüber, was aus Georgien und ihrem Lehrstuhl geworden war, redeten wir nicht, und alles übrige nahm sie mit müdem Blick zur Kenntnis.

Einige Jahre später kam in einem schmalen, schwarzgerahmten Umschlag die Nachricht, daß sie gestorben war. Am Ende hatte sie mit ihrem Mann in ein Heim gehen müssen. Das kleine Arbeitszimmer, das sie in der Datsche nach ihrer Emeritierung eingerichtet hatte, war schlecht zu heizen gewesen und Tausende und Abertausende ihrer Bücher waren stockfleckig geworden. Ich rief ihren Mann an, der einsilbig war, aber auf seine skeptisch-humorvolle Art doch herausließ, sie habe ihre Bücher der Nationalbibliothek in Tbilissi vermacht. Aber wegen des Bürgerkrieges sei alles zunächst nach Istanbul gegangen. Fünfzig Kisten habe ein rabenschwarzer LKW geholt. Er habe den Verdacht, murmelte er in den Hörer, daß es ein Buchhändler von zweifelhaftem Ruf gewesen sei, der die besten Stücke nun reichen Sammlern anbiete.

An einem regnerischen Tag stieg ich in Jena aus dem Zug, und er stand da; die Hände in den Taschen seiner Jacke vergraben, nickte er mir freundlich zu. Einen Strauß roter und gelber Rosen kaufte ich in einer Blumenhandlung nahe dem Bahnhof. Von dort gingen wir zum Friedhof. Auf einer Schleife der Trauerkränze sah ich jene sagenhafte, fremd-vertraute Schrift wieder, die sie mir damals bei ihrem Besuch so schön erklärt hatte. Bögen wie die Flügel eines Schmetterlings, elegant auf Gold und Purpurrot, dazu ein Gebinde, an dem die Granatäpfel (aus Plastik) nicht fehlten.

Die Blätter rauschten im Wind, Regen tropfte gleichmütig von ihnen herab. Ich versuchte mich zu erinnern, auch an ihre Gesichtszüge von damals. Ich las die Worte, die Freunde von ihr auf die Schleifen gesetzt hatten. Sie schien auf einmal gegenwärtig.

Später besuchte ich mit ihrem Mann das kleine graue Haus, in dem sie gelebt hatten. Es war leer und ich fand keine Spuren meiner Tante mehr darin. Ihr Mann stand draußen, seine Jacke glänzte vom Regen. Er legte seine Hand auf meine Schulter und sagte: »Das ist die Wahrheit. Solche wie uns braucht man nicht mehr. Und nach der Wende ist ein Land wie Georgien, sind seine Sprache und Kultur nicht mehr systemrelevant.« Er sagte das spöttisch, als hätte das irgendein Techno-ZK beschlossen. Der Lehrstuhl sei gestrichen. Keine georgische Schrift, keine georgische Dichtung mehr. Über sein Gesicht liefen Regentropfen.

Das alles liegt nun eine Zeit zurück, und als ich jenen Satz von ihr im Gästebuch meines Vaters las, dachte ich an sie. Und wie sie aus dem Satz mit dem luftigen Karussell heraustrat, war sie wieder die Tante, die Ahnin, zugleich die andere, die Frau einer versunkenen Gegenzeit.

EKKEHARD MAASS

»STOPPT DEN TÖDLICHEN TEXT!«

Über Giwi Margwelaschwili

Als ich mich 1983 zu einer Reise nach Georgien anschickte, empfahlen mir Elke Erb und Adolf Endler, doch den seltsamen Dissidenten Giwi Margwelaschwili zu besuchen, einen Schriftsteller, der dort auf deutsch schreibe. Giwi empfing mich mit Swing von Benny Goodman auf seiner »Wartburg« in Tbilissi. Eine »Wartburg«, das erfuhr ich bei der Lektüre von Giwis autobiographischem Roman »Kapitän Wakusch«, ist eine Wohnung mit allen möglichen Unzulänglichkeiten: wackligen Stühlen, Stromsperren, Rohrbrüchen, KGB-Bewachung und so weiter, in der der »Wartbürger« wartet, bis die Zustände in seiner Heimat eine Heimkehr ermöglichen. Heimat – das war für Giwi Margwelaschwili Berlin, wo er 1927 als Sohn georgischer Emigranten geboren wurde, Kindheit, Jugend und leider auch die Hitlerei und den Krieg erlebte. Doch auch in Deutschland hatte Giwi zusammen mit Vater Tite und Schwester Lisa – die Mutter war 1931 freiwillig aus dem Leben geschieden – in der Güntzelstraße in Berlin-Wilmersdorf als staatenloser Emigrant auf einer »Wartburg« gelebt. Gegen die Unbill des Lebens und vor allem gegen die Nazidummheit half ihm nur eines: der Swing, der im Feindsender BBC und auf eingeschmuggelten Schallplatten zu hören war.

Nach dem Krieg jagte der sowjetische Geheimdienst als erstes die Emigranten, die vor der Sowjetdiktatur aus Rußland bzw. Georgien geflohen waren. Giwi und sein Vater – Schwester Lisa war zum Glück rechtzeitig über Italien ausgereist – gerieten in die Fänge des NKWD. Sein Vater, Tite Margwelaschwili, wurde in Georgien erschossen, was Giwi erst nach 1990 erfuhr. Giwi kam für eineinhalb Jahre in die sowjetischen Speziallager Hohenschönhausen und Sachsenhausen, worüber sein zweiter Wakusch-Band »Sachsenhäuschen« berichtet. Ende 1947 erfolgte die Verschleppung nach Georgien, wo er in seiner deutschen Muttersprache ein umfangreiches und außergewöhnliches Werk verfaßte.

Nun saß ich also in seiner »Wartburg« in Tbilissi und las in »Die Große Korrektur«, deren erster Band 1991 als »Das böse Kapitel« erschien. Der Titel bezieht sich auf Matth. 5: die Beschreibung des Kindermords in Betlehem. Weil das Blut der unschuldigen Kinder auch am Heiland klebt, dessentwegen sie ermordet werden, schickt die katholische Kirche zwölf kräftige Männer durch das Tote Meer in das Buchland der Bibel, wo sie, als Buchpersonen getarnt, den Kindermord verhindern sollen. Der Text wehrt sich zunächst gegen die Eindringlinge, die Sonne verfinstert sich, aber dann zeigt auch ihnen der Stern den Weg zur heiligen Stadt, weil ihre Mission dem Geist des Evangeliums nähersteht als die Tötung der Kinder. Letztlich gelingt die Rettung, weil Heroen des Alten Testaments eingreifen und sie in das Lukasevangelium bringen, wo der Kindermord nicht beschrieben ist. Die Große Korrektur, der Versuch, in einen literarischen Text einzugreifen, um Unheil zu verhindern, Figuren aus ihrem Textweltkäfig zu befreien, ist die Leitidee der Arbeit Giwi Margwelaschwilis, die in zahlreichen Kurzprosatexten variiert wird. In »Der ungeworfene Handschuh« (1991), »Vom Tod eines alten Lesers« (2008), »Verfasser unser« (2013), »Das Leseleben« (2014) und »Bedeutungswelten« (2017) werden die Eigenleben der Buchpersonen spielerisch-philosophisch erforscht.

Ich las auch, während mir Giwi über die Schulter sah, seinen großartigen Roman »Muzal« (1991), angelehnt an das berühmte georgische Poem »Aluda Ketelauri« von Wascha-Pschawela. Muzal ist ein Kiste, ein Tschetschene, der beim Pferdediebstahl vom Georgier Aluda Ketelauri ertappt und erschossen wird. Bei Margwelaschwili geht der Wunderrappe Merani aber mit Muzal durch und galoppiert mit ihm in das georgische »Themi« (Dorf), in die Steinzeit des Sozialismus. Da das Poem selten gelesen wird, haben die beiden Helden viel Zeit. Sie gehen auf die Jagd, spielen mit den verdächtigen, textfremden Ziegenhirten »Tomino« – eine Art Domino und weitere Spiegelung des Textes –, müssen aber immer zur Stelle sein, wenn doch jemand die Nase in ihr Buch steckt und sich ihre scheußliche, auch ihnen selbst widerliche Geschichte abspielen muß. Sie gelangen schließlich über einen Gedankenstrahl des Lesers in dessen Kopf. An den »Bewußtseinsstromufern« ist alles abgelagert, was dieser in seiner Phantasie sich vorstellt.

Damals begriff ich, daß ich einem Jahrhundertautor gegenübersaß, und begann mich für Giwi Margwelaschwilis Rückkehr nach Deutschland und die Veröffentlichung seiner Bücher einzusetzen. Abgesehen von einigen Besuchen in der Perestroikazeit, bei denen Giwi in meinem literarischen Salon Künstlern vom Prenzlauer Berg und Autoren wie Jewtuschenko, Andrej Bitow, Bulat Okudshawa, Tschingis Aitmatow, Allen Ginsberg und Ernst Jandl begegnete, gelang das erst nach 1990. Giwi erhielt Autorenstipendien der Stadt Saarbrücken, des Deutschen Akademischen Austauschdiensts und der Heinrich-Böll-Stiftung. Von 1991 bis 1994 erschienen sechs Bücher in vier Verlagen, weitere Veröffentlichungen folgten in Zeitschriften; es gab Sonderdrucke und Radiosendungen. Ich chauffierte Giwi auf Lesereisen durch ganz Deutschland, meist rahmte ich die Veranstaltungen mit meinen Okudshawa-Liedern ein. Doch der erwartete Erfolg blieb aus. Die Veröffentlichung in verschiedenen Verlagen, Giwis georgischer Familienname und das alles dominierende Thema der Wiedervereinigung waren

einer breiteren Rezeption hinderlich. Deutschland war in dieser Zeit überfordert mit solch einem großen, besonderen Autor.
Es gab auch erhebliche Schwierigkeiten mit der Ausländerbehörde, die nicht einsah, wieso ein georgischer Staatsbürger in Deutschland leben müsse. Und es gab Probleme mit der Krankenversicherung und eine dringende Nierenoperation. Schließlich aber erhielt Giwi wegen des öffentlichen Interesses an seinem Werk und der Fürsprache von Wolf Biermann und Armin Mueller-Stahl ein Bleiberecht und im Oktober 1994 die deutsche Staatsbürgerschaft, dazu ein Ehrenstipendium des Bundespräsidenten. Beim Empfang in Bellevue sagte Giwi zum damaligen Amtsinhaber Roman Herzog: »Wissen Sie, für meinen Vater war Deutschland die Emigration, er träumte von der Rückkehr nach Georgien. Für mich ist Deutschland Heimat!«
1995 erhielt Giwi für sein Gesamtwerk den Brandenburgischen Literatur-Ehrenpreis, 1997 den Förderungspreis für Literatur zum Kunstpreis der Stadt Berlin und 2002 den Gustav-Regler-Preis der Stadt Merzig. Später folgten die Goethe-Medaille, das Bundesverdienstkreuz und der Italo-Svevo-Preis. Petra Tschörtner drehte 1997 über einen seiner Besuche in Georgien den Film »Der Herr Giwi und die umgekehrte Emigration«, im selben Jahr schuf Irene Langemann im Auftrag der Deutschen Welle das Filmporträt »Zwischen hier und dort«.
Neben philosophischen Arbeiten und Kurzprosa entstanden in Deutschland längere Texte wie »Der Kantakt« (2009), »Die Musifizierung« (unveröffentlicht) und »Officer Pembry« (2007). Im »Kantakt« – angelehnt an Kant und die russische Aussprache von Kontakt – liest der Autor so intensiv Tucholskys Novelle »Rheinsberg – ein Bilderbuch für Verliebte« (Giwi war 1995 als erster Stadtschreiber in Rheinsberg), daß er sich als Lesergeist »verlesestofflicht« und im Text herumspukt. Er hat sich vorgenommen, den Hauptpersonen Clärchen und Wölfchen die Botschaft zu übermitteln, daß sie als Buchpersonen ewig den schönsten Augenblick ihres Lebens erleben und nicht, wie er selbst, den Anfechtungen des realen Lebens ausgesetzt sind.
Hinter der spielerischen Verarbeitung der literarischer Vorlage steht die Verbindung aller Buchwelten zu einem Buchweltkosmos, d.h. mit der unbegrenzten Phantasie des Lesers sind auch die nicht beschriebenen Hintergrundbuchwelten unbegrenzt weit vorstellbar. Läßt sich der Leser ernsthaft auf die Lektüre der Metabuchwelten Giwi Margwelaschwilis ein, verwandelt er sich selbst in eine Buchperson und schwebt über den menschlichen Kümmernissen. Klappt er das Buch zu, fällt er leider in diese zurück: defekte Lampen, Nierensteine, zu wenig Arbeitszeit und so weiter.
In dem Romanmanuskript »Die Musifizierung« merken die historisch realen Helden der Ilias, daß ihr Krieg von einer Muse gelenkt wird und sie in Figuren eines

berühmten Poems verwandelt werden sollen. Der Gedanke der Unsterblichkeit ist faszinierend, aber sie müssen dafür, weil das bei Homer nicht beschrieben ist, auf sinnliche Genüsse wie Essen und Sex verzichten, was Hektor zum zornigen Widerstand gegen die Musifizierung aufstachelt. Er entzieht sich dem Zweikampf mit Achilles, läuft davon, was mit einem Heldenepos unvereinbar ist.
Bei »Officer Pembry« (2007) handelt es sich buchstäblich um einen tödlichen, bis zur letzten Zeile spannenden Text. In Thomas Harris' Kriminalroman »Das Schweigen der Lämmer« wird Officer Pembry auf Seite 248 ermordet. Bei Giwi hat eine Spezialeinheit der Polizei, die Prospective Kriminalpolizei PKP, herausgefunden, daß hin und wieder Verbrechen nach den Sujets von Kriminalromanen geschehen. Sobald diese bemerkt, daß ein tödlicher Text dabei ist, sich zu verwirklichen – weil der Krimi gerade gelesen wird –, greift sie ein, um den textuellen Mord zu verhindern.
Die »Fluchtästhetische« Novelle (2012) steht in seinem siebenbändigen autobiographischen Romanwerk »Kapitän Wakusch« als Zusatztext zwischen dem zweiten und dritten Band. Giwi Margwelaschwili ist überzeugt: Ohne die Vorstellungskraft eines Lesers funktioniert keine Erzählung, kein Roman. Ohne einen Lesenden stockt die Handlung, die der Autor ersann. Das gilt auch für Wakusch, Giwis Alter ego. Ohne Leser kann das Flugzeug nicht abheben, das den Protagonisten Wakusch am Ende des zweiten Bandes unter KGB-Bewachung nach Moskau bringen soll. Seine Mitreisenden dämmern ungelesen vor sich hin, und allein Wakusch, vom Autor mit besonderen Fähigkeiten ausgestattet, ist sich der Situation und der Gefahr bewußt. Er befindet sich in einem Zwiespalt. Einerseits möchte er, wie jede Buchperson, durch Lesen belebt werden – doch dann würde ja die Handlung weitergehen, der Flieger abheben und er unweigerlich in die Stalinsche Diktatur verschleppt werden. Andererseits würde er ohne Leser als Buchperson zugrunde gehen. In der Toilette, dem einzigen Ort, an dem er unbewacht ist, begegnet er einem seltsamen Mann, der weiß, wie die Geschichte ausgeht, offensichtlich kennt er bereits die Folgebände.
Im dritten Band von »Kapitän Wakusch« (2006) verbringt der gewaltsam nach Georgien verschleppte Wakusch als junger Deutschlehrer seinen Urlaub am Schwarzen Meer, wo er am ersten Band des »Kapitän Wakusch« schreibt. Mit seinen Sängerfreunden will er die Stalinsche Parteidoktrin durch Jazz, Swing und Tanz aufweichen. Dabei helfen ihm die Musiker der Berliner Jazzband »Tullio Mobiglia« und ihre leicht bekleideten, der Sowjetadministration höchst verdächtigen Girls. Präsent sind sie, weil der Autor sie soeben beschreibt und sie sich vorstellt. Sie werden verhaftet und zu einem KGB-Stützpunkt gefahren. Doch sobald sie sich zu weit vom Vorstellungsbereich des Autors entfernen, lösen sie sich in Luft auf. Margwelaschwili beschreibt auf philosophisch

spielerische Weise und in grotesken Szenen das Leben an der sowjet-georgischen Schwarzmeerküste.

Einer meiner Lieblingstexte ist »Die Medea aus Kolchis in Kolchos« (2016): Weil die zahlreichen, zum Teil noch gar nicht veröffentlichten Bände des autobiographischen Romanwerks »Kapitän Wakusch« von niemandem gelesen werden, leiden dessen Figuren an der Leselebensschwindsucht. Zu ihrer Rettung erfindet ihr Autor einen künstlichen Leser, der durch die Bände geistert und die Buchpersonen ab und zu liest, damit sie nicht vollends verschmachten. Dieser künstliche Leser entdeckt, daß die Hauptfigur Wakusch sich unthematisch verhält, indem sie etwas tut, was nicht im Buch beschrieben ist. Sie belebt die überlebensgroße Bronzeskulptur der Medea, die in Pizunda am Ufer des Schwarzen Meeres steht, und zwar mit Hilfe des Pilosos, eine Art fliegender Staubsauger, der in Margwelaschwilis Romanen die Reste totalitärer Ideologien absaugt. Der Pilosos macht Medea klar, daß sie gar nicht so grausam ist, wie die Griechen sie beschreiben, und gibt ihr Christa Wolfs »Medea« zu lesen. Das macht sie froh, ihre Kinder springen ins Meer, sie tanzt vor Glück eine Lesginka. Der künstliche Leser möchte Wakusch zurechtweisen und verlangen, daß er zu seinem Sujet zurückkehrt und die Buchweltwirklichkeit wiederherstellt, falls doch mal plötzlich ein Leser auftauchen sollte. Aber er ist verunsichert: Woher weiß diese Buchperson so viel über ihr Leben im Buch und die Realwelt, über Lenin, Stalin und die Wahl Trumps? Steckt vielleicht doch der listige Autor dahinter, der sich das alles ausgedacht hat?

Giwi Margwelaschwilis Beschäftigung mit dem Leben im Ontotext, dem textweltlichen Sein der Buchpersonen und letztlich auch des Menschen, ist die theoretische Verallgemeinerung seines Lebens in zwei totalitären Gesellschaften: dem Nationalsozialismus in Deutschland und der Sowjetherrschaft in Georgien. Der Mensch ist hineingeworfen in ein Monothema, welches weder sein eigenes noch sein eigentliches ist. Er ist von ideologischen Imperativen umklammert, die sein realweltliches Sein zu bestimmen trachten. Das Leben wird wesentlich von Texten bestimmt: von religiösen, wie Bibel und Koran, von Verfassungen, Gesetzen, Verkehrsregeln, Gebrauchsanweisungen. Der Mensch selbst ist ein Text, ein Code, ein Chip mit Millionen Informationen, die es zu erforschen und zu lesen gilt. Die Identität von Leben und Lesen, die für das Sein der Buchpersonen gilt, spiegelt die private Situation des Autors, der vierzig Jahre lang in Georgien deutsch schrieb und weder veröffentlicht noch gelesen wurde.

Margwelaschwilis Literatur eröffnet dem Leser einen völlig neuen Blick auf das mögliche Eigenleben der Buchpersonen und ihre textlich-thematische Determiniertheit. Alle seine Bücher sind eine spielerische Auflehnung gegen den tragischen Ontotext, in den er 1927 hineingeworfen wurde. Hätte er 1971 Heinrich

Böll sein Manuskript anvertraut, wäre er sicher neben Solschenizyn zu einem weltbekannten sowjetischen Dissidenten-Schriftsteller geworden.
Die wichtigste Botschaft all seiner Texte ist: Lehnt euch auf, lehnt euch auf gegen euren Text, entdeckt wie das Kind, das unterm Tisch den Gesprächen der Erwachsenen lauscht, die unbegrenzten Fähigkeiten der menschlichen Phantasie und des Geistes. Entdeckt, daß wir letztlich Buchmenschen sind, Erfindungen eines Autors, dessen Diktatur wir davonfliegen können. Giwi Margwelaschwili ist ein Jahrhundertautor, dessen Poetologie und Gesamtwerk den Buchmarkt und die Leser noch lange beschäftigen werden.

GIWI MARGWELASCHWILI

DER POLYP POLYMAT

Wakusch hat sich im Wasser umgedreht. Sein Gesicht schaut jetzt zum Strand her. Er nimmt also Kurs auf das Festland und wird bald hier sein. Er schwimmt in schnellen Stößen und ist offenbar in Eile, aufs Trockene zu kommen. Vielleicht möchte er seinem kleinen japanischen Transistorradio der Firma Panasonic – hierzulande sagt man auf Russisch scherzhaft »Parassjonok« (Ferkelchen) dazu – die neuesten Nachrichten entlocken. Den Apparat hat Wakusch in diesen Tagen überall mit, denn die Sache mit der Tschechoslowakei ist leider wahr. Diesem kleinen, über die letzten Monate überraschenderweise ein freier Denk-und Sprechzimmerraum gewordenen Staat steht im Ostblock vielleicht schon in der allernächsten Zeit eine Invasion bevor. Ich lausche immer gespannt mit, wenn Wakusch sein »Ferkelchen« anknipst, und bin im Bilde. Auch Wakuschs Meinung zu diesen Entwicklungen ist mir bekannt, da ich erstens bemüht bin, mir kein Wort von dem entgehen zu lassen, was er hier zu seinem Freund Reso über dieses Thema sagt, und zweitens lese ich ja auch noch regelmäßig in seinem Tagebuch, wo sich etwas Neues darüber und von seiner nervösen Hand dazu Gekritzeltes findet.

An dieser Stelle will ich meine Erzählung für einen kurzen Moment ruhen lassen und erstmal schnell sagen, wer ich bin. Ich bin ganz einfach ich, das erste Personalpronomen im Singular, und damit ist eigentlich schon alles über mich gesagt. Mehr weiß ich nicht von mir. Ich glaube, es gibt auch gar nichts weiter an oder in mir, was da noch zu wissen wäre. Denn ich existiere eben nur pronominal, als – ich sagte es schon – erste Person der Einzahl und basta. Jetzt ließe sich noch fragen, wie ich überhaupt in diese Erzählung gekommen bin und was ich mit Wakusch zu tun habe. Nun, ich bin hier als Leser miteingefügt. Warum das so ist, weiß ich nicht genau. Ich vermute, weil der Autor dieses Textes (der vielleicht die Realperson desselben Wakusch ist, den ich hier sehe; aber ganz genau weiß ich das nicht) nicht damit gerechnet hat, daß jemals echte Leser, also solche, die in erster Linie irgendwelche konkreten Realpersonen mit eigenem Vor- und Familiennamen, Beruf, Versicherung, Kontonummer usw. sind und erst in zweiter oder dritter, ja vielleicht auch fünfter Linie Leser von literarischen Lesestoffen sich jemals mit dieser Erzählung, wie auch wohl überhaupt mit allen seinen anderen Schriften befassen werden. Darum wollte er wenigstens einen künstlichen Leser haben, ein pronominales Leser-Ego, das seinen Text begleitet und ihm gewissermaßen als Ersatz für die echten (nominalen und realen) Leserpersonen dienen könnte. Darum hat er sich mich ausgedacht und hier mithergesetzt. Jetzt ist es so, daß ich zwar nur ein künstlicher, aber mindestens für meinen Verfasser ganz bestimmt auch ein (sein) idealer Leser bin, nämlich einer, der von seiner Erzählung über Wakusch, also über sich selbst, nicht zu trennen, also ihr permanenter Leser ist. Ich will nun noch schnell sagen, was ich über den realen Wakusch weiß. Ich habe es aus zwei Quellen. Einmal sind das die Wakuschmanuskripte, die von ihm selber erzählen. Ja, dieser junge Mann hat nämlich schon ziemlich viel über sein Leben zusammengeschrieben. Die zwei ersten Bände davon liegen in seiner, übrigens recht schwer zu lesenden, Handschrift schon vor. Nun bin ich als sein sozusagen künstlicher Rettungsleser zwar nur in und mit dieser Erzählung entstanden. Aber das hindert mich natürlich nicht, auch manchmal Spaziergänge in den anderen Wakuschstoff zu machen und nachzusehen, was sich da thematisch tut. Das ist – wie ich überzeugt bin – auch ganz im Sinne dieses Verfassers, der nur zufrieden sein kann, wenn sich wenigstens ein künstlicher Leser in seinem Wakuschmanuskript umschaut. Die zweite Quelle meines Wissens über Wakusch ist das Tagebuch, das er als Buchperson hier, in dieser Erzählung, ja auch noch führt und das ich ohne weiteres einsehen kann, wenn sein Besitzer wie gerade jetzt (er badet ja im Meer) mal nicht in der Nähe ist. Normalerweise müßte man das für eine Indiskretion halten, denn in privaten Aufzeichnungen von anderen Leuten lesen, ohne daß sie davon wissen und ihre Einwilligung dazu gegeben haben, gehört sich offensichtlich nicht. Ja, das weiß ich auch sehr gut. Aber weil ich hier der künstliche Leser bin, kann ich nicht anders, ich muß es tun, ich muß immer im Notizblock des lesekörperstofflichen Wakusch nachsehen, was er da Neues vermerkt hat. (Da wir es hier mit zwei Wakuschen zu tun haben, mit einem realen und einem irrealen, lesekörperstofflichen oder buchpersönlichen, werde ich diesen für die bequemere Unterscheidung im Folgenden einfach Wakusch nennen, und wenn ich die andere, leibhaftig wirkliche Person meine, von dem realen Wakusch sprechen.) Das einzige, was zu meiner Entschuldigung gesagt werden kann, ist, daß Wakusch mich nicht und nie bei sich vermuten kann, denn als sein künstlicher Leser bin ich hier für ihn nicht wahrzunehmen, nicht zu erfühlen. Wollte man mir aus meinem Lesen der Wakuschnotizen dennoch einen Vorwurf machen, so muß man auch allen echten Lesern, welche ihre Romanfiguren durch ihr Lese-Leben begleiten, dasselbe vorwerfen. Denn auch sie stecken ja ihre Nase dann in das Privatleben der Buchpersonen, ohne daß die etwas davon wissen. Jetzt muß ich allerdings zugeben: Von dem, was dieser Erzählung in der Lese-Lebensgeschichte des Wakusch vorausliegt, kenne ich nicht alles genau. Die ersten Wakuschbände zum Beispiel habe ich noch nicht richtig durchgelesen. Ich weiß nur ungefähr, was sie enthalten, nämlich Angaben über das Lese-Leben des jungen Wakusch als Sohn eines georgischen Emigranten, der 1921, im Jahr der Annexion Georgiens durch Sowjetrußland, nach Deutschland geflohen war. Die Kriegsjahre 1941–45 verleben Vater und Sohn in Berlin. Jenem wird es in diesen Jahren immer unheimlicher zumute wegen des Vorrückens der Roten Armee, vor der er ja in seiner Zeit geflohen war und von der er nun wieder eingeholt zu werden droht. Dieser entwickelt sich in derselben Zeitspanne zu einem begeisterten Anhänger der Swingmusik, die für ihn wie auch überhaupt für viele Jugendliche in jener Periode als melodisch-politisches Symbol der Freiheit galt. Der Sieg der Alliierten ist für Wakusch, und alle solche wie er, der völlig rechtmäßige Sieg der um so viel wahreren, menschlicheren, weil vor allem verswingten, westlichen Weltseite. Die rote Besatzungsmacht in Berlin lehnt er ab und ist – wie übrigens auch sein Vater – dann sehr erleichtert und glücklich, als die Sowjets im Herbst des Jahres 1945 den Westteil der Stadt verlassen und sich in den Osten zurückziehen. Der zweite Wakuschband berichtet von der Übertölpelung des alten Emigranten und seines Sohnes Wakusch durch die militärische Tscheka der Sowjets im Februar 1946. Die beiden wurden unter dem Vorwand einer Einladung zu georgischen Landsleuten aus dem englischen Sektor herausgefahren und in die sowjetische Kommandantur der Ostzone gebracht. Hier wurden sie dann getrennt. Der Vater wurde als Landesverräter in Georgien vor ein Gericht gestellt und noch im selben Jahr, in Tbilissi, standrechtlich erschossen. Der junge Wakusch wurde nach einem Monat Bunkerhaft und anderthalb Jahren sowjetischem KZ in die Räterepublik Georgien verbracht und seiner Tante zur Betreuung übergeben. So beginnt das, was Wakusch etwas später in seinem Romanprojekt (mit so einer Lebensgeschichte fängt man, wenn man von ihr denk- und sprechzimmerlich nicht ganz erdrückt wurde, gewöhnlich an zu schreiben) als seine Nachkriegsgefangenschaft bezeichnet. Soviel wäre über die erste Quelle meines Wissens über Wakusch zu sagen. Mit diesen Angaben kann man sich als der künstliche Leser dieser Erzählung eine ungefähre Vorstellung über die Herkunft ihrer Hauptperson machen. Man ist damit schon ausreichend gerüstet, um die weiteren Abschnitte der Lese-Lebensgeschichte des Wakusch, wie sie mir zum Beispiel in ihrer zweiten Quelle, nämlich in seinem tagebuchartigen Notizblock, vorliegen, mit einem hinreichenden Verständnis für die Sache aufzunehmen. (Vielleicht sind die echten Leser hier anspruchsvoller und wünschen über die frühere Lese-Lebenszeit meines Helden noch besser aufgeklärt zu werden. Solche – und auch das gehört zu den Aufgaben, die ich hier als künstlicher Leser zu erfüllen habe – kann ich nur auffordern, sich die ersten Wakuschbände zu besorgen, solange sie noch nicht vergriffen sind.)

In Wakuschs Notizen nimmt die Brückenkopfgeschichte – würde ich sagen – einen besonderen Platz ein. Der Brückenkopf ist ein dixie- und deuxiländischer und hat, nach den Angaben Wakuschs, im Sommer 1961 an der kolchidischen Schwarzmeerküste in einer Zitronenplantage unweit des Badeortes Pizunda existiert. Dixieländisch war dieser Kopf aufgrund seiner rasanten Musikalität, also wegen der in ihm von früh bis spät erschallenden (meistens durch die dort relativ nahe gelegene Voice-of-America-relay-station Tanger ganz unbehinderbar hereingesendeten, also von keinem sowjetischen Jamming mehr erreichbaren) neuesten Rocks, der besten Twiste und u.a. elektrisierenden Pops. Deuxiländisch war er, weil sich in ihm sehr viele Erinnerungsmenschen aus Wakuschs Jugendzeit aufhielten, vor allem der illustre Jazzkapellmeister Tullio Mobiglia, der es noch im Berlin der mittleren Weltkriegsjahre mit seinem Sextett fertigbrachte, ab einer späten Stunde dem Publikum in bestimmten Tanzbars jener Zeit (im Kakadu, in der Femina und in der Rosita beispielsweise) mit den von allen normalen Pipos und Pipas der Großstadt so heiß begehrten Swingmelodien aufzuspielen. Genau dasselbe tat er dann auch in dem besagten Brückenkopf. »Pipos« und »Pipas« sind Bezeichnungen dieses Italieners für alle jazzbegeisterten Jugendlichen, welche sich – wie der junge Wakusch und seine Freunde zum Beispiel – immer um den Maestro und seine Band in den Bars versammelten. Man sieht: Der dixie-deuxiländische Brückenkopf von Wakusch bei Pizunda war allein schon darum etwas Künstlich-Künstlerisches, weil sich in diesem Schädel die alte und neueste Tanzmusik harmonisch verbinden und ein musikalischer Cocktail vom Feinsten werden konnten. Aber das ist noch nicht alles. In diesem Brückenkopf konnten ideologisch besonders engagierte Sowjetbürger auch ganz leicht einer deideologisierenden Seelengrundtonverwandlung unterzogen und in Fans der Rock- und Popmusik aus dem Antikosmos verwandelt werden. Diese Arbeit besorgte dort Signor Tullios Sextett, das imstande war, mit seinem speziellen Seelengrundverwandlungston, einer dixiebahnbrechenden Erfindung des Maestros, jedes west- und überhaupt weltverschlossene Individuum aus seiner Isolierung zu befreien und den Dixieländern gewogen zu machen. Der swing-, rock-, twist- und popmusikalische Seelengrundverwandlungston des Tullio Mobiglia vermochte aber noch viel mehr zu bewirken. Er konnte seinen dixielandisierenden Einfluß bis in den höchsten Regierungsapparat des kolchosischen Kosmos hinein geltend machen. Oder anders und genauer gesagt: Wakuschs Brückenkopf, in dem das Sextett von Mobiglia so gut wie pausenlos musizierte und die Leute dixieländisch inspirierte, streckte seine Fühler auch bis nach Pizunda aus, wo nämlich in der Zeit die Regierungsvillen standen und die höheren und höchsten Funktionäre (Sekretäre) der Räterepublik (alle Generalissimusse und Mamassachlissimusse – was ein Wort ist, das von georgisch Mama (Vater) und Ssachli (Haus) kommt und hier dasselbe, also soviel wie »Vater des Hauses oder eben Staates« bedeutet – haben mindestens einmal ihre Sommerferien dort verbracht) sich mit ihren Familien auf einem wohl gepflegten und natürlich auch streng abgegrenzten Strand in der Sonne aalten. Wie »Die Heiligen unwiderstehlich überall einmarschieren« (When the Saints Go Marching In), wo die Zeit dafür gekommen ist, so schwenkte da eines Tages auch völlig unaufhaltsam, denn er hatte ja dann den dixielandisierenden Seelengrundverwandlungston auf allen Instrumenten, der swingende Musikzug mit Signor Tullio an der Spitze in das Regierungsvillenviertel hinein. Von dem magischen Rhythmus wie im Handumdrehen angesteckt und seelisch auf das für sie weltanschaulich bis dahin Gegenteiligste, nämlich auf die unmittelbare, sprich: echte, Koexistenz mit allen und allem Unbekannten umgestimmt, rissen die Wächter dieses Geheges ihm gleich alle Türen und Tore auf und führten die Musizierenden (deren Swing selber schon mittanzend, mit allen Gliedern und Gelenken nachzeichnend) direkt zu den sowjetischen Chefideologen in den Liegestühlen am Meeresstrand. Hier tat Signor Tullios Seelengrundverwandlungston auch sofort seine Schuldigkeit: Er riß die Ideologen aus ihren Liegestühlen hoch und schleuderte sie in ein selbstvergessenes, seliges Geschlenker mit allen dafür vorhandenen Gliedmaßen, er ließ sie mit ihren nackten Füßen einen wilden, frohen Tanz beginnen, der, obwohl er ja da über spitze Strandkiesel ging, an Tempo zunahm und jedem Minister auch immer höhere Sprünge abforderte. Und er warf die Mamassachlissimusse des obersten Präsidiums im Rätestaat durch die Luft und nach allen Seiten wie Spielbälle, welche dann andere und ebenso hohe Würdenträger auffingen, um mit ihnen zusammen gleich wieder einem neuen und irrsinnig schnellen Tanzgewackel zu verfallen. Wie die Funktionäre, die ja alle schon bejahrt waren und zum Teil auch große Schmerbäuche entwickelt hatten, diesen dixieländischen Tanzmarathon überhaupt aus- und durchhielten, wie sie bei den Rocks und Pops nicht schon gleich nach den ersten wilden Wendungen und Windungen ohnmächtig umfielen, mit Schmerzen in ihren fetten Flanken zusammenbrachen und weggetragen werden mußten, erklärt Wakusch in seinen Notizen völlig richtig mit der dixielandisierenden Zauberkraft der unikalen Brückenkopfkapelle von Tullio. Denn sie nur war es ganz offensichtlich, welche da bewirkte, daß diese Musik und dieser Tanz, anstatt den Kollaps der Funktionäre zu verursachen, sich für sie sogar am bekömmlichsten erwiesen: diese Leute so verjüngten und beschwingten, daß sie gar nicht genug davon bekommen konnten und den Maestro nach jedem Stück immer wieder baten und drängelten: »Dawaij jeschtscho! Eto prelest!« (Spiel nur weiter! Es ist so gut!). Und so begeistert waren alle Ideologen nebst ihren Familien von den Darbietungen der Brückenkopfkapelle, daß sie die Musikanten gar nicht wieder weglassen wollten, daß sie ihnen anboten, in ihren Villen zu wohnen und regulär für sie zu spielen. Was Signor Tullio und alle Mitglieder seines Sextetts dann noch als besonders ergötzlich wahrnahmen, war der Umstand, daß die hohen sowjetischen Regierungsbeamten sie für Georgier hielten und die Rocks, die Twiste und Pops für georgische Volksmusik. Ja, nicht wenige von ihnen preschten zuerst mit dem für den georgischen Volkstanz Lekuri charakteristischen angewinkelten linken Arm und der ausgestreckt vorausweisenden Rechten zu den Rocks und Pops von Tullio über die Tanzflächen, und es dauerte eine Zeit, bis sie (meistens auch von selbst) in das richtige lässige Arme- und Beinegeschlenker, welches für die dixieländische Tanzbewegung notwendig ist, hineinfanden. In den brückenkopfgeschichtlichen Notizen zu seinem autobiographischen Romanprojekt deutet Wakusch auch an, daß das swingende, rockende und poppende Sextett von Tullio in relativ kurzer Zeit das ganze Regierungsviertel von Pizunda seiner seelentonalen Beformung unterziehen und dort mindestens alle Parteisekretäre auf die dixieländisch-musikalische Welle ein- und umstimmen konnte. Das drückte sich bei allen diesen darin aus, daß sie zuletzt ausschließlich die – wie sie dazu sagten – »Rockis und Poppis« von Tullio hören und tanzen wollten. Sehr kennzeichnend für dieses dixieländisch-musikalische Beformtsein der sowjetischen Chefideologen war dann noch der Umstand, daß man sie etwas später auf den Gehwegen des Badeortes nur die Swinge, Twiste und Rocks und Pops von Tullio pfeifen hörte. Viele von ihnen spazierten da auch in dem entsprechenden Tanzschritt daher. Inwieweit nun dieses dixieländisch-musikalische Gebaren aller dieser Leute schon ihre ideologische Denkweise beeinflußte, inwiefern es bei ihnen auch schon der Ausdruck der weltanschaulichen Koexistenz mit dem westlichen Antikosmos zu nennen war, ließ sich so einfach natürlich noch nicht feststellen. Die seelentonverwandelnden Impulse, welche von Signor Tullios Sextett ausgingen, wirkten sich auf die Denkweisen der Funktionäre eben doch viel langsamer und hintergründiger aus. Immerhin hatten einige von ihnen, welche dann – wahrscheinlich über das Radio – herausbekamen, daß der Swing, der Twist und die Rockis und Poppis Westmusik waren, gar nicht dagegen protestiert, sondern das Sextett von Tullio ruhig weitermachen (spielen) lassen. Dieselben Leute – vielleicht nicht alle, aber einige – sah man auch nicht selten vor einem Empfänger sitzen und – was dort sonst niemals vorgefallen war – der Stimme Amerikas auf russisch zuhören. Die sich danach zwischen ihnen entspinnenden Gespräche waren für Tullio und seine Leute (weil sie ja auf russisch geführt wurden) nicht mehr zu verstehen, aber der Maestro soll dem neugierig lauschenden Wakusch später immer wieder versichert haben, daß die Parteisekretäre immer sehr engagiert über das von ihnen aus dem Antikosmos Vernommene zu reden pflegten und dabei auch den Eindruck machten, sich mit vielen Informationen »von drüben« einig zu sein. Begann der Brückenkopf mit seiner Musik auch schon auf die Politik einzuwirken?

In Wakuschs Notizen ist auch von regelrechten Prüfungen des Seelengrund(ton)-verwandlungsgrades bei den kolchosischen Mamassachlissimussen die Rede. In anderen Worten: Signor Tullio war auch immer systematisch bemüht festzustellen, wie seine dixielandisierenden und koexistenzialisierenden Rocks und Pops auf die höheren und höchsten Parteifunktionäre des Rätestaates eingewirkt hatten, ob der Westfunke auf das Individuum richtig übergesprungen war, und wenn ja, wie stark er bei ihm weiterglühte. Zum Beispiel: Mitten im Konzert, also in einem rasanten Rock, der die Paare immer aus- und wieder zueinander fliegen ließ, machte das Sextett von Tullio plötzlich Schluß. Auf einmal schwiegen alle Instrumente und eine absolute Stille senkte sich über die Tanzfläche. Davon kamen natürlich auch alle Tänzer und Tänzerinnen (unter denen hier vor allem die sowjetischen Ministerräte mit ihren Damen zu verstehen sind) zum Stehen; sie erstarrten auf der Stelle und blickten völlig erstaunt und verständnislos in die Luft. Schon wollten Fragen laut werden, wie »Was ist los?« »Warum geht die Musik nicht weiter?« »Warum hält der Rock?«, als auf einmal eine allen Ministern im Raum gut bekannte, sonore Stimme – es war die des Generalsekretärs und obersten Mamassachlissimus ihres Landes –, das Herzstück seiner Rede auf dem letzten Parteitag lesend, hörbar wurde. Es war eine Tonbandaufnahme dieses Vortrags, die da über einen Lautsprecher wie vom Himmel herunter in die Rockparty hineinplatzte. Die Prüfung bestand nun darin zu erfahren, wie die hohen Sekretäre und Funktionäre darauf reagierten: Würden sie andächtig die Köpfe senken und den ideologischen Sermon genauso fromm über sich ergehen lassen wie auf dem Parteitag oder würden sie sich mit energischen Protestrufen den Rock zurückwünschen? Wenn das erstere der Fall war, hatte der hartnäkkige Anhänger des Mamassachlismus noch eine und möglichst verstärkte Dosis der Seelengrundtonverwandlungsmusik von Tullio verpaßt zu bekommen, und das so lange, bis er anfing, auf jede ideologische Unterbrechung der Rocks und Pops entrüstet zu reagieren und sich solche Einbrüche in die Musik ein und für allemal zu verbitten. In Wakuschs Notizen ist eine ganze Anzahl derartiger Seelengrundtonverwandlungstests vermerkt, die ich hier nicht mehr erörtern werde. Es genügt zu sagen, daß die überragende Mehrzahl der sowjetischen Sekretäre und Funktionäre diese Prüfungen mit »Ausgezeichnet« bestanden und den Brückenkopf – so schreibt es Wakusch in seinen Notizen – als mindestens im musikalischen Sinn hundertprozentig dixieländisch-koexistenzielle Individuen verlassen haben. Das sind die wesentlichen Vorgänge in Wakuschs Brückenkopf und natürlich auch noch in einer Riesenzahl ähnlicher Köpfe, denen es mit Sicherheit hauptsächlich zu danken sein wird, wenn im Ostblock einmal wieder etwas Tauwetterähnliches eintritt. So lesen wir es in Wakuschs Aufzeichnungen, und ich kann mir nicht helfen: Es gefällt mir.

Zum Schluß möchte ich noch von meinen Eindrücken bei der Lektüre von Wakuschs Notizen sprechen, welche mich, den künstlichen Leser in seinen Buchprojekten, direkt angehen und mich denken lassen, daß ich sicherlich in einem ganz spezifischen Sinn, eben als der künstliche Leser aller Wakuschtexte, auch einmal zu ihren hauptsächlichen Personen gehören werde. Das mag hier verwundern. Mute ich, das anonyme, pronominale und künstliche Leser-Ich, mir nicht zuviel zu, wenn ich mich hier so aufplustere und behaupte, in den Schriften der beiden Wakusche auch einmal als Hauptperson zu figurieren? Nein, gar nicht, und das hat, wie man gleich sehen wird, auch seinen guten Grund. In Wakuschs Notizblock habe ich nämlich den folgenden und schon ganz mich und meine Funktion in seinem Schreiben betreffenden Gedanken gefunden: Jedes literarische Sujet – so steht da zu lesen – ist, bevor es Inhalt einer Lektüre wird, in so etwas wie einem potentiellen und komprimierten Zustand gegeben, es ist ein Sinn- und Seinsgrund, der auf seine Entfaltung wartet. Wenn nun diesem potentiellen Sinnganzen schon ein artifizieller Leser, ein anonymes, pronominales und insofern realegologisch leeres Ich-Gebilde mitgegeben ist, wird der gesamte Lesestoff dadurch in seinem semantischen Sein nach aller Wahrscheinlichkeit viel mehr und länger zusammengehalten als ohne solche imaginäre Zugabe. Darum treibt er dann während der großen und vielleicht größten Perioden seines Nichtmehrgelesenwerdens nicht etwa haltlos auseinander, wird dann durch das allgemeine Vergessen nicht mehr auf Null reduziert, sondern bleibt in der Bedeutungswelt selbst erhalten und kann – mit etwas Glück natürlich nur – vielleicht noch einmal seine Renaissance in (mit) einem neuen und echten Leser erleben. Das dem Lesestoff miteingefügte artifizielle (rein pronominale) Leser-Ego ist also, wie man sieht, eine Art von Lese-Lebensversicherung, welche der umsichtige Autor seinem Erzeugnis mit auf den Weg (auf den Lese-Lebensweg) gibt für den Fall, daß die Leser plötzlich ausbleiben und seine Buchpersonen dann von der Gefahr ihres Lesetodes bedroht sein sollten. So steht es über mich im Notizblock der Buchperson Wakusch geschrieben, und daß dies auch und sogar vor allem die Gedankengänge des realen Wakusch sind, obliegt keinem Zweifel. Die Buchperson Wakusch mißt diesen Notizen übrigens keine nennenswerte Bedeutung zu. Ohne auch nur zu ahnen, daß ihr realer Prototyp (der reale Wakusch also) deren Inhalt schon lange verwirklicht hat, daß es mich, seinen künstlichen Leser, schon textweltwirklich gibt, glaubt sie damit nur einen fruchtlos verrückten Einfall gehabt zu haben und hat den Hinweis auf mich in ihrem Notizblock wieder durchgestrichen. Ich glaube, das Gesagte genügt schon vollkommen, um die Wichtigkeit meiner Rolle für die autobiographischen Erzählungen, die beide Wakusche zu schreiben beabsichtigen, jedem deutlich zu machen. Es ist – das kann ich mit voller Überzeugung sagen – eine Hauptrolle, da ja ohne mich ihr ganzer Wakuschstoff in der Buchbedeutungswelt Gefahr liefe, sich als zu wenig oder gar nicht gelesener unaufhaltsam aufzulösen.

Wakusch ist jetzt dem Schwarzen Meer entstiegen und hat sich – übrigens mit einer äußerst besorgten Miene, die ich noch gar nicht an ihm kannte – wie ein kleiner nasser und vergrollter Seelöwe neben seiner Kleidung auf den Strandkies hingeworfen. Sein erster Griff gilt nun auch wirklich dem »Ferkelchen«, das er sich auf irgendeine dixie-deuxiländische Welle einstellt, und da der Äther voll ist von besorgten Stimmen über das drohende Gewitter am Himmel der Tschechoslowakei, dieses sich nun immer weiter und immer freudiger koexistenzialisierenden sozialistischen Ländchens, erfahren wir auch gleich den Stand der Dinge. Der ist jetzt schon so, daß bloß noch der Funke zu fehlen scheint, um den Brand in Mitteleuropa auszulösen. Das tschechoslowakische Regierungsoberhaupt Alexander Dubček – hieß es da – weigere sich immer noch, der wiederholten Einladung zu Verhandlungen im Kreml Folge zu leisten. Das sei schon offene Insubordination und könne die Führung des Ostblocks zum Ärgsten veranlassen. Auf der Warschauer Konferenz im Juli habe der Mamassachlissimus Breschnew erklärt, es sei die Pflicht aller Menschen von echter sowjetischer Gesinnung, der tschechoslowakischen Arbeiterklasse zu Hilfe zu kommen, wenn durch separate Entwicklungen in Prag der Ostblock in seiner Substanz gefährdet würde. Damit wäre der Möglichkeit eines militärischen Einschreitens aller Partner des Warschauer Paktes theoretisch der Weg geöffnet und man müsse befürchten, daß der Kreml nicht zögern werde, ihn auch praktisch zu gehen, wenn Dubček sich auch weiterhin taubstellen und die Rufe nach Moskau überhören sollte. Ja, und in dem, was ich hier gesagt habe, ist mir eben wohl eine kleine Ungenauigkeit unterlaufen: Ich habe für Generalsekretär – das war der Ausdruck, der im Radio zur Bezeichnung von Breschnew gebraucht wurde – Mamassachlissimus gesagt. Da sieht man mal wieder, wie sehr ich unter dem Einfluß von Wakuschs Notizblock stehe, wo alle Parteibonzen von ihm mit diesem Terminus belegt werden. Wenn ich für Ostblock Ostminster gesagt haben sollte, so ist der Grund dafür derselbe Einfluß: Diesen Block nennen die beiden Wakusche, der irreale oder lesekörperstoffliche und der reale (ich werde bei solchen stilistischen Überlegungen hier immer von dem irrealen Wakusch ausgehen, weil ich als künstlicher Leser in den Wakuschgeschichten mehr auf seine Buchperson bezogen bin), nämlich im Gegensatz zu Westminster, der Innenstadt Londons, aus gutem Grund – denn in unserer Buch-und Realweltzeit ist es ja das zumindest für Europa maßgebliche politische Duopol – entsprechend Ostminster. Wie es scheint, ist man als künstlicher Leser in seinen Denk- und Sprechweisen der Beformung durch den Text, dem man angefügt ist oder noch angefügt werden

soll, besonders stark unterzogen. (Ich bin ja vorläufig auch nicht mehr als eine Notiz von Wakusch, ein Vorhaben, das er – wenn er es sich nicht wieder anders überlegt – noch genauer ausgestalten muß.)
Das kleine japanische Transistorradio hat mit einem ersterbenden Seufzer sein ahnungsvolles Geschwätz beendet, denn Wakusch hat es abgeschaltet und – offensichtlich noch in der ungnädigsten Stimmung – dem Apparat den Rücken gekehrt. Ich verstehe und bemitleide ihn. Ja, es ist bestimmt kein Vergnügen, wenn man als verdienter dixie-deuxiländischer Kommandant feststellen muß, daß der eigene alte Brückenkopf an der kolchidischen Schwarzmeerküste vor Jahren außerstande (wohl zu klein, unbedeutend und schwach) war, dem Mamassachlissimus im Kreml ein friedliches internationales Benehmen einzusuggerieren. Aber – denke ich hoffnungsvoll – was der Mamassachlissimus noch nicht tut, das tun vielleicht einmal seine Adjutanten, gesetzt natürlich, daß sie seinerzeit Tullios Seelengrundtonverwandlungskonzerten hingerissen genug zuhörten und auch dazu tanzten. Ich versuche krampfhaft, diese gute Idee an Wakusch weiterzugeben. (Als künstlicher, einem literarischen Lesestoff permanent beigefügter Leser kann man das. Solche Ideenübergabe ist durchaus möglich, wenn man sie mit seinem ganzen konzentrierten Kommunikationswillen an die Buchperson im Text adressiert. Diese glaubt dann, den Gedanken selber konzipiert zu haben, und verhält sich entsprechend.) Aber Wakusch reagiert in keiner Weise auf meine Bemühungen. Ich fühle ganz deutlich, daß er mir denkzimmerlich verschlossen und etwas anderem zugekehrt ist. Um zu erfahren, womit er sich beschäftigt, sehe ich ihm vorsichtig über die sonnengebräunte Schulter. Aha! Es ist der Prospekt über die Formatic Polymat. Der freundliche Direktor des »Goldenen Vlieses« (das ist das Hotel, wo die Pipos Wakusch und Reso noch ein Zimmer bekommen konnten), ein glattrasierter und immer sorgfältig angezogener Abchase, hat Wakusch (dessen Akzent im Georgischen und Russischen ihm wahrscheinlich den fremdsprachigen Pipo verrieten) die kleine Druckschrift mit der Bitte überreicht, sie doch zu lesen, wenn er die Sprache verstehe, und ihm zu sagen, was es mit der sonderbaren Maschine, welche dort abgebildet und sicher auch beschrieben sei, auf sich habe. Der Apparat sei vor einigen Tagen als Sendung einer ausländischen und mit Sicherheit westlichen Firma von einem Dampfer in Gagra abgeladen worden. Weil der Kauf durch irgendwelche zentralen Handelsstellen des In- und Auslandes zustande kam, die sich noch nicht gemeldet hätten, wisse man nicht, wozu das Ding diene. Er glaube, das Gerät müsse etwas mit Fischfang oder -zubereitung zu tun haben, jedenfalls mache es ihm den Eindruck, für Fische und Fischer gebaut zu sein. Wakusch konnte dem Mann, der ihn und Reso so freundlich in seinem Hotel aufgenommen hatte, die Sache

schlecht abschlagen. Und so studiert er nun schon seit zwei Tagen die Anweisungen zu der »Formatic Polymat«.
Mich hat dieser Text natürlich auch gleich interessiert, denn deutete das Erscheinen eines so komplexen westlichen Industrieerzeugnisses in Kolchis-Kolchos (Pardon, das ist eine Weise des Wakusch, Georgien zu bezeichnen. Die Georgier nennt er dementsprechend Kolchiden und, wenn es sowjetische Staatsbürger sind, »kolchosische Kolchiden«. Der Terminus Kolchis-Kolchos setzt sich aus dem alten mythischen Kolchis und der Kolchose, einem zentralen bauerngenossenschaftlichen Wirtschaftsprinzip der Sowjets, zusammen und ist kennzeichnend für den symbolisch spielenden Stil, mit dem Wakusch sein autobiographisches Romanprojekt zu gestalten gedenkt. Wenn er mir in meinem weiteren Bericht wieder unterläuft, so bitte ich das zu entschuldigen. Als künstlicher Leser ist man – ich sagte es schon – dem Einfluß des Lesestoffes, dem man zugeordnet ist, stärker unterzogen als ein realer), deutete also so ein Apparat Made in England oder Germany nicht klar darauf hin, daß Ost mit West schon solide Handelsbeziehungen angeknüpft hatte, war die Formatic hier nicht schon der Ausdruck für eine aufgeblühte wirtschaftliche Koexistenz der beiden Gegenwelten? Ich wette, daß auch Wakusch die Formatic in diesem guten Sinn versteht und daß er auch deshalb schnell bereit war, die Gebrauchsanweisung zu übersetzen. Aber – das fragte ich mich dann auch gleich verwundert – warum macht, wenn sie es auf Handelswegen schon so weit brachte, bis nach Georgien hineinzuwirken, die Koexistenz auf zwischenstaatlicher Ebene noch immer keine nennenswerten Fortschritte? Warum wird hier, wenn sich ein Häuschen welt(west) offener haben will, gleich drohend die Faust geballt? Oder gilt das Paradox, daß der Handel auch dort, wo man sich mit äußerster politischer Reserve und ideologischem Mißtrauen gegenübersteht, ungestört blühen und sich entwickeln kann? Das ist schwer zu glauben. Das Eintreffen der Formatic in Georgien kann deshalb entweder nur der Zufall begünstigt haben oder – auch diese Möglichkeit halte ich nicht für ausgeschlossen – sie ist monate-, vielleicht sogar jahrelang unterwegs gewesen, und daß sie nun endlich da ist, stimmt nicht mit dem überspannten politischen Klima zusammen, das gegenwärtig zwischen Ost und West herrscht. Denn die tschechoslowakische Krise wird hier – die Zeitungen, allen voran »Die Morgenröte des Ostens«, sind voll davon – als Ergebnis einer weltweiten dixieländisch-kapitalistischen Verschwörung gegen den kolchosischen Kosmos aufgefaßt, welche heute erneut versuche, ihre Keile in Ostminster vorzutreiben. Aber vielleicht ist die Formatic ein zaghafter dixie-deuxiländischer Gruß (für deutsch schreibt Wakusch in seinen Romannotizen oft und in Anlehnung an dixie- »deuxi-«), allen kolchosischen Kolchiden gerade jetzt, durch die dunkle politische Gewitterwolke hindurch, entboten, ein Signal, daß es in

Westminster immer noch genug Firmen gibt, die bereit sind, selbst in den stürmischsten Verhältnissen den friedlichen Handel mit Ostminster aufrechtzuerhalten? Vielleicht ist die Maschine dazu bestimmt, als Brückenkopf auf die hiesigen Denk-, Sprech- und Eßzimmer einzuwirken? Nichts wäre mir ehrlich gesagt lieber, als an so etwas zu glauben. Übrigens besitzt die Formatic Polymat auch tatsächlich Brückenköpfe oder jedenfalls Füllköpfe für einen äußerst angenehmen, schmack- und nahrhaften Inhalt. Darunter verstehen sich: Heringssalat, Fleischsalat, tischfertiges Mixgemüse, Joghurt, Dolce-Eiscreme mit reiner Sahne, Speisequark, Kaviar und Gulasch. Die Formatic ist also, wie man sieht, ein durchaus friedlicher Apparat und somit auch eine solide materielle Verbindung zwischen Ost und West oder noch genauer gesagt: sie ist eine Form-, Füll- und Verschließmaschine für zähflüssige, breiartige oder pastöse Füllgüter, an deren Produktion hier, auf der Spirale, mindestens im Moment ein reges Interesse bestehen muß, denn wozu hätte man sich anders die Formatic von so weit aus dem Westen bis hierher, nach Kolchis-Kolchos, kommen lassen? (In diesen Äußerungen bin ich wieder zweimal dem Stil und Spiel des Schreibers Wakusch verfallen. Das deutsche Wort Sprechzimmer weitet er in die Begriffe Eß- und Denkzimmer aus, weil das Häuschen mit allem, was es wesentlich darin gibt (mit allem An- und Unangenehmen), der Symbolbegriff seines autobiographischen Wakuschberichts werden soll. Der zweite Wakuschausdruck in diesem Kontext war das Wort Spirale. Lenin, der Begründer der Sowjetunion, hat bekanntlich die spiralförmig-dialektische (alles wesentlich Neue immer durch eine Überhöhung als Aufhebung des Alten erreichende) Entwicklungsart der Menschheitsgeschichte behauptet, und so bezeichnet Wakusch die Sowjetunion in seinen symbolischen Aufzeichnungen oft auch als spiraligen Kosmos, als Spirale, als spiralig hochgewundenes, aus soundsoviel Jahresetagen bestehendes Zeitgerüst.)

Die Formatic Polymat ist das Erzeugnis der Spezialfabrik Stöfliger & Karg, einer Fabrik für automatische Abfüll- und Verpackungsapparate. Sie steht in Waiblingen, einem an der Dixie-Deuxibahn, nämlich in der Nähe von Stuttgart, gelegenen Ort, von Kolchis-Kolchos her gesehen also tief in Westminster. Auf dem Prospekt ist die genaue Adresse des Unternehmers angegeben nebst – wenn ich mich recht erinnere – neunstelliger Telephonnummer. Es wäre daher nichts einfacher, als dort anzurufen, den Empfang der Formatic dankbar zu bestätigen und sich über alle Einzelheiten genau zu erkundigen. Aber die Koexistenz ist hier, auf der Spirale, selbst im Jahr 1968 noch lange nicht so weit gediehen, daß man frei von Pizunda nach Waiblingen telephonieren könnte. Immer noch können solche interkosmischen Anrufe hier nur von den höchsten Behörden des Landes genehmigt werden, sie sind also etwas sehr Umständliches (wegen des Geheimnisses, das die Formatic hier umschwebt, vielleicht auch gar nicht mal so Wünschenswertes), weshalb die mit diesem Füllapparat belieferten Kolchiden es höchstvermutlich doch vorziehen, den Sinn der Maschine selber zu ertüfteln. Hat Kapitän Wakusch, der den Prospekt immer noch andächtig fixiert, vielleicht etwas Neues und besonders Wichtiges entdeckt? Er hält nämlich seine Nase tief in den technischen Text versenkt und scheint zu meditieren. So ein gespanntes Gesicht kenne ich an ihm nur, wenn er über die Frage brütet: »Wird sich Dubček wirklich nach Moskau, das heißt in die Höhle des Löwen, begeben?« Nichts beschäftigt den Kapitän im Moment mehr als dieses Problem, das er übrigens oft auch mit seinem Freund, dem Pipo Reso, aufwirft (wenn der von seinen beständigen liebesleidenschaftlichen Abenteuern am nächtlichen Meeresstrand nicht allzu müde ist). Daß Wakusch sich so um Dubček sorgt, ist mir, dem künstlichen und so gut wie permanent in seinen autobiographischen Aufzeichnungen umherschweifenden Leser, mit der Zeit nur zu verständlich geworden: Der Kapitän weiß ja aus eigener, privatgeschichtlicher Erfahrung recht gut, wie gefährlich es für denk- und sprechzimmerlich anders eingestellte Ex-Mamassachlissis ist, kolchosischen Einladungen Folge zu leisten. Na, gut! Aber was hat Wakusch da so ausnehmend an der Formatic interessiert? (Bevor ich hier die Antwort gebe, muß ich wohl wieder den Sinn einer meiner Ausdrucksweisen im eben Gesagten präzisieren. Sie ist – wie so vieles andere auch – eigentlich von Wakusch und nur über mein ständiges Lesen seiner Romannotizen in meinen künstlichen Leserkopf gekommen. Der Ausdruck »Exmamassachlissi« wird von beiden Wakuschen gebraucht, um den Emigranten als politisch Andersdenkenden und deswegen aus seinem Land gejagten und verfolgten Flüchtling zu bezeichnen. Ich habe Wakusch hier schon mehrmals Kapitän genannt, und diesen Rang hat ihm Signor Tullio Mobiglia entweder schon im Berlin der mittleren Weltkriegszeit oder erst viel später, in der brückenkopfgeschichtlichen Situation an der kolchidisch-kolchosischen Meeresküste, einmal scherzhaft verliehen. »Capitano mio«, soll er zu dem jungen Mann gesagt haben, übrigens nicht ohne Grund, denn zumindest in seinem Brückenkopf war Wakusch ganz bestimmt der geeignetste, also unübertroffene und zweifellos beste Kommandant. »Was haben Sie sonst noch für Befehle?« Wie verdient diese Beförderung gewesen ist, ersieht man aus dem Umstand, daß die Bezeichnung an Wakusch hängenblieb und er in seiner Geschichte dann für alle immer der Kapitän war. Der Maestro ist aber auch für den Namen der Hauptperson meiner Geschichte, für Wakusch also, verantwortlich zu machen. Denn der echte georgische Vorname dieses jungen Mannes war Wachuschti. Nun gibt es keinen ch-Laut im Italienischen, und so war Wachuschti für Signor Mobiglia immer so etwas wie Wakuschti, manchmal auch Wakuschino und zum Schluß ganz einfach Wakusch.)

Ich frage mich also, was den Wakusch an so prosaischer Technik, wie es die Formatic doch sicherlich ist, interessieren könnte, da schnellt der Kapitän plötzlich hoch, fummelt erregt in seinen Kleidern, zieht einen Bleistift hervor und kritzelt etwas in den Prospekt hinein. Ich werde gleich zum Platzen neugierig, denn – das ist mir gleich klar – was Wakusch da aufschreibt, ist der Schlüssel zu meiner Frage. So nähere ich mich ihm vorsichtig und sehe, wie schon so oft, über seine gebräunte Schulter. Der Prospekt ist an der Seite aufgeschlagen, wo über die verschiedenen Füllgüter der Formatic Polymat geredet wird. Ich lese die Sätze: »Die Formatic eignet sich hervorragend zum Verpacken von Seelachsschnitzeln, Mayonnaisen, Remouladen, Kartoffelsalat und warum nicht auch von ideologischem Rührei oder politischem Lügengoglimogli zur Verfütterung in individuellen Denk-und Sprechzimmern?« Diese Frage ist natürlich von Kapitän Wakusch mit dem Blei dazugekritzelt, und wie ich das lese, bleibt mir vor Überraschung der Mund offenstehen. So sehr fasziniert mich Wakuschs Glosse am Rande der Werbeschrift für die Formatic Polymat. Denn seine Bemerkung enthält wirklich viel Wahres und für die Erweiterung der Verwendungsmöglichkeiten dieses genialen Füllapparates äußerst Gültiges. Ist das ideologisch-kosmologische Rührei, der Goglimogli (wie es Wakusch, dieses georgische Wort für eine aus Eigelb und Zucker zusammengesetzte Babyspeise nutzend, häufig nennt), denn nicht etwas Zähflüssiges, Breiartiges und Pastöses? Füllt es nicht die Gehirnwindungen von Mamassachlissis? Sind deren Denk- und Sprechzimmer vielleicht nicht damit be- und verklebt? Sind diese Zimmer, zum Beispiel bei einem Mamassachlissimus, nicht vergleichbar mit jenem Häuschen aus dem – übrigens deutschen – Märchen, wo ein Zaubertopf mit Brei überkocht und den ganzen Raum mit dem süßen Zeug bis zum Giebel und darüber hinaus auffüllt? Ist die Überschwemmung von Häuschen mit Goglimogli heute nicht ein Grundübel, dem die Formatic Polymat zum Beispiel durch Rückschaltung, also durch den Gebrauch dieses Apparates als Abfüllmaschine, ganz leicht abhelfen könnte? Dazu braucht man doch nur die Köpfe der Mamassachlissis an die Maschine anzuschließen, die Polymat zu Zwecken der Goglimogliverminderung in allen von dieser Paste besonders dick überzogenen Denk- und Sprechzimmerräumen der Spirale aufzustellen und in Betrieb zu nehmen. Wenn das in den Realweltbezirken des kolchosischen Kosmos schwer vorstellbar ist, so geht es doch bestimmt in seinen Buchweltbezirken und dort natürlich ganz besonders in solchen, wo der Goglimogli vor einem künstlichen Leser abgehandelt und sein übergroßes Volumen in den Häuschen der berechtigten Kritik unterzogen wird. Da kann die Formatic den ungeahnten Symbolwert einer Goglimogliabfüllmaschine erhalten und der Entfaltung des autobiographischen Romantextes von Wakusch einen kräftigen Schub vermitteln. Da kann sie zum Ausdruck der in Kolchis-Kolchos auf allen Wartburgen so

heiß ersehnten Degoglimoglisierung werden und Anlaß zur Erschaffung vieler neuer Passagen, vielleicht sogar eines ganzen Kapitels sein.
Mir wird ganz warm ums Herz, wie ich mir diese Verwendungsmöglichkeit der Formatic Polymat so vorstelle. Denn ist sie hier nicht auch und vor allem ein Indiz für Kapitän Wakuschs schreiberisches Interesse an dem Apparat, dafür also, daß er die Polymat irgendwie und irgendwann in seine »Autobiologographie« einzuspannen gedenkt? (Autobiologographie ist wieder ein Ausdruck von Wakusch, der sich mir hier aufdrängt. Weil das Über-Leben der Buchpersonen in seinen und überhaupt allen Texten für den Kapitän zu den wichtigsten Problemen gehört, weil er ihr Leben auf jede nur erdenkliche Weise festhalten und absichern will, nimmt er oft entsprechende Wortveränderungen vor, verstärkt zum Beispiel den Sinn von Leben in Biographie und nennt sich häufig einen Auto-Biologographen.) Die Polymat wird Wakusch in seinem Text – soviel steht für mich jetzt schon fest – als ideologische Goglimogliabfüllmaschine vorstellen. Ja, die besondere Aufmerksamkeit des Kapitäns für den Formatic-Prospekt aus Waiblingen darf man schon als sicheres Zeichen dafür nehmen, daß er den Stoff für sein Geschreibsel in allem Möglichen, sogar Nahrungstechnischem, sucht und findet. Da mir, dem künstlichen Leser in den Texten, die Wakusch über sich zu schreiben plant, in erster Linie daran gelegen sein muß, daß der Kapitän mein Lese-Leben zusammen mit seinem ein möglichst langes werden läßt, überlege ich gleich, ob das thematische Volumen der Formatic Polymat als Schreibstoff für Wakusch entsprechend groß sein, also eine ganze lange Lese-Lebenszeitfläche abdecken kann. Wäre das biologographische Ideal nicht ein Thema, an dem sich mit stets wachsendem und immer leidenschaftlicherem Interesse endlos weiterschreiben ließe? Nun, so ein Thema ist die Formatic Polymat selbst als Goglimogliabfüllmaschine sicher nicht. Aber in diesem Sinn kann sie dem Kapitän – wie ich feststelle – doch immerhin zu ein paar interessanten Variationen Anlaß geben. Und das ist bestimmt auch schon etwas. Es ließe sich zum Beispiel eine Verwendungsart der Formatic Polymat vorstellen, bei der sie in ihrer primären Funktion, also als Auffüllmaschine, benutzt werden kann. Allerdings unter der Bedingung, daß das ideologische Rührei guten Fisch- und Fleischsalaten, Seelachsschnitzeln, Gulaschen und Remouladen, kurz allen wesentlichen Füllgütern der Formatic, vorsichtig dosiert beigemischt ist und so in die Konservendosen mitverpackt wird. Durch solche Mischung mit nahrhaften Eßbarkeiten ergäbe der Goglimogli dann auch etwas weitaus Reelleres (Stofflicheres), Verdaubareres und Schmackhafteres. Er könnte via Eßzimmer in allen Häuschen, wo man heute schon die Nase gründlich davon voll hat, wieder zu Ehren kommen und sich zumindest beim Essen als ein mit genügendem Interesse und Eifer betriebener Denk- und Gesprächsgegenstand erhalten. Endlich könnte Wakusch

die Füllmaschine Formatic Polymat in seinen Schriften mit dem Begriff des seelengrundtonverwandelnden Musikstoffs von gutem Swing und Twist, von Rocks und Pops, thematisch verknüpfen und sich vorstellen, daß der Apparat seine Dutzend oder mehr Schlaucharme wie ein Polyp aus- und in die individuellen Denk- und Sprechzimmer von Mamassachlissis hineingesteckt hat, welche sich in Kolchos und Kolchis befinden und die der Kapitän in echte koexistenziale Brückenköpfe zu verwandeln beabsichtigt. Mit Hilfe der Formatic wären solche Operationen ein Kinderspiel: Man drückt einen Knopf und schon pumpt sie die Dixieländer in die Zimmer (Köpfe) der Mamassachlissis, wo sie gleich zu den aktuellsten Denk- und Gesprächsgegenständen werden. Danach läßt die Aktualisierung all dieser klingenden Stoffe durch die Mamassachlissis nicht mehr lange auf sich warten: Sie richten dixieländisch radiofizierte Tanzplätze bei sich ein, der Sinn für die Koexistenz mit den Dixieländern in allen Zimmern wächst sich bei ihnen über Nacht zum kategorischen Imperativ aus, der alle Fenster und Türen ihres Häuschens (Kosmos) aufreißt, und das so heiß ersehnte Leben in der Denk-, Rede-, Schreib- und Bewegungsfreiheit beginnt. Ja, das sind schon drei Variationen zu dem dixie-deuxiländischen Verpackungsapparat aus Waiblingen, und nun mache ich mir noch Gedanken, ob der Kapitän, wenn er das ergiebige Thema Formatic Polymat in seinem autobiologographischen Bericht irgendwann einmal anschneidet, auch von selber darauf kommt und die Formatic den ihr gebührenden Raum erhält. Es wäre – abgesehen davon, daß sich dann ein schöner langer roter Faden, mit dem er seine Erzählung weiter ausspinnen kann, verlieren würde – auch bestimmt sehr schade, wenn der Kapitän dieses Thema nicht ausschöpft. Denn die Füllmaschine ist – davon bin ich schon jetzt fest überzeugt – für seine dixieländisch-koexistenzielle Brückenkopftheorie ein bedeutungsvoller Ausgangspunkt.

HANS CHRISTOPH BUCH

VORGEBIRGE DER NASEN

Eine Abschweifung

Dies wird ein Essay, wie ich ihn nicht mag, voller unausgegorener, nicht zu Ende gedachter Gedanken, und genau darum schreibe ich ihn: um etwas herauszufinden, was ich nicht schon vorher gewußt habe.

Die Jahreswende 1967/68 verbrachte ich als Stipendiat des International Writing Program an der University of Iowa, wo der Lyriker Paul Engle eine Art Schreibschule für angehende Autoren leitete. Der Dramatiker Tennessee Williams hatte hier studiert und der Romancier Kurt Vonnegut jr. lehrte Prosaschreiben. Aber was mich mehr interessierte, waren die Proteste gegen den Vietnamkrieg, an denen ich mich beteiligte, und nicht enden wollende Partys, auf denen Bourbon Whiskey und Marihuana konsumiert wurden – auch LSD-Trips waren Mode. Gemeinsam mit meinem Freund Brian wohnte ich auf der East Church Street in einem weißgestrichenen Holzhaus, in dem es angeblich spukte: Wenn wir frühmorgens von einer Party zurückkehrten, saß der Geist der verstorbenen Besitzerin auf einem Korbstuhl am Kamin. Draußen schneite es, und Brian tippte, eingemummt in Wollschal und Mantel auf der Veranda, einen Endlostext in die Maschine, die Beschreibung eines Wandteppichs in Missoula, Montana; vielleicht war es auch ein Bisonfell, auf dessen Innenseite die Geschichte der USA von der Ankunft der Pilgerväter bis zur Mondlandung dargestellt war. Unterdessen sammelte ich Material für eine Dissertation zum Thema Beschreibungsliteratur und stieß bei meinen Recherchen auf die »Principia Mathematica« von Bertrand Russell und Alfred North Whitehead, ein Buch über formale Logik, das ich absolut nicht verstand. Aber die Beispielsätze faszinierten mich, Absurditäten, die weder beweisbar noch widerlegbar waren, wie: Im Tertiär wurde auf dem Mond die Presse nicht zensiert, oder: Die Zahl der Wellen im Atlantik ist immer eine Primzahl.

In diesem Zusammenhang fiel ein Name, den ich noch nie gehört hatte, Hafen Slawkenbergius, Verfasser einer gelehrten Abhandlung »On Noses«. Ich glaubte an einen Druckfehler und nahm an, Slawkenbergius habe ein Buch über Moses geschrieben, aber weder der Große Brockhaus noch die Encyclopædia Britannica halfen weiter – Wikipedia gab es noch nicht. Fasziniert vom Klang des Namens, der in die Scholastik oder zu lateinisch schreibenden Autoren der Lutherzeit paßte, beschlossen Brian und ich, Licht ins Dunkel zu bringen durch Einberufung eines Kongresses und die Publikation einer Festschrift mit dem Titel »The Slawkenbergius Papers«. Wir gründeten einen Verein, dessen Statuten wir festlegten, und suchten einen Sponsor für die Verleihung des Slawkenbergius-Preises. Aber das Projekt geriet in Vergessenheit, und als ich Brian zwanzig Jahre später in Gulala, einer Hippie-Kolonie in Nordkalifornien, wiedertraf, wo er Marihuana anbaute, war von Slawkenbergius nicht mehr die Rede.

Doch das stimmt nicht ganz, denn in der Blockhütte, die ich bei Brian bewohnte, vertiefte ich mich in die von einem Gast zurückgelassene Taschenbuchausgabe des »Tristram Shandy« von Laurence Sterne, in dem Slawkenbergius vorkommt, und stellte fest, daß ich mich nicht verlesen hatte: »De Nasis« (Über Nasen), so hieß der Titel seiner lateinisch geschriebenen Abhandlung.

Im vierten Buch der »Leben und Meinungen des Tristram Shandy« schaltet Sterne einen zweisprachigen Bericht (auf englisch und küchenlatein) ein, der die Ankunft eines auf einem Maultier reitenden Fremden am Stadttor von Straßburg schildert: »Der Soldat sah dem Fremdling ins Gesicht: so eine Nase hatte er zeit seines Lebens nicht gesehen. (...) So wahr ich ein Christ bin, rief die Schildwache, es ist eine Nase wie die meinige, nur sechsmal größer. (...) Welch eine Nase! sagte die Frau des Trompeters, die ist ja so lang wie eine Trompete. Und aus dem gleichen Metall, sagte der Trompeter, wie du am Niesen hören kannst. (...) Ich werde die Sache näher untersuchen, sagte die Frau, ehe ich heute schlafen gehe, muß ich sie mit meinem Finger berühren.« (Übersetzung von A. Seubert)

Hier ist nicht der Ort, die von Sterne mitgeteilten Auszüge aus Slawkenbergius' Text, insgesamt 24 Seiten, genauer zu analysieren. Es genügt festzustellen, daß die überlange Nase des Fremden die Straßburger in solche Aufregung versetzt, daß sie diesem bei seiner Rückkehr aus Frankfurt entgegeneilen: Die von ihren Einwohnern verlassene Stadt fällt so, ohne daß ein Schuß abgefeuert wird, den anrückenden Franzosen in die Hand. So wird eine von Don Quijote inspirierte Fabel mit der Annexion Straßburgs durch Ludwig XIV. im Jahr 1681 verknüpft.

»Ach, ach! ruft Slawkenbergius noch einmal aus; es ist nicht die erste – und ich fürchte sehr, auch nicht die letzte Festung, die durch Nasen gewonnen – oder verloren – wurde!«

Daß die Nase im oben zitierten Text, und nicht nur dort, als Penissymbol fungiert, ist nicht erst seit Freud bekannt. Das tritt überdeutlich hervor, wenn es heißt, daß der Fremde nur einen Säbel, aber keine Scheide bei sich trug und daß die Äbtissin von Quedlinburg und die Nonnen vom Kalvarienberg »die ganze Nacht hindurch kein Auge zutun konnten – sie vermochten kein Glied ruhig zu halten: als sie aufstanden, sahen sie wie Gespenster aus«. Das Ganze ist mehr als nur eine antiklerikale Satire und antikatholische Propaganda gegen das aus englischer Sicht »papistische« Frankreich – daß Quedlinburg eine protestantische Stadt war, spielt dabei keine Rolle.

Ein sexuell konnotierter Subtext durchzieht den Roman, der, ähnlich dem »Ulysses« von Joyce, nicht nur die Form, sondern auch den Inhalt eines autobiographischen Entwicklungsromans parodiert, dessen Protagonist, Held und Erzähler am Ende des Buches noch immer nicht geboren ist. Die postmodern anmutende Kühnheit der Parodie scheint weniger erstaunlich, wenn man bedenkt, daß Sternes »Tristram Shandy« eine Fortschreibung von Cervantes' »Don Quijote« war, der seinerseits Ritterromane parodierte. In seiner noch vor der Oktoberrevolution entstandenen »Theorie der Prosa« weist Viktor Schklowski, ein Vordenker des russischen Formalismus, darauf hin, daß viele später kanonisierte Romane Parodien heute vergessener Vorläufer waren und sind.

Inzwischen hat Wikipedia sich der Sache angenommen, und im dortigen Eintrag wird der Vorname Hafen auf ein altes Synonym für Nachttopf zurückgeführt, während Schackenberg Dung- oder Misthaufen heißen soll – oder ist Schlacke gemeint? Eine fragwürdige Etymologie, denn im frühen Mittelalter war die Bezeichnung Slawe (russisch: slovo = Wort, slava = Ruhm) gleichbedeutend mit Sklave, weil Sachsen, Waräger und Byzantiner die heidnischen Wenden versklavten. Selbst wenn dies eine andere Lesart nahelegt, zweifelt niemand daran, daß der Name Slawkenbergius eine literarische Fiktion oder pseudogelehrte Mystifikation darstellt, passend zu den labyrinthischen Irrgärten in Sternes Roman: »So daß wenn die Nase so groß wäre wie der Mensch, notwendig der eine oder die andere zu kurz kommen müsse; und da beide unmöglich erhalten werden könnten, müsse entweder die Nase von dem Menschen abfallen oder der Mensch von der Nase.«

Abgesehen davon, daß es sich, mit Freud gesprochen, um Kastrationsängste handelt – das englische Wort »man« bedeutet sowohl Mensch wie Mann –, nimmt Laurence Sterne hier *in nuce* Gogols Novelle »Die Nase« vorweg, einen klassischen Text der russischen Literatur. Es steht außer Frage, daß Nikolai Gogol »Leben und Meinungen des Tristram Shandy« nicht nur flüchtig kannte, sondern genau gelesen hatte, denn sein Hauptwerk »Tote Seelen« ist eine Fortschreibung von Sternes Roman.

Der Fremde, dessen überlange Nase Straßburg in Aufruhr versetzt, hieß Diego und war mitsamt seinem Maultier aus Cervantes' Roman entsprungen, während Tschitschikow in den »Toten Seelen« die russischen Gutsbesitzer anhand ihrer Nasen karikiert und als »Gießkannenrüssel« verulkt. Vermutlich war Gogol homosexuell; die folgenden Sätze zeigen seine Fixierung auf Nasen in neuem Licht, wobei das Wort Husaren für Schnupftabak steht: »Er sieht (...) das in der Sonne blinkende Flüßchen, in welchem nackte Knaben baden und sich tummeln, und dann erst geht ihm ein Licht auf: er hat ja einen ›Husaren‹ in der Nase.«

Der Bericht des Slawkenbergius bei Laurence Sterne beginnt damit, daß »die Bäcker total vergessen, ihren Hefeteig anzumachen; so gab es in ganz Straßburg keine Butterwecken zum Frühstück«. Parallel und im Kontrast dazu ißt der Barbier in Gogols »Nase« zum Frühstück ein frisches Brot: »Er schnitt es in zwei Hälften, besah sich das Innere und erblickte zu seiner Verwunderung etwas Weißliches. (...) ›Etwas Hartes!‹ brummte er vor sich hin. ›Was mag es nur sein?‹ Er steckte die Finger hinein und zog – eine Nase heraus!«
Die Analogien zwischen Gogols Novelle und Sternes Roman fangen hier erst an; sie sind so zahlreich, daß sie nicht alle aufgelistet werden können. »Die Nase« gehört mit Gogols »Mantel« und Chamissos »Peter Schlemihl« zur Tradition romantischer Novellen, die den Bereich des konkret Vorstellbaren verlassen, wie Kafkas Geschichte von Gregor Samsa, der in einen Käfer verwandelt wird. Und mit ihrer Handlung, die auf der Stelle tritt, lesen Gogols »Tote Seelen« sich wie eine Vorwegnahme von Kafkas »Schloß«, das sich bei Annäherung des Landvermessers K. immer weiter von ihm entfernt, ohne daß etwas Spektakuläres passiert, im Gegenteil – die Phantastik ist in den Alltag eingebettet.
»An der Auffahrt hielt eine Kutsche; der Schlag öffnete sich; heraus sprang in gebückter Haltung ein Herr in Uniform und lief die Treppe hinauf. Wie groß war das Entsetzen und zugleich das Staunen Kowalews, als er bemerkte, daß dies niemand anders als seine eigene Nase war! (...) Wie war es um alles in der Welt möglich, daß eine Nase, die er noch gestern im Gesicht gehabt hatte und die weder fahren noch gehen konnte, in einer Uniform steckte!«
Im weiteren Verlauf der Geschichte folgt Kowalew der Nase in eine Kirche, um sie zur Rede zu stellen, wird aber brüsk abgewiesen, weil die in der Uniform eines Staatsrats steckende Nase einen höheren Rang bekleidet als er. Sein Versuch, eine Zeitungsannonce aufzugeben, scheitert so kläglich wie ein Arztbesuch und eine Anzeige bei der Polizei. Eine Witwe, die ihre Tochter mit ihm verheiraten will, bezichtigt er grundlos der Hexerei, und als er verzweifelt, weil alle Demarchen im Sande verlaufen, ist die Nase urplötzlich wieder an ihrem Platz, was Gogol in einer ironischen Volte so kommentiert: »Ganz abgesehen davon, daß die übernatürliche Loslösung einer Nase und ihr Erscheinen an verschiedenen Orten (...) höchst merkwürdig ist – wie konnte die Nase in das frischgebakkene Brot geraten? (...) Sag, was du willst, aber derartige Ereignisse kommen vor auf der Welt – zwar selten, aber sie kommen vor.«
Mit fünf oder sechs brachte ich mir selbst das Lesen bei, und das erste Buch, das ich selbständig las, war Wilhelm Hauffs Märchenalmanach »Die Karawane« oder, wie ich damals sagte: Die Karawamene. Obwohl ich das Wort »nebst« nicht verstand und mich gruselte angesichts des an den Mastbaum genagelten Kapitäns im »Geisterschiff«, faszinierte mich der von einer Hexe verzauberte

»Zwerg Nase«, und damit bin ich wieder beim Thema. Hauff, der 1827 mit nur fünfundzwanzig verstarb, aber ein umfangreiches Werk hinterließ, hatte Sternes »Tristram Shandy« gelesen, und die Vermutung liegt nahe, daß Gogol Hauffs schon damals vielfach übersetzte Märchen kannte, so daß auch »Zwerg Nase« als Anreger seiner Novelle in Frage kommt – nicht umgekehrt!

»Das alte Weib schielte den mutigen Knaben an, lachte widerlich und sprach mit heiserer Stimme: ›Söhnchen, Söhnchen! Also gefällt dir meine Nase, meine schöne, lange Nase? Sollst auch eine haben mitten im Gesicht bis übers Kinn herab.‹«

Der in einen buckligen Zwerg verwandelte Knabe wird von seinen Eltern nicht wiedererkannt und erregt überall, wo er sich zeigt, wie der Fremde im »Tristram Shandy« Aufsehen, Gelächter und Spott. Ein Schuster nimmt ihn in die Lehre und schlägt ihm vor, ähnlich wie der Tambour bei Sterne und der Arzt bei Gogol, seine Nase mit Leder zu umhüllen: »Aber das muß ich Euch sagen, hätte ich diese schreckliche Nase, ein Futteral ließ ich mir darüber machen von rosenfarbigem Glanzleder.«

Im Dienst der Kräuterhexe hat der Knabe kochen gelernt, und trotz seines abstoßenden Äußeren stellt ein Fürst ihn als Küchengehilfen an: »›Willst du bei mir bleiben‹, sprach er, ›so will ich dir jährlich fünfzig Dukaten, ein Festkleid und überdies zwei Paar Beinkleider reichen lassen. (...) Da jeder in meinem Palast seinen eigenen Namen von mir empfängt, so sollst du Nase heißen und die Würde eines Unterküchenmeisters bekleiden.‹«

Nicht zum ersten Mal in der Literaturgeschichte entsteht der Eindruck, als schrieben gewisse Motive sich von selber fort. Denn als der zum Chefkoch avancierte Zwerg den Auftrag erhält, für einen französischen Gourmet die Königin der Speisen, eine Pastete namens *Souzeraine,* zu kochen, entdeckt er ein seltenes Kraut, dessen würziger Duft den Bann löst und den Zauber durchbricht: »Er fühlte, wie sich sein Kopf aus den Schultern hob, er schielte herab auf seine Nase und sah sie kleiner und kleiner werden, sein Rücken und seine Brust fingen an, sich zu ebnen, und seine Beine wurden länger.«

Ende gut, alles gut, aber die Geschichte hat ein Nachspiel. Laßt dicke Männer um mich sein, heißt es bei Shakespeare, und Gogol ist berühmt für die kulinarischen Genüsse, die er seinen Lesern auftischt, vom Frühwerk »Abende auf dem Gutshof bei Dikanka« bis zu den »Toten Seelen«, wo ständig getafelt und noch mehr getrunken wird. Höhepunkt Gogolscher Kochkunst ist eine mit allem, was Rußland zu bieten hat, gefüllte Pastete: »Du bereitest also eine viereckige Kohlpastete« (...). In die eine Ecke tust du die Backen und Rückenfilets vom Stör, in die andere gibst du Buchweizengrütze und Pilze und etwas Zwiebel, süße Frischmilch, Hirn ... Und dann putzt du mir den Stör schön auf mit Sternchen aus roten Rüben, mit Stinten und kleinen Pfifferlingen (...) und noch dies und jenes, du weißt schon selber, was –«

Warum, wozu das alles? Handelt es sich nicht bloß um Kuriositäten, skurrile Details, die amüsant zu lesen, aber nur für Gogol-Fans von Interesse sind – ohne Bezug zur kanonischen Bedeutung seines Werks? Nein, denn die Details sind die Sache selbst, nicht das späte Bekenntnis zur Orthodoxie, inklusive Leibeigenschaft, das Gogol unter dem Einfluß eines fanatischen Mönchs in Briefen an seine Freunde formulierte und das der Kritiker Belinski als reaktionär verwarf. Auch Gogols Plan, Dantes »Göttliche Komödie« neu zu schreiben, von der Hölle des Zarenreichs, die der Held der »Toten Seelen« durchwandert, bis zum himmlischen Paradies, bleibt vage und blaß. Die revolutionäre Sprengkraft seiner Bücher liegt nicht im sozialen Mitleid, wie es ähnlich bei Charles Dickens zu finden ist, sondern in der Karnevalisierung der Sprache und des Stils, der Gutsherren und Bauern, Beamte und Popen, Literaten und Revolutionäre mit beißendem Spott überzieht. Befreiendes Lachen ist die Botschaft von Gogols Werk, und man muß kein Literaturkenner und Rußlandversteher sein, um sich beim Lesen auf die Schenkel zu klopfen.

Doch Schriftsteller haben es nicht nur mit der sozialen Wirklichkeit zu tun, die neuerdings Lebenswelt heißt – sie brauchen ein Erzählmodell und einen Cicerone, der ihnen wie Vergil bei Dante den Weg weist. In diesem Sinn knüpfte Gogol an Sterne und dieser an Cervantes an.

Aber wir haben das Vorgebirge der Nasen aus den Augen verloren, das laut Slawkenbergius auf der Krim zu verorten ist. Das folgende Werkstattgespräch damals noch junger Autoren 1964 im Literarischen Colloquium ist ein Nachhall der hier referierten Nasen-Debatte, die keiner von uns kannte. Wolfgang Simeret war ein Sohn des Dichters Ernst Meister, und ich habe den Text leicht gekürzt:

Huber: Mir gefiel wirklich ausgezeichnet »mein Hirn zur Nasenbude«.

Rühmkorf: Das Parlament als Quasselbude.

Fichte: Das Bild mit der Nasenbude ist eigentlich ganz schön, nur möchte ich Simeret fragen – stimmt es?

Rühmkorf: Das möchte ich auch wissen! Warum ist das Hirn hier die »Nasenbude«?

Simeret: Weil nur noch die Nase da ist und ihr gegenüber alles andere zwergenhaft. So wird alles »nasisch«.

Buch: Eckart von Naso –

Rühmkorf: Sie verstehen das Hirn als loses Anhängsel der Nase?

Simeret: Das Hirn ist nicht aus weißen und grauen Zellen bestehend gemeint, sondern mehr als Abstraktum.

Buch: Schädel als Nasenbude wäre richtiger.

Fichte: Das Rückenmark als Hurenbude, das wäre –
Rogosky: Die Nase ist doch hier leitmotivisch gebraucht!

PS: Mein Nasen-Essay wäre unvollständig ohne Hinweis auf Robert Walsers Roman »Geschwister Tanner«, den ich erst nach Abschluß des vorliegenden Essays las. Dort stieß ich auf die folgende Reflexion: »Man bekommt bei diesem Leben leicht eine Menge Nasen und möchte den ganzen Tag seine zehn Finger an seine zehn Nasen legen und denken. Dabei lachen einen die eigenen Nasen nur aus und machen die lange Nase.«

ENDE DER ABSCHWEIFUNG

UMSCHAU

GÜNTER REBING: »ABER SO ARBEITET NUN EINMAL DAS GENIE«

Wie der Ödipuskomplex erfunden wurde

In seinem öffentlichen Debüt als Psychoanalytiker am 21. April 1896 muß Freud sich zu etwas herbeilassen, was ihm nicht gerade leichtfällt. Das Publikum seines Vortrags besteht aus Medizinerkollegen, also Leuten, die gewohnt sind, daß man sich an wissenschaftliche Konventionen hält. Zu denen gehört, daß eine neue wissenschaftliche Theorie statistisch zuverlässig begründet sein müsse. Ihre verallgemeinernden Aussagen sollten auf einer ausreichenden Datenmenge beruhen. Das heißt, das Material, aus dem Folgerungen gezogen werden, die allgemeingültig sein sollen, dürfe nicht lediglich aus einigen wenigen Beobachtungen bestehen. Freud wird sich an diese Spielregel auf eine Weise halten, die für ihn charakteristisch ist.

Zunächst: Worum geht es? In seinem Vortrag »Zur Ätiologie der Hysterie« führt er den versammelten Kollegen eine Entdekkung vor, die, wie er nicht eben bescheiden ankündigt, der Entdeckung der Nilquellen gleichkomme. Seine sensationelle Botschaft: Er habe die bis zu diesem Augenblick unbekannte Ursache der Hysterie gefunden. Das wäre in der Tat höchst bemerkenswert gewesen, denn die Hysterie war der zeitgenössischen Psychiatrie ein Rätsel.

Seine Entdeckung eines »*caput nili* der Neuropathologie« besteht darin, seine alles erklärende Schlüsselformel vom Pansexualismus in die zeitgenössische wissenschaftliche Diskussion um die Ursachen und die Therapie der Hysterie einzubringen. »Ich stelle also die Behauptung auf, zugrunde jedes (sic) Falles von Hysterie befinden sich – durch die analytische Arbeit reproduzierbar – ein oder mehrere Erlebnisse von vorzeitiger sexueller Erfahrung.«

Das vorsichtige Wort »Behauptung« gehört zu Freuds Vielleichts, einem häufig verwendeten Instrument seines rhetorischen Arsenals. Es soll skeptisch Zögernden seine wissenschaftliche Vorsicht, die Bereitschaft zu Korrekturen suggerieren. Und wie so oft steckt bei ihm hinter solchem Vielleicht die Überzeugung, eine unumstößliche Tatsache gefunden zu haben. Das tritt deutlicher hervor, wenn er seine Botschaft an die Kollegen gleich darauf eine »Auffindung« und eine »Enthüllung« nennt.

Er will eine Lösung für *jeden* Fall von Hysterie gefunden haben. Damit kommt jene statistische Spielregel ins Spiel. Denn solche Verallgemeinerung bringt die Frage mit sich, auf welches Material, genauer: auf wie viele untersuchte und dokumentierte Fälle sich diese kühne Schlußfolgerung stützt. Freud selbst ist sich im klaren darüber, daß seine Antwort mager ausfällt. Auf »etwa achtzehn Fälle« könne er sich berufen, sagt er. Ist es diese statistische Nonchalance, die den Vorsitzenden der Versammlung zu dem Kommentar provoziert, das Vorgetragene klinge nach einem »wissenschaftlichen Märchen«? Jedenfalls ist sich Freud der statistischen Fragwürdigkeit seines Vorgehens bewußt. »Sie können mir dann freilich einwenden, die neunzehnte und die zwanzigste Analyse werden vielleicht eine

Ableitung hysterischer Symptome auch aus anderen Quellen kennen lehren (…).«
Was er gegen diesen selbstverständlichen Einwand ins Feld führt, ist der Geist des Konquistadors, des kühnen Abenteurers, als den er sich einmal in einem Brief an seinen Freund Fließ zu erkennen gibt. Man soll ihm glauben, weil er an sich selbst glaubt: »Da jene achtzehn Fälle gleichzeitig alle sind, an denen ich die Arbeit der Analyse unternehmen konnte, und da niemand diese Fälle mir zum Gefallen ausgesucht hat, werden Sie es begreiflich finden, daß ich jene Erwartung nicht teile, sondern bereit bin, mit meinem Glauben über die Beweiskraft meiner bisherigen Erfahrungen hinauszugehen.«
Was treibt ihn an, so voreilend zur Schlußfolgerung zu springen, die Hysterie sei stets sexuell verursacht? Oder, wie er es selbst formuliert, sich auf seinen Glauben mehr zu verlassen als auf weitere »mühselige Einzelerforschung der Kranken, die bei den meisten Fällen hundert Arbeitsstunden und darüber verweilt hat«? Ist es etwa, wie er dem Freunde Fließ einmal anvertraut, die »Erwartung des ewigen Nachruhms (…) und des sicheren Reichtums, die volle Unabhängigkeit, das Reisen, die Hebung der Kinder über die schweren Sorgen, die mich um meine Jugend gebracht haben«? Denn »das hing alles daran, ob die Hysterie aufgeht oder nicht«.
Für ihn »geht« die Hysterie von vornherein »auf«, das heißt, für ihn, den Pansexualisten, ist Sexuelles in jedem Fall ihre Ursache. Doch nun gilt es, Kollegen zu überzeugen, die nach überprüfbarem Material fragen werden. So erbietet er sich, seine *etwa* achtzehn Fälle vor seinem Publikum auszubreiten, bevor er in seinem Vortrag zur Begründung seiner epochemachenden Schlußfolgerung von der sexuellen Verursachung (Ätiologie) der Hysterie übergeht. Doch er sorgt vor. Die Fälle seien so kompliziert, warnt er, daß die Darstellung auch nur eines von ihnen die ganze Vortragsstunde in Anspruch nehmen würde. Das kleine Manöver tut die gewünschte Wirkung. Keiner seiner Zuhörer verlangt nach Freuds Material; er kann seinen theoretischen Gedankenflug über die Hysterie unbehelligt fortsetzen.
Hätte einer der anwesenden Kollegen darauf beharrt, zuerst das klinische Material vorgelegt zu bekommen, hätte das möglicherweise zu einer Blamage des Vortragenden geführt, vielleicht gar zum vorzeitigen Ende seines Unternehmens, der Welt die Psychoanalyse zu schenken. Einen Monat später nämlich schreibt er an Fließ, er habe noch keinen seiner in Arbeit befindlichen Fälle zum Abschluß bringen können. Hatte er jene »etwa achtzehn Fälle« also gar nicht im Gepäck, als er seinen Vortrag hielt? War sein Erbieten, sich einmal in die Karten blicken zu lassen, lediglich scheinbares und risikobereites Sichanpassen an die wissenschaftlichen Gepflogenheiten?
Möglich ist es schon, zieht man in Betracht, wie sich Freud in den Jahren nach dieser Fast-Havarie der Statistik bedient – nämlich gar nicht. Von nun an bekommt der Leser, sollte er nach der Quantität des verwendeten klinischen Materials fragen, nur noch Variationen dessen, was man den unbestimmten Plural Freuds nennen könnte. Er umgibt seine Behauptungen oder einzelne Fälle mit einer Aura von weiter nicht erläuterten *Erfahrungen*, die er früher oder anderswo gemacht zu haben angibt.
Obenan in der Liste der häufigen Ausdrücke steht »meine Erfahrungen«, auf die er sich zahllose Male beruft, stets in dieser unbestimmten Form. Entsprechungen sind: »die Erfahrung lehrt«, »wenn man eine Anzahl von Analysen Zwangskranker überschaut«, »wenn ich rasch einige Fälle aus meiner Erinnerung mustere«, »diese beiden Fälle, absichtlich ausgewählt aus einer großen Anzahl ähnlicher«, »in einer Reihe von Fällen«, »ich bin [dem Phänomen] bei anderen begegnet«, »man kann

in seinem Bekanntenkreis die Erfahrung machen«. Weitere mögliche Beispiele sind Legion. Sie bestätigen Freuds Geringschätzung der Statistik. »Aber solche Statistiken sind überhaupt nicht lehrreich, das verarbeitete Material ist so heterogen, daß nur sehr große Zahlen etwas besagen würden. Man tut besser, seine Einzelerfahrungen zu befragen.«

Solche Nonchalance gegenüber einer wissenschaftlichen Grundregel könnte man mit Recht als unwissenschaftlich verwerfen. Doch sie hat Freud großen Ruhm eingebracht. Mit einer ganz großen Verallgemeinerung, gefolgert aus einer einzigen Beobachtung, hat er ein Jahrhundert lang Furore gemacht. Es ist seine Lehre, jeder männliche Mensch müsse als Kind eine Phase durchmachen, in der er seine Mutter begehrt und seinen Vater haßt – ob bewußt oder unbewußt, läßt Freud gern unentschieden. Diese Verallgemeinerung angeblich empirisch gegebener und nachweisbarer Daten ist die Grundlage der gesamten Psychoanalyse, wie Freud nicht müde wird zu betonen. Fahndet man jedoch nach diesen Daten, so ist das Ergebnis karg, ja kläglich.

Die Gründungs-Urkunde des Ödipuskomplexes ist eine Passage im Brief an Wilhelm Fließ vom 3. Oktober 1897: »Seit vier Tagen hat sich meine Selbstanalyse, die ich für unentbehrlich halte für die Aufklärung des ganzen Problems, in Träumen fortgesetzt und mir wertvollste Aufschlüsse und Anhaltspunkte ergeben. An einzelnen Stellen habe ich die Empfindung, am Ende zu sein, und bisher wußte ich auch immer, wo die nächste Traumnacht fortsetzen wird. Schwieriger als alles andere ist mir davon die schriftliche Darstellung, auch viel zu weitläufig. Ich kann nur andeuten, daß bei mir der Alte keine aktive Rolle spielt, (...) daß später (zwischen 2 und 2½ Jahren) meine Libido gegen *matrem* erwacht ist, und zwar aus Anlaß der Reise mit ihr von Leipzig nach Wien, auf welcher ein gemeinsames Übernachten und Gelegenheit, sie *nudam* zu sehen, vorgefallen sein muß (sic). (Du hast für Deinen Sohn daraus die Konsequenz längst gezogen, wie mir eine Bemerkung verraten hat)«.

Der vom Briefschreiber eingeklammerte letzte Satz ist der Keim des Ödipuskomplexes in Freuds Denken. Seine Herkunft wird erst deutlich, wenn man den Satz in den größeren Kontext setzt. Fließ hat bei seinem kaum zweijährigen Sohn eine Erektion beobachtet (hier verschämt als *Libido* umschrieben), vermutlich im Beisein der unbekleideten Mutter. Er hat das seinem Briefpartner nach Wien berichtet. Und nicht nur das. Freud gesteht dem Berliner Freund zu, »daraus die Konsequenz längst gezogen« zu haben. Das heißt, beide Herren ignorieren die Alternative – die heute jedem Kinderarzt als die einzig wahrscheinliche erscheinen wird –, nämlich, daß es sich bei jener frühen Regung von Mannbarkeit des Gießkännchens von Fließ junior lediglich um physiologische Mechanik handelte. Fließ und Freud dagegen sind auf der Stelle davon überzeugt, daß das Söhnchen mit seinem winzigen Steifen richtige Manneslust aufs Weib anzeigte, genauer, auf die eigene Mutter.

Es ist eine kecke Annahme, ein zartes Knäblein, vielleicht noch in den Windeln, der Nacktheit der Mama ansichtig geworden, sei zu sexuellen Phantasien fähig. Natürlich wissen die beiden Sexualforscher in Berlin und Wien, daß der kleine Mann für das Ausleben solchen Dranges anatomisch noch nicht gerüstet ist. Freud weiß diesen Einwand wortschöpferisch zu umschiffen. Einerseits amüsiert er sich über die »ergötzlichen Verrenkungen« seiner Kritiker, die, »allen Erfahrungen trotzend«, die »Ermittlungen der psychoanalytischen Forschung die frühkindlichen Inzestneigungen« betreffend dadurch zu entschärfen trachten, daß sie sie »nur *symbolisch*«

verstehen wollen. Andererseits muß er natürlich einräumen, daß von regelrechtem Geschlechtsverkehr mit der Mama im Windelalter nicht die Rede sein kann. Als er es zehn Jahre später mit dem Verhalten eines realen Kindes zu tun bekommt, nämlich mit dem kleinen Hans Graf (»Analyse der Phobie eines fünfjährigen Knaben«), nimmt er selbst Zuflucht zu dem abwiegelnden Ausdruck »symbolische Koitusphantasien«, von denen der Junge umgetrieben werde.
Diese umschreibt er als so etwas wie virtuelle Geilheit, einen Drang des Kindes zu »koitusähnlichen Handlungen« oder zu etwas dunkel Gefühltem, das es mit dem Zertrümmern einer Fensterscheibe zum Ausdruck bringen kann; es »muß sich um eine Gewalttätigkeit handeln, die man an der Mama verübte, ein Zerschlagen, ein Öffnungschaffen, ein Eindringen in einen abgeschlossenen Raum, den Impuls dazu konnte das Kind in sich verspüren; aber obwohl es auf dem Wege war, von seinen Penissensationen aus, die Vagina zu postulieren, so konnte es doch das Rätsel nicht lösen«. Obendrein ist dies dumpfe Wollen-ohne-zu-Können in den Augen des Pansexualisten innig mit der brennenden Kinderfrage verschmolzen, woher die kleinen Kinder kommen, »das erste Problem vielleicht, dessen Lösung die Geisteskräfte des Kindes in Anspruch nimmt«.
Es ist Freuds nächster Denksprung, der ihm Weltruhm einbringt. Er stellt sich vor, das, was Freund Fließ da *entdeckt* habe, gehöre zur genetischen Grundausstattung jedes männlichen Menschen, also auch zu seiner eigenen. So fragt er sich nun, wie ihm selbst diese Urerfahrung zugekommen sei. Eine Erinnerung an so etwas hat er nicht. Also wendet er das Verfahren an, dem er später seine Patienten immer wieder unterwerfen wird, um seine theoretischen Vor-Urteile bestätigt zu bekommen: Er *konstruiert*.
Da war doch vor fast vier Jahrzehnten diese tage- und nächtelange gemeinsame Eisenbahnfahrt der Mama mit ihrem kleinen Sigi, wie sie ihn nannte. In deren Verlauf muß sie sich doch wenigstens einmal um- und ausgekleidet haben, oder? Und bei solcher Gelegenheit muß der kleine Forscher (Freud erinnert sich ungenau, er sei damals »zwischen 2 und 2½ Jahren« gewesen) sie doch wenigstens einmal hüllenlos geschaut haben! Und dabei muß ihn – es schaudert den erwachsenen Sohn noch bei der Vorstellung dieser Möglichkeit derart, daß er schamhaft ins Lateinische wechselt –, *matrem nudam* erblickend, die gleiche schicksalhafte Lust überkommen haben, die Freund Fließ an seinem Söhnchen Robert beobachtet haben wollte. Vermutungen, Mutmaßungen. Ja, es war möglich, denn es muß ja so gewesen sein.
Freuds erster Biograph Ernest Jones las diesen Brief ungenau und begründete damit die Legende, Freud habe tatsächlich seine Mutter nackt gesehen: »In the same letter he relates how his libido had been aroused towards his mother, between the ages of two years and two and a half, on the occasion of seeing her naked.« Noch der eminente Freud-Biograph Peter Gay wiederholt 2006 diesen Lesefehler. Immerhin bemerkt er Freuds Irrtum betreffend sein Alter während jener Zugfahrt: »Freud beging bisweilen aufschlußreiche Fehler, wenn er sich an seine Kindheit erinnerte, und hier ist einer: Er war tatsächlich beinahe vier und nicht knapp über zwei Jahre alt, als er einen Blick auf seine nackte Mutter erhaschte (…).«
Elf Tage später, gleich im nächsten Brief an Fließ, ist ihm das Gemutmaßte zur Gewißheit geworden: »Ich habe die Verliebtheit in die Mutter und die Eifersucht gegen den Vater auch bei mir gefunden (sic) und halte (sic) sie jetzt für ein allgemeines Ereignis früher Kindheit.« Im selben Satz also auch schon der zweite Schritt auf dem Wege zum Schicksalsgesetz des Ödipuskomplexes, nämlich die Große Verallgemeinerung. Sie ist ebenfalls eine Frucht der Tage, an denen

»ein Blitz den Zusammenhang erhellt«, also eine Eingebung, die der viel umrätselten Selbstanalyse Freuds zu danken ist. Immerhin erscheint sie hier noch im Modus des Dafürhaltens.

Der dritte Schritt, die Etikettierung des frisch Entdeckten, folgt ebenfalls im selben Brief, wenn auch hier noch mit einem Freudschen »Vielleicht« gedämpft. »Wenn das so ist (sic), so versteht man die packende Macht des Königs Ödipus (...) die griechische Sage greift einen Zwang auf, den jeder anerkennt, weil er dessen Existenz in sich verspürt hat. Jeder der Hörer [gemeint ist der Zuschauer des sophokleischen Ödipus-Dramas auf dem Theater] war einmal im Keime und in der Phantasie ein solcher Ödipus, und vor der hier in die Realität gezogenen Traumerfüllung schaudert jeder zurück mit dem ganzen Betrag der Verdrängung, der seinen infantilen Zustand von dem heutigen trennt.«

Diese Schnipsel machen die Gesamtheit der Texte aus, aus denen man die Genesis des Ödipuskomplexes erschließen muß – eines Mythologems, das ein Jahrhundert lang zahllose Intellektuelle in seinen Bann schlagen wird. Es ist endlich, gewissermaßen als ein gesunkenes Kulturgut, ebenso Gemeinplatz der gebildeten Rede auf Partys und im gehobenen Alltag geworden wie die Begriffsmünzen »Verdrängung« oder »Freudscher Versprecher«.

Kaum jemanden scheint es gestört zu haben, daß der Ödipus des Sophokles weder einen Vaterhaß hegte noch in seine Mutter verliebt war. Er erschlug seinen Vater, bevor er ihn kennenlernen konnte, und er begehrte und ehelichte die Königin von Theben, bevor er erfuhr, daß sie seine Mutter war und er sich aus Entsetzen darüber die Augen ausstach.

Die Herbstmonate 1897 sind geprägt von solchen Inspirationen, Ahnungen, Ideenblitzen, aber auch Zweifeln: »(...) das Neue, das mir in der Euphorie eingefallen war, zog sich wieder zurück, gefiel mir nicht mehr und wartet jetzt auf seine Wiedergeburt. Mitunter schwirren mir Gedanken durch den Kopf, die alles zu verwirklichen versprechen, das Normale und das Pathologische, das sexuelle und das psychologische Problem zu verbinden scheinen.« Es ist der Einfall des Ödipuskomplexes, der schließlich aus dem gärenden Gedankenmost dieser Wochen als die ersehnte, alles zu verwirklichen versprechende Idee auftaucht.

Diese wird dann durch einen Prozeß befestigt, der sich bei Freud so oft beobachten läßt, daß man ihn Bestätigungsdrang nennen möchte. Voraussetzung dafür ist seine erkenntnistheoretische Naivität. Er hat eine Idee zu einer Theorie gefaßt und freut sich nun, wie oft, ja scheinbar ausnahmslos er sie von diesem Augenblick an in der Praxis, bei seinen Patienten und in seinen Träumen bestätigt findet. Schon Laurence Sterne hat sich vor 250 Jahren in seinem »Tristram Shandy« über diese Grille lustig gemacht: »Es liegt in der Natur einer Hypothese, geht man erst einmal mit ihr schwanger, daß sie sich alles und jedes als passende Nahrung assimiliert; und vom ersten Augenblick ihrer Empfängnis an kräftigt sie sich in der Regel durch alles, was man sieht, hört, liest oder erfährt.«

Man mag das unwissenschaftlich *par excellence* finden – andere nennen es genial. So Jones in seiner monumentalen Freud-Biographie: »Als Freud beispielsweise bei sich selbst bisher unbekannte Einstellungen gegenüber seinen Eltern entdeckte, hatte er sogleich das Gefühl, es handle sich nicht um eine Besonderheit seines eigenen Charakters, sondern er habe etwas über die menschliche Natur im allgemeinen herausgefunden, und bald kamen ihm Namen wie Ödipus, Hamlet und andere in den Sinn. Das war Freuds Arbeitsmethode: wenn er auf eine einfache, aber bedeutsame Tatsache stieß, fühlte und wußte er, daß sie in einen allgemeinen oder universalen

Zusammenhang gehörte, und er dachte nicht daran, statistisches Material über die betreffende Frage zu sammeln. Das ist einer der Punkte, die weniger originelle Forscher ihm zum Vorwurf gemacht haben; aber so arbeitet nun einmal das Genie.«

Er »fühlte und wußte« – das ist eine treffende Beschreibung der mentalen Arbeit, aus der das Dogma des Ödipuskomplexes erwuchs.

In diesen Monaten beginnt Freud mit der Niederschrift seiner »Traumdeutung«, eines Buches von gut fünfhundert Seiten und einer enormen Materialfülle. Freud, ein gewaltiger Arbeiter, wird es in kaum zwei Jahren fertigstellen. In dieser Zeit wird ihm der Ödipuskomplex zur Gewißheit – aufgrund von *Erfahrungen*. Allerdings sind das Erfahrungen im Freudschen Verständnis, also verschiedenartige Reminiszenzen aus Analysen und Träumen von Patienten, aber auch aus eigenen Träumen, die mittels des beliebig umprogrammierbaren Deutungsalgorithmus alsbald der neugefundenen Zauberformel angepaßt werden: »Nach meinen bereits (sic) zahlreichen Erfahrungen spielen die Eltern im Kinderseelenleben aller (sic) späteren Psychoneurotiker die Hauptrolle, und Verliebtheit gegen den einen, Haß gegen den andern Teil des Elternpaares gehören zum eisernen Bestand (sic) des in jener Zeit gebildeten und für die Symptomatik der späteren Neurose so bedeutsamen Materials an psychischen Regungen.« Im übernächsten Satz dehnt er diesen Befund von *allen* Psychoneurotikern auf die *meisten* Kinder aus.

Das *bereits* in jenem Satz zeigt seine Gewißheit an, daß seine zukünftigen »Erfahrungen« ihn zu immer größerer Sicherheit führen werden. In der Tat, in seinem unvollendet gebliebenen Vermächtniswerk »Abriß der Psychoanalyse« von 1937 erzählt er am Ende seines Lebens mit gesetzgeberischer Gelassenheit noch einmal den von ihm erfundenen Mythos in unübertrefflich würdevoller Formulierung. »Wenn der Knabe (von 2 bis 3 Jahren an) in die phallische Phase seiner Libidoentwicklung eingetreten ist, lustvolle Empfindungen an seinem Geschlechtsglied empfängt und gelernt hat, sich diese durch manuelle Reizung nach Belieben zu verschaffen, wird er zum Liebhaber der Mutter. Er wünscht, sie körperlich zu besitzen in den Formen, die er durch seine Beobachtungen und Ahnungen vom Sexualleben erraten hat, sucht sie zu verführen, indem er ihr sein männliches Glied zeigt, auf das er stolz ist. Mit einem Wort: seine früherwachte Männlichkeit sucht den Vater bei ihr zu ersetzen, der ohnehin bisher sein beneidetes Vorbild gewesen war infolge der körperlichen Stärke, die er an ihm wahrnimmt, und der Autorität, mit der er ihn bekleidet findet. Jetzt ist der Vater sein Rivale, der ihm im Wege steht und den er aus dem Weg räumen möchte.«

Dieses Dogma hat Schismen ausgelöst. Frühe Jünger und Verkünder Freuds wie Carl Gustav Jung und Alfred Adler waren die ersten, die von ihm abfielen. Sie hatten erkannt, daß ihr Kirchenvater ohne jeden Abstrich an dem von ihm festgesetzten pansexualistischen Credo festzuhalten entschlossen war. Unbeugsam setzte er das Bekenntnis dazu als *conditio sine qua non* fest, wenn man nicht zu den Leugnern seiner Lehre gerechnet werden wollte: »Der Fortschritt der psychoanalytischen Arbeit hat diese Bedeutung des Ödipuskomplexes immer schärfer gezeichnet; seine Anerkennung ist das Schibboleth geworden, welches die Anhänger der Psychoanalyse von ihren Gegnern scheidet.«

Der nüchterne Blick auf die überlieferten Texte zur Genesis des Ödipuskomplexes ergibt, daß klinische Beobachtungen die geringste Rolle dabei gespielt haben. Genaugenommen ist es nur eine, nämlich die Erektion eines Zweijährigen. Was diese ausgelöst haben mag, veranlaßt Vater Fließ zu einer absonderlichen Vermutung; seinen

Wiener Freund veranlaßt sie dazu, diese Vermutung zu übernehmen und zu einem allumfassenden Mythos aufzubauschen.
Als Kuriosum ist zu vermerken, daß Freud bei seiner Ausarbeitung der Theorie vom Ödipuskomplex ausnahmsweise einmal induktiv vorgegangen ist. Allerdings war die reale Beobachtung, von der er ausging, nicht seine eigene, sondern eine seines Freundes Fließ.
Freud hat an seiner Entschlossenheit, »nie die Sexualtheorie aufzugeben«, sondern »ein Dogma daraus zu machen«, sein Leben lang festgehalten. Dieses Beharren auf dem Ödipuskomplex wie auf dem Pansexualismus überhaupt läßt sich angesichts der Spärlichkeit der Daten schwerlich auf biographische Umstände zurückführen. Von Verliebtheit in die Mutter ist in den kargen Selbstzeugnissen Freuds ebenso wenig zu finden wie in seiner konstruierten Erinnerung an jene vielzitierte Zugfahrt um 1860. Körperliche Veränderungen der Mutter zu jener Zeit hätten ohnehin die Aufmerksamkeit des kleinen Forschers eher in eine andere Bahn als die des Gelüstes lenken müssen. Amalie Freud war in den zehn Jahren zwischen 1856, dem Geburtsjahr ihres Erstgeborenen Sigmund, und 1866, dem ihres Jüngsten, achtmal schwanger. Sie war auch während jener Zugfahrt in jenem anderen Zustand, der später, wie Freud glaubte, den kleinen Hans Graf, als er die wachsende Wölbung des Mutterleibes gewahrte, so intensiv beschäftigte.
Der Vater war nicht der Mann, für den sein Sohn aus einsehbaren Gründen hätte feindselige oder rachsüchtige Gefühle hegen müssen; Freud bekennt unzweideutig, »daß bei mir der Alte keine aktive Rolle spielt«. Jakob Freud scheint eine Frohnatur gewesen zu sein, von »phantastisch leichtem Sinn«, zu dem sein Sohn offenbar ein angstfreies Verhältnis hatte. Er war kein guter Geschäftsmann, als Versorger seiner großen Familie war er ein Versager. Doch sein erwachsener Sohn Sigmund fand für ihn nur freundliche Worte (»körperlich und zum Teil auch geistig mein Duplikat«). Man kann sich allenfalls denken, dem Herrn Doktor Freud, endlich etabliert in dem großen Haus in der Berggasse, sei der Gedanke an den *Alten* in der Leopoldstadt, dem ärmlichen Judenviertel, gelegentlich peinlich gewesen. Doch selbst wenn da einst Haß war, mochte ihn der größte aller Psychoanalytiker nicht mehr in seiner eigenen Seele aufspüren.
Freud hat seine biographischen Spuren verwischt und darüber seine Wunschversion gebreitet. So sind es auch heute lediglich Vermutungen, wenn manche Freud-Forscher annehmen, er habe mit seinem Theorie-Gebäude und vor allem mit der Erfindung des Ödipuskomplexes eigene psychische Probleme zu lösen gesucht. Daß diese sexueller Natur gewesen sein müßten, geht schon aus der bloßen Inhaltsanalyse der meisten seiner Schriften hervor: Er scheint immer an das eine zu denken, an den Sex nämlich.
Wie man ihn auch herleiten will, der Ödipuskomplex ist eine Kopfgeburt, die weder in der Vergangenheit ihres Urhebers noch in den Lebensgeschichten seiner Patienten, wie die Fallgeschichten zeigen, eine reale Entsprechung hat. Es ist eine rein spekulative Idee. Die einzige klinische Beobachtung, die bei ihrer Genesis eine Rolle spielte, ist die Erektion von Fließ junior. Diese Beobachtung wurde im Handumdrehen zur Gewißheit des Vaters, das Söhnchen fühle sich Manns genug, der Mutter beizuwohnen. Freud hat diesen Einfall eines Exzentrikers mit seiner Konquistadoren-Phantasie zu einem Gesetz gemacht, dem er die gesamte Menschheit unterworfen wähnte.
Ein Statistiker würde höhnen, hier sei das »Gesetz der kleinsten Zahl« angewendet worden und damit jede wissenschaftliche Seriosität abhandengekommen.
»Aber so arbeitet nun einmal das Genie.«

WOLFGANG BERENDS: ERINNERUNG AN URSULA HAEUSGEN

Wohl Ende 1990 muß es gewesen sein, als ich zum ersten Mal ihre Buchhandlung betrat: Lyrik Kabinett München in der Maximilianstraße, dem Prachtboulevard unter Münchens Einkaufsstraßen. Dementsprechend aufgeregt war ich, der in solch luxuriösen Gegenden sonst nie verkehrte. Aber die Auslagen in den sich über einen Durchgangsbereich hinziehenden Ladenfenstern verstärkten das Verlangen: Lyrik in verschiedenen Sprachen, aus unterschiedlichen Epochen, Anthologien, Zeitschriften, antiquarische Preziosen und Künstlerbücher. Ein Paradies für den nach geistiger Nahrung gierenden Jungdichter, der erst ein Jahr zuvor den Entschluß gefaßt hatte, mit dem Schreiben zu beginnen. In normalen Buchhandlungen suchte man auch damals schon vergeblich nach lyrischen Kostbarkeiten. Ein Grund, wie Ursula Haeusgen in Interviews immer wieder betonte, weshalb sie 1989 ihre eigene gründete. Doch der Begriff Buchhandlung paßte nicht recht, denn das ungewöhnliche, fächerübergreifende Angebot bestand aus Neuware und antiquarischen Büchern, außerdem gab es eine Galerie, in der Lesungen und Ausstellungen stattfanden. In den Regalen – allesamt feinste Schreinerarbeit – zeigte sich der ganze Reichtum der Weltpoesie. Der Ort wirkte elitär, die beiden langgezogenen Räume in Erdgeschoß und Keller strahlten Eleganz aus. Sie zeigten den Stil einer Frau, die viel Vergnügen am Einrichten und Ausstatten von Häusern hatte. Und überall Kunst, natürlich! Von namhaften oder völlig unbekannten Künstlern. Sie sammelte beide mit Leidenschaft und gleicher Wertschätzung und verließ sich dabei stets auf ihren Geschmack, der von hoher ästhetischer Sensibilität geprägt war. Als Erbin eines im Maschinenbau agierenden Hydraulik-Unternehmens verfügte sie über die finanziellen Mittel, um großzügig mäzenatisch zu wirken.

So erwarb sie beispielsweise auf einer Gemeinschaftsausstellung ein Bild »Kind mit Waschmaschine« von Marcellus Erhart, das noch heute im Treppenaufgang des Lyrik Kabinetts die Blicke der Besucher auf sich zieht. Ich glaube, weil der Moment, den dieses Werk einfängt, jedem bekannt und doch keineswegs selbstverständlich ist. Das Staunen des Kindes beim Beobachten der Waschmaschine gleicht dem des Lyriklesers, der gerade altbekannte Wörter hört und doch etwas völlig Neues dabei vernimmt: ein Staunen über die Welt, auf die uns die Poesie einen veränderten Blick ermöglicht. An besagter Gruppenausstellung nahm auch ich teil, mit auf den Boden montierten Gedichtinstallationen, eine davon direkt am Eingang. Ich erinnere mich noch, daß Ursula Haeusgen partout nicht darauf steigen wollte und sich statt dessen halsbrecherisch einen Weg daran vorbei in die Ausstellung suchte.

Das war 1998, zu einem Zeitpunkt, als sie das Ladengeschäft bereits aufgegeben hatte und ihr Verein Lyrik Kabinett e. V. vier Jahre bestand. Die von Michael Krüger liebevoll »Heilige Ursula der Poesie« Genannte gründete zudem 2003 die Stiftung Lyrik Kabinett. Diese stand in einer weitgehend vom Staat geförderten Kulturlandschaft lange allein da. Unabhängigkeit war Ursula Haeusgen stets wichtig. Sie wollte sich von niemandem reinreden lassen. Genau dieser Haltung war es zu verdanken, daß das Lyrik Kabinett sich nicht vom Literaturbetrieb vereinnahmen ließ. Bei den Veranstaltungen konnte ich wunderbare Entdeckungen machen: Inger Christensen, Johannes Bobrowski, Dagmar Nick, Abraham Sutzkever, Giuseppe Ungaretti, Nils-Aslak Valkeapää, Franz Wurm, Wolfgang Bächler, um hier nur wenige zu nennen.

Haeusgens Einführungen waren ein Genuß, kenntnis- und detailreich recherchiert von einer überaus kritischen Leserin. Wenn sie Rat brauchte, suchte sie ihn bei fachkundigen Unterstützern und gewann namhafte Mitstreiter für den Vorstand und das Kuratorium der Stiftung. Diese unterhält eine Bibliothek mit derzeit 66 000 Medien, jährlich kommen ca. 2000 neue hinzu. Die Stiftung veranstaltet Lesungen, Festivals und Kolloquien, auch mit anderen literarischen und kulturellen Institutionen sowie Universitäten. Sie gibt Publikationen heraus, fördert Buchprojekte und die Lyrikvermittlung an Schulen. Sie ist ein Ort der Begegnung zwischen Autoren und Liebhabern der Poesie.

H. C. Artmann, ein Dichter, den Ursula Haeusgen schätzte und der 1989 als einer der ersten Autoren in der Buchhandlung las, schrieb in seiner »Acht-Punkte-Proklamation des poetischen Actes«: »Es gibt einen satz, der unangreifbar ist, nämlich der, daß man dichter sein kann, ohne auch irgendjemals ein Wort geschrieben oder gesprochen zu haben. Vorbedingung ist aber der mehr oder minder gefühlte wunsch, poetisch handeln zu wollen. Die alogische geste selbst kann, derart ausgeführt, zu einem act von ausgezeichneter schönheit, ja zum gedicht erhoben werden.« So betrachtet kann Haeusgens Werk selbst als ein *Gedicht* bezeichnet werden, mit dem sie der Welt ihren Traum erfüllte, trotz gelegentlicher Zweifel am eigenen Tun. Sie hat mit ihrer visionären Kraft und allen ihr zur Verfügung stehenden Mitteln diese Idee verwirklicht, hat ein architektonisch äußerst ansprechendes Haus dafür errichtet und eingerichtet. Der Weg dorthin ist mit Betonquadern gepflastert, von denen sich das Wort *POESIE* abhebt. Man muß darauf treten, wenn man in dieses Haus gelangen will. Sie halten es aus. Dafür hat sie gesorgt.

MICHAEL GÖTTING: DAS ARCHIV DER WÖRTLICHNEHMER

Warum habe ich mir ausgerechnet *diesen* Archivordner ausgesucht, um mir das Leben im Berliner Literaturhaus zu erschließen?

Vielleicht liegt es daran, daß der Ordner sich von den meisten anderen unterscheidet. Es ist ein Stehordner. Die Dokumente werden von oben eingestellt. Durch seine Form – die lange Vorderseite, die verkürzte Rückseite und die Seitenwände, die Vorder- und Rückseite durch schräg abfallende Diagonalen verbinden – gibt er bereits ausschnitthaft seinen Inhalt preis.

Wie die Landschaft der Dokumente beim Blick von oben zeigt, sind die Papierbögen mit Büroklammern, Klarsichthüllen, von Heftern aus dünner, hellbrauner Pappe zu etwa einem Dutzend Einheiten zusammengefaßt. Dieser ungefähr sieben Zentimeter breite, dreißig Zentimeter hohe und zwanzig Zentimeter tiefe Ordner enthält die Beziehungen von Menschen, Ereignissen und Zeitgeschichte, in Material und Zeichen verschlüsselt.

Schaut man von links auf den Ordner, erkennt man die obere Hälfte eines Briefs, eine schön geschwungene Handschrift in blauer Tinte. Das Datum, der Ort, an dem der Brief geschrieben wurde, oben rechts in der Ecke, »Dambeck, 4.5.1993«. Darüber, in Schwarz, der eckige Abdruck des Literaturhausstempels: »Eingegangen 10. Mai 1993«.

Es sieht aus, als spiegele sich das Eingangsdatum im Datum des Absenders.

Eine fingerdicke Broschüre mit senffarbenem Einband, die im Ordner vor den Brief geschoben wurde, verdeckt den weiteren Inhalt des Schreibens, aber der obere Rand

der Broschüre unterstreicht eins der wenigen erkennbaren Worte im Text: »hier«.
Ich möchte wissen, was es mit der Broschüre auf sich hat, ob sie vielleicht mit dem Brief aus Dambeck in Verbindung steht.
Es ist ein Exemplar des Spiritus, eines Magazins, das in Frankfurt an der Oder erschien und das einer der Herausgeber, nach der Veröffentlichung im Sommer 1990, an das Literaturhaus in Berlin gesendet hat. Auf Seite drei beginnt der Bericht von Roland Totzauer über die Auflösung des Ministeriums für Staatssicherheit in Frankfurt an der Oder.
Am 6. März 1990 schreibt Totzauer in sein Tagebuch: »Heute konnten wir die Umlagerung der Aktenjahrgänge 1952 bis 1960 melden. Übereinandergelegt erreichen sie eine Höhe von ca. 45 Metern.«
Auf der folgenden Seite oben ein Foto. Dreißig, vierzig Menschen, die meisten von ihnen Männer, stehen dichtgedrängt vor einem Treppenaufgang, der zur Eingangstür eines Plattenbaus hinaufführt. Die Grautöne der Fotografie, die Kleidung, das matte Weiß der Gardinen, mit denen die Fenster verhängt sind. Alles atmet die Atmosphäre der DDR zwischen Mauerfall und Wiedervereinigung. Aus dem Gesicht einer jungen Frau, die links von der Bildmitte auf einer der Treppenstufen leicht erhöht steht, sprechen zugleich Entschlossenheit und Verunsicherung.
Etwas weniger als drei Jahre liegen zwischen der Veröffentlichung des Spiritus-Magazins und dem Datum des Briefs aus Dambeck vom 4. Mai 1993.
Die schöne, altmodische Handschrift. Sehr sauber mit kaum verblaßter blauer Tinte geschriebene Worte. Die Zeilen, großzügig auf dem Papier angeordnet.
Ich halte den Brief nun in den Händen. Daniela Dahn schreibt aus Dambeck: »Lieber Herr Wiesner, ich hoffe, mein Mann hat Ihnen ausgerichtet, daß ich erst am Montag Vormittag zurück in Berlin sein werde. Ich sitze hier – ohne Telefon – auf dem Lande, um – ja was schon – zu schreiben.« Und dann, weiter unten, ein wenig abgesetzt die Worte »Auf die einzigen 6 Zeilen einer Frau bestehe ich geradezu …«
Ich frage mich, worum es in dem Brief genau geht, und arbeite mich Schritt für Schritt in seine Geschichte hinein. Der 10. Mai 1993, der sechzigste Jahrestag des Beginns der Bücherverbrennung. Ein Montag. Derselbe Montag, an dem der Brief von Daniela Dahn im Literaturhaus als eingegangen abgestempelt wird. Am Abend soll dort eine Veranstaltung stattfinden, bei der Friedrich Christian Delius, Richard Pietraß, Herbert Wiesner und eben Daniela Dahn aus den Werken der damals verfolgten und ins Exil getriebenen Autoren und Autorinnen lesen. Der Titel: »Werft eure Hoffnung über neue Grenzen«. Was wenn Daniela Dahn nicht rechtzeitig in Berlin eintrifft oder ihr Mann die Nachricht an Herrn Wiesner gar nicht überbracht hat? Ich mache mir Sorgen um das Zustandekommen einer Veranstaltung, die vor 28 Jahren stattgefunden hat!
Aber wie stehen Brief und Broschüre in Beziehung zueinander? Sicherlich, sie verweisen beide auf bedeutsame Stationen deutscher Geschichte. Sie geben Hinweis darauf, wie das Berliner Literaturhaus in diese Geschichte verwoben ist, wie es diese Geschichte reflektiert hat, aber ich merke, daß ich mir mehr erhofft hatte.
Was war das eigentlich genau, das mich an diesem Ordner so angezogen hat? Noch einmal zurückgehen zum Beginn, der Vorderseite, die mich angesehen hatte, bevor ich den Ordner aus der langen Reihe der Archivordner herauszog: Da ist die hellblaue Farbe des Etiketts, dann die Nummer, die die Position des Ordners im Gefüge des Archivs beschreibt. Eine mit der feinen Mine eines Kugelschreibers geschriebene 84 in einem Kreis. Dann die Beschriftung »div. Materialien: Briefe, Broschüren, Postkarten etc.«, die vor allem durch die

Abkürzungen »div.« und »etc.« verrät, daß es sich um einen Ordner handelt, der Diverses versammelt, der über die Briefe, die Broschüren und Postkarten hinaus weitere, nicht genauer bezeichnete Dokumente vereint, der vielleicht sogar über ein im Archiv übliches Ordnungssystem hinausweist.
Unter der Beschriftung eine Zeitangabe: »1987–1994«.
Wenn ich nun den Ordner erneut betrachte, erst von oben, dann die Rückseite, sehe ich wieder die dicht aneinander liegenden Einheiten, die Klarsichthüllen, durch deren transparentes Plastik die Papierbögen sanft hindurchscheinen, die von Büroklammern und Pappheftern zusammengehaltenen Dokumente. Und langsam öffnen sich die Räume zwischen den Einheiten – zumindest kommt es mir so vor. Der obere Rand der Broschüre aus dem Sommer 1990, der das Wort »hier« in einem Brief vom 4. Mai des Jahres 1993 unterstreicht. »Hier«! Könnte hier in diesem Zusammenhang vielleicht der Ort sein, den Absender- und Eingangsdatum, also die beiden Zeichen, die sich in entgegengesetzter Richtung übereinandergeschoben haben, beschreiben? »Hier«, in deren Mitte? 7. Mai 1993: Im Literaturhaus, die Lesung einer Frau, deren Roman in seiner deutschen Übersetzung mit dem Wort »Pfh« beginnt. Sie sitzt an einem Tisch. Vor ihr das Buch, aus dem sie lesen wird. Der Titel, »Jazz«, in großen Buchstaben auf dem Cover, darunter ihr Name, »Toni Morrison«.
In dem Wort »hier«, das die Broschüre in dem Brief aus Dambeck unterstreicht, steckt auch dieser Augenblick und mit ihm die Welt, die Toni Morrison in »Jazz« beschreibt: Wie Violet und Joe, die Protagonisten des Romans, den Rhythmus des zitternden Zuges mittanzend, in ihrem Abteil stehen, die Finger in die Gepäckablage über ihren Köpfen gehakt. Die Great Migration der Afroamerikaner vom Süden der Vereinigten Staaten in die großen Städte des Nordens. Schließlich 1926, das Jahr, in dem Joe seine Geliebte ermordet und Violet ihr bei der Beerdigung das Gesicht zerschneidet.
Wenn ich mich auf das Wort »hier« und das Bild der beiden übereinanderliegenden Zeichen auf dem Briefpapier konzentriere, treten neue Beziehungen zutage: russische Intellektuelle im Berliner Exil. Ein Mann, der seit 1926 in der Stadt lebt und unter dem Pseudonym »V. Sirin« im Dachgeschoß des heutigen Literaturhauses Gedichte liest: Vladimir Nabokov.
Und alles kommt in Bewegung, kreist umeinander, geht neue Verbindungen ein: das Leben der Verfolgten, aus deren Werken am 10. Mai 1993 im Literaturhaus gelesen wird, die Protagonisten von »Jazz«, die aus dem Süden in die großen Städte im Norden der Vereinigten Staaten fliehen, die russischen Intellektuellen, die sich im Berlin der 1920er Jahre sammeln: »Werft eure Hoffnung über neue Grenzen und wo ein Blick grüßt, werft die Anker aus!« (Walter Mehring, »Emigrantenchoral«)
Und ich folge der Bewegung weiter Richtung Osten, nach Rußland und hin zu einer der Einheiten in der Mitte von Ordner 84. Ein Hefter aus hellbrauner Pappe, die auffälligste Einheit, weil sie die meisten Dokumente enthält: die Eröffnung des Goethe-Instituts in Moskau im September 1992. Korrespondenzen, die Werke der in Moskau lesenden Autoren in russischer Übersetzung, die erste Seite eines mit Schreibmaschine geschriebenen Manuskripts, auf der ganz oben rechts ein handschriftlicher Vermerk zu sehen ist. Dort steht: »Statement Oskar Pastior«. Und Oskar Pastior schreibt darin, er gehöre zur Familie der »Wörtlichnehmer«, zu denen, »die nicht im Stande sind, Sprache und Denken (ja sogar Fühlen und Handeln) künstlich auseinanderzuhalten; die nicht bereit sind, die Bedeutung vom (…) Material (…) zu trennen …«.
Und schließlich führt die Bewegung in die zehner Jahre des neuen Jahrtausends, zur

Entlastung Oskar Pastiors vom Vorwurf, informeller Mitarbeiter der rumänischen Securitate gewesen zu sein, und zur Beteiligung des Berliner Literaturhauses an der Richtigstellung, verbindet sich mit der Spiritus-Broschüre und Totzauers »Tagebuch eines MfS-Auflösers«.

Der abgerissene Fetzen eines Briefumschlags mit der Absenderadresse, auf dem der transparente Klebestreifen, der den Brief einst schloß, nach fast dreißig Jahren mit dem Papier verwachsen scheint: »Herta Müller, Villa Massimo, Largo di Villa Massimo 1 – 2, 00161 Rom«. Die Worte, mit dickem, schwarzem Filzstift geschrieben, Zeichen in einem Archiv für »Wörtlichnehmer«, in dem Bedeutung und Material untrennbar verwoben sind.

HERTA BECK: BESUCH BEI ERICH FRIED

»Wenn du schon nach London fährst, besuch Erich Fried. Gewinne ihn für unseren Beirat.« Mario gab mir die Adresse. 24, Dartmore Road.

Ich wollte in den Semesterferien nach London fahren und dort die Hausbesetzerszene kennenlernen. Wir hatten in Heidelberg mal eine Villa besetzt, die Frauengruppe, es sollte ein autonomes Frauenzentrum werden, statt Abriß. Ein Chaos, das nach wenigen Tagen mit der Räumung endete. Das ist nun fast ein halbes Jahrhundert her.

Fried gehörte zu einer Gruppe bekannter Linker, deren Namen man oft unter Resolutionen und Aufrufen las, wie Drewitz, Gollwitzer, Abendroth. Eine solche Gruppe sollte unser selbstverwaltetes revolutionäres Studentenwohnheim in Heidelberg nun vor der bevorstehenden Auflösung durch die Univerwaltung retten. Frieds Gedichte sprachen mich an, besonders die »Anweisungen zum Schlachten von Freunden«. Ich hatte aber nicht vor, bei ihm vorbeizugehen. Nur: Beim »Squatters Advisory Service« (es gab tatsächlich eine Beratungsstelle für Hausbesetzer in London) wußten sie nicht so recht etwas mit mir anzufangen. Ich irrte umher, mit Rucksack und Schlafsack.

Mit allem Mut, der mir zur Verfügung stand, fuhr ich in die Dartmore Road. Sie hieß aber Dartmouth, eine andere gab es im Straßenverzeichnis nicht. Und 22 statt 24. Aus der alten Villa (sie ist auf Fotos viel kleiner, als ich sie in Erinnerung habe) trat gerade eine alte Frau. Erich Frieds Mutter, aber das wußte ich noch nicht. Als sie weg war, klingelte ich – da stand tatsächlich »Fried« auf dem Klingelschild, und er erschien auch gleich in Person. Überzeugt, ich würde weggeschickt, spulte ich sehr viele Sätze in sehr kurzer Zeit ab. Bedrohtes linkes Projekt, Selbstverwaltung, Beirat, gerade in London. Er sagte einfach freundlich »Guten Tag«, nahm mir Rucksack und Parka ab. »Du brauchst sicher einen Schlafplatz. Meine Tochter ist übers Wochenende bei einer Freundin, solange kannst du ihr Zimmer haben. Möchtest du duschen?«

Frieds Arbeitszimmer: Wände aus Büchern, Mappen, Schachteln, heraushängenden Blättern, Ordnern, Bildern. In der Mitte ein Tisch von der Größe einer Tischtennisplatte. Papierstapel jeglicher Höhe, einzelne Blätter, noch mehr Ordner, Schachteln, Mappen, Bücher, eine Schreibmaschine, ein Telefon – beschämt dachte ich an die akribische Ordnung in meinem Heidelberger Zimmer. Vom Erker sah man in den Garten. Dem Beirat wollte Fried nicht beitreten, die Begründung habe ich vergessen.

Aber er erzählte. Über die Briten, eine Szene, die er nach seiner Ankunft in London 1938 beobachtet hatte: wie vor einem Kaufhaus Zeitungen verkauft wurden, rechts die der Kommunistischen Partei, links die der Faschisten. Da mußte der kommunistische Verkäufer pinkeln. Er fragte den faschistischen Kollegen, ob er solange seine Zeitungen mit verkaufen könne. Klar, machte er. Fried lachte. Die Episode gefiel ihm. Er sprach über die RAF: daß Ulrike Meinhof unmöglich Selbstmord begangen haben konnte, daß Rudi Dutschke ihr den bewaffneten Kampf ausgeredet hätte, wenn er wie sie der Meinung gewesen wäre, sie sei eine passendere Frau für ihn als Gretchen, und sie, so wie sie es sich vorgestellt hatte, ein Paar geworden wären.

Er sagte: »Man muß nicht denken, daß man ein besserer Mensch ist, wenn man links ist.« Meine Ehrfurcht für Fried geriet kurzzeitig ins Wanken – konnte das stimmen?

Ziemlich oft klingelte das Telefon. Fried sprach Wiener Englisch. Einmal drang Kindergeschrei durch die Tür, ein lauter Streit zwischen zwei Jungs, dann eine Frauenstimme. Er zögerte, ging dann raus, dirigierte die Jungs mit väterlicher Autorität, das Geschrei ebbte ab, er kam zurück. Kurz darauf schoß Catherine ins Zimmer, seine Frau, gut einen Kopf größer als er, sagte, jedes einzelne Wort betonend, auf englisch: wenn sie was mit den Jungs auszutragen habe – »Do not intervene«. Die Argumente flogen hin und her, sie rief: »Male chauvinist pig!« und knallte die Tür zu.

Ich durfte tatsächlich übers Wochenende bleiben, frühstückte mit der Familie. Auf dem Klo ein kleines Bücherregal, Bände auf deutsch, Gedichte, eine Bibel. Catherine blieb etwas reserviert, aber freundlich, man nahm nicht allzuviel Notiz von mir.

Zurück in Heidelberg erfuhr ich, daß ich beileibe nicht die einzige war, die Frieds einfach so bei sich aufgenommen hatten – allein in meinem Bekanntenkreis sagten binnen kurzem drei auf meinen stolzen Bericht hin: Ich war auch dort. Noch Jahre später hörte ich das gelegentlich. Nach der Lektüre von Catherine Frieds »Über kurz oder lang« wußte ich, was sie damals ertragen mußte: daß immerzu höfliche und unhöfliche, ordentliche und unordentliche, rücksichtsvolle und rücksichtslose deutsche Linke einzeln, in kleinen und in großen Gruppen vor der Tür standen, den Rucksack fallen ließen und Gastfreundschaft beanspruchten.

Bei der Lektüre von »Mitunter sogar Lachen« wurde mir dann klar, was ich schon hätte wissen können. Daß Fried ein Leben vor der Studentenbewegung gehabt hat. Daß er in der Emigration unzähligen Menschen geholfen hat, bei denen mehr auf dem Spiel stand als das Gelingen einer Ferienreise oder die Erhaltung eines selbstverwalteten Studentenwohnheims. Daß sein Vater von einem SS-Mann totgetreten und seine Großmutter in Auschwitz ermordet wurde. Daß Fried – auch das hatte er damals erzählt, als es um die Bedeutung von einzelnen für den Lauf der Dinge ging – 1938 um ein Haar verhaftet worden wäre: »Ich fragte den Polizisten: Muß das sein?« Der Polizist habe sich kurz besonnen, dann nein gesagt und ihn laufenlassen.

Mag Erich Fried über Linke und bessere Menschen gedacht haben, was er wollte: Er war ein besserer Mensch, das weiß ich genau.

ROLF GEFFKEN: DIE DULDUNG DES AUTORS

Rainer Maria Rilke und Hans Mayer im Netz des Ausländerrechts

I. Der halblegale Aufenthalt als »Duldung«

Goethe schreibt in den »Maximen und Reflexionen«: »Toleranz (…) muß zur Anerkennung führen. Dulden heißt beleidigen.« Er meinte damit nicht den spezifisch neuzeitlichen Begriff des »Aufenthaltstitels« Duldung. Das mit der Entstehung von Nationalstaaten einhergehende Aufenthalts- oder Ausländerrecht war zu seiner Zeit noch kaum entwickelt. Und doch paßt die Maxime darauf ganz exakt.

Bisweilen ist es gut, wenn Literaturwissenschaftler bei Schriftstellerleben Vertretern anderer Fachrichtungen den Vortritt lassen und deren Erkenntnisse zum Anlaß eigener Untersuchungen nehmen. Mir fiel dies aufgrund jahrelanger Erfahrungen als Anwalt für Ausländerrecht bei der Lektüre von Biographien Rainer Maria Rilkes und des Literaturwissenschaftlers und Autors Hans Mayer auf. Beide erlebten in der Schweiz, wenn auch zu verschiedenen Zeiten und in unterschiedlicher Intensität, den Zustand eines illegalen oder, schlimmer noch, halblegalen Aufenthalts in Gestalt der »Duldung«, die der Behördenwillkür freien Lauf ließ. Diese Duldungen hatten – wie bei vielen, die ähnliche Erfahrungen gemacht haben – gravierende Folgen für ihr Leben, ihr Sicherheitsempfinden und ihre Arbeit.

Was man als illegalen Aufenthalt bezeichnet, ist für die Betroffenen von existentieller Bedeutung. Trotz aller Unterschiedlichkeit der jeweiligen Rechtsordnungen ist er zu fast allen Zeiten ein gleichbleibendes Phänomen: Es beginnt mit der illegalen Einreise, die auf zweifache Weise vonstatten gehen kann: ohne Paß oder ohne Visum. Sie verlängert sich zum illegalen Aufenthalt, der – solange der Betroffene nicht abgeschoben wird oder abgeschoben werden kann – in den unsicheren Status der bloßen Duldung übergeht.

Geändert hat sich dies nach dem Krieg nur in bezug auf politische Flüchtlinge, denen man aufgrund der Erfahrungen der durch das NS-Regime Verfolgten im Exil einen sicheren Status ermöglichen wollte. Doch wurde das Asylrecht bekanntlich nicht nur in Deutschland weitgehend zurückgeschraubt, Die Struktur und Funktionsweise des Aufenthaltsrechts stammt noch aus der Zeit vor 1945.

II. Die Duldung des Juden und »Roten Kämpfers« Hans Mayer

In manchen Bereichen werden Aufenthaltsrecht und Grenzregime heute noch strikter gehandhabt als zuvor: Ohne Paß und ohne gültige Papiere reiste der politisch Verfolgte Hans Mayer 1933 über Belgien und Luxemburg nach Strasbourg, wie er in seinen Erinnerungen »Ein Deutscher auf Widerruf« berichtet. In Belgien fragte ihn niemand im Hotel nach seinen Papieren. Der Deutschschweizer Dr. Leo Jenni brachte ihn ohne Paß und Visum nach Genf, von wo er in den Folgejahren mehrfach ohne jede Kontrolle »die Grenze im Jura und Savoyen« überschritt.

Vor der Flüchtlingswelle 2015 und auch vor Corona war die Lage an der deutschen Grenze von der »Unsichtbarkeit« der Grenzorgane gekennzeichnet, bei gleichzeitiger Effektivität des Grenzregimes. Ich erinnere mich, wie ich etwa um das Jahr 2000 mit dem Fahrrad bei Højer in Dänemark auf dem Deich ein unbemanntes Grenzhäuschen passierte und exakt im Moment des

Grenzübertritts ein unter einer Linde versteckter Pkw der Bundespolizei auf den Deich schoß, um mich zu kontrollieren. Ich war deutscher Staatsangehöriger und »reiste« mit deutschem Paß nach Deutschland ein.

Die Legenden vom Wegfall von Grenzen und der Liberalisierung des Aufenthaltsregimes halten sich hartnäckig. Doch nur bei denen, die das tatsächliche Ausländerrecht und die Realität der Paßlosigkeit nicht kennen. Sie kennen nicht die mir als Anwalt immer wieder begegnende Bestrafung des paßlosen abgelehnten Asylbewerbers. Darunter waren und sind Ausländer, deren »Duldung« dreißig Jahre lang (!) alle drei Monate verlängert wurde und die unzählige Male zum Konsulat ihres Heimatlands geschickt wurden, um sich Ersatzpapiere ausstellen zu lassen, diese jedoch nicht bekamen und so wieder »zu Straftätern« wurden. Nebenbei wird dem »Geduldeten« natürlich jegliche Arbeitsaufnahme verwehrt.

Was dieses und ähnliches für einen freien Autor bedeuten kann, läßt sich unschwer erahnen. Als Hans Mayer schließlich 1938 freier Mitarbeiter der Zeitschrift »Tat« in Zürich wurde, war ihm »jegliche Tätigkeit gegen Entgelt« streng untersagt.

Zur sozialen und ökonomischen Unsicherheit kommt beim »Geduldeten« die Unsicherheit der formellen Existenz, die Ungewißheit des Aufenthaltsstatus, der grundsätzlich jederzeit zur Abschiebung in sein Heimatland oder in ein anderes Land führen kann. Nachdem Mayers Illegalität den Schweizer Behörden schließlich 1939 bekannt wurde, sollte er nach Frankreich »ausgeschafft« werden. Am Vorabend des Zweiten Weltkrieges war die Grenze jedoch bereits geschlossen. Durch Intervention eines Genfer Staatsrats wurde die Ausweisung schließlich zurückgenommen.

Doch das schützte ihn nicht vor der Internierung in einem »Arbeitslager für Emigranten«. 1942 erging an alle Grenzstellen der Schweiz die Weisung, Flüchtlinge abzuweisen und all jene, die die Grenze illegal überschritten hatten, wieder »zurückzustellen«. Das aber bedeutete für die Betroffenen den sicheren Tod. Mayer war politisch Verfolgter und auch Jude. Da er die Schweiz vor dieser Regelung betreten hatte, war er nicht ganz ohne Papiere. Das schützte ihn einstweilen. Doch sicher konnte er nicht sein.

In dieser Lage erlahmten die zum Schreiben erforderlichen Kräfte. Später sagte er über diese Zeit: »Ich ließ mich hinleben.« Er glaubte an eine vor ihm liegende Zukunft, war noch jung und gesund. Den Hauptgrund für seine scheinbare Indifferenz gegenüber dem Migrantenschicksal erkannte er darin, daß er »kein Heimweh hatte«. Er mußte also »nur« warten. Aber Warten ist keine Arbeit, auch nicht die eines Autors.

Es sei daran erinnert, daß diese Ungewißheit und dieses unproduktive Warten entgegen allen anderslautenden Gerüchten auch heute noch vorkommen. Wer ohne Dauervisum in die Bundesrepublik einreist, kann keinen Daueraufenthalt begründen. Wer als Tourist kommt, muß auch als Tourist gehen und darf nicht einwandern. Und wessen Paß ungültig ist, der kann gar keinen Aufenthalt bekommen und ihn auch nicht verlängern lassen. Paß – Visum – Aufenthalt. Das sind die wesentlichen Elemente des Systems.

Wie oft fragen wir einen im Exil lebenden Autor nach seinem Status? Er ist uns unbekannt. Es kann ein sicherer sein, aber auch ein völlig ungewisser. Offenbar geht dieser Status nur den Exilanten etwas an. Wir jedenfalls fragen meist nicht danach.

III. Flucht und Duldung Rainer Maria Rilkes

Rilke verließ Deutschland am 11. Juni 1919. Es ist unklar, ob er den Abschied als einen endgültigen empfand oder ob dieser politisch motiviert war. Gegenüber Ernst Toller äußerte er später: »Ich bin auch nicht aus München vertrieben worden, wo ich mich 1919 aufhielt. Eine Hausdurchsuchung war die einzige mir dort bereitete Unannehmlichkeit. Aber man zwang mich nicht, die Stadt zu verlassen. Ich folgte einer Einladung in die Schweiz.«

Doch was will das heißen? Auch Mayer »zwang« man nicht, Deutschland zu verlassen. Er hatte noch am 4. Juli 1933 die große juristische Staatsprüfung im Preußischen Justizministerium abgelegt, und zwar mit einem Beisitzer namens Roland Freisler. Aber er ahnte natürlich, was auf ihn zukommen würde, denn er bezeichnete sich gern und offen als »Roten Kämpfer« und war bei aller Intellektualität ein durch und durch politischer Mensch.

Anders Rilke, der erst kurz vor der Novemberrevolution 1918 linke Positionen zu unterstützen begann. Seiner Frau Clara Westhoff schrieb er, man könne nicht anders als zuzugeben, »daß die Zeit Recht hat, wenn sie große Schritte zu machen versucht«. Und er öffnete seine Atelierwohnung in der Ainmillerstraße in München für inoffizielle Treffen revolutionärer Schriftsteller, zu denen auch Ernst Toller gehörte. Er kannte Kurt Eisner und korrespondierte mit ihm. Doch bekannte er sich zu seinen Überzeugungen keineswegs allen Freunden gegenüber. Vor allem gegenüber dem Verlegerehepaar Kippenberg zeigte er sich verschlossen und hielt sich mit seiner politischen Meinung zurück.

Auf Drängen Kippenbergs hatte er Vorbereitungen für eine Vortragsreise in die Schweiz getroffen. Aber dieser war nicht eine Hausdurchsuchung vorausgegangen, sondern zwei! Deshalb hatte er es abgelehnt, Toller bei sich zu verstecken. Er wußte, daß man ihn »auf dem Zettel« hatte.

Die Entscheidung, Deutschland zu verlassen, hatte insofern etwas Endgültiges, als er, der gebürtige Prager, bei einer Rückkehr als »Ausländer« ausgewiesen oder gar nicht erst ins Land gelassen worden wäre. Er hatte sich nämlich nicht nur politisch verdächtig gemacht, sondern galt seit Ende der österreichisch-ungarischen Monarchie auch als staatenlos. Später erhielt er einen tschechoslowakischen Paß, betrat aber nie den Boden dieses Landes. Der Paß verbesserte zwar seinen Status, allerdings konnte er nun abgeschoben werden, was er unter allen Umständen vermeiden wollte.

Der Aufenthalt in der Schweiz war zunächst nur für zehn Tage bewilligt worden. Doch schon in einem Brief vom 14. Mai 1919 an Dr. Hans Bodmer, den Organisator seiner Vortragsreise, drängte Rilke darauf, »daß ein längerer Aufenthalt bewilligt wird oder doch Verlängerungsmöglichkeit gegeben ist«; ein Hinweis auf seine Absicht, dauerhaft zu bleiben. In einem weiteren Brief an Bodmer vom 16. Juni äußerte er die Idee, »die Verlängerung meines Aufenthaltes in der Schweiz durch ein ärztliches Attest zu bewirken«. Um sich nicht zum Zweck seiner Reise, nämlich Vorträge zu halten, in einen Gegensatz zu setzen, schlug er vor, der Behörde gegenüber geltend zu machen, er sei genötigt, seine Vorlesungen »zunächst wegen schlechter Gesundheit aufzuschieben«. Er schloß: »Hoffen wir, daß Bern sich geneigt erweist.«

Die Situation war und ist keineswegs untypisch für Menschen im Status der Halblegalität. Auch heute noch wird Krankheit als Aufenthaltsgrund aufgeführt. Das Argument ist aber ungenügend: Die anzustrebende Genesung bedeutet ja den Wegfall dieses Grundes, und folglich kann Krankheit keinen dauerhaften Aufenthalt begründen. Sie dient allenfalls dem Zeitgewinn, wobei stets die Gefahr besteht, daß die Fremdenpolizei oder Ausländerbehörde gerade jene dauerhafte Erkrankung zum Anlaß nimmt, den Aufenthalt ganz abzulehnen und bei »Transportfähigkeit« sogar eine Abschiebung vorzunehmen.

Um sich gegen Behördenwillkür halbwegs abzusichern, schaltete Rilke eine Reihe von Freunden ein, die über Beziehungen verfügten. Neben Dr. Bodmer war dies vor allem Hanns Buchli. Ihm schrieb er ein Jahr später, seine Bewilligung für einen zehntägigen Aufenthalt sei »mittels ärztlichem Attest« dreimal für je drei Monate verlängert worden. Aus der kurzen Vortragsreise war also ein Aufenthalt von einem Dreivierteljahr geworden. Das erscheint, wenn es so dahingesagt wird, viel leichter, als es getan war, und irgendwann mußte auch diese Lösung erschöpft sein. Am 7. April 1920 schrieb Rilke an Buchli: »Tun Sie (...) bitte für mich keine weiteren Schritte. Ich versuch es, mich mit diesen Aussichten auszusöhnen (...). Jede Möglichkeit (...), die ich den Verhältnissen der Schweiz jetzt noch abzuringen vermöchte, wäre doch am Ende nur ein Provisorium.«

Knapp drei Wochen später schreibt er Buchli, er lege doch Wert darauf, »noch bleiben zu dürfen«. Zwei Gründe nennt er: eine Verschlechterung seines Gesundheitszustands und die Ausweisung aller nach dem 1. August 1914 zugezogenen Ausländer aus München. Erneut wird die Verschlechterung also zum Verlängerungsgrund. Mehr als vage Hoffnungen kann er daran freilich nicht knüpfen, und bezeichnenderweise fügt er hinzu: »Vielleicht kommen Sie in die Lage, dieses bei den Behörden in ein rechtes Licht zu setzen.« Plötzlich tritt eine Besserung seines Zustands ein, und Rilke erkennt den Widerspruch. Diesmal verzichtet er auf ein Attest und hebt geplante Besuche in »Baseler Bibliotheken und Sammlungen« hervor. Sein Aufenthalt wird schließlich bewilligt. Die Schweiz und vor allem das Wallis wird ihm zur letzten Heimat. Im Turm von Muzot vollendet er seine Duineser Elegien.

IV. Krankheit und Duldung

Hans Mayer schreibt über eine Wallis-Reise im März 1943: »Da lag das Türmchen von Muzot, wo Rilke gewohnt hatte, aber man wurde nicht eingelassen. Dorthin durften nur richtige Dichter.« Er war noch kein »richtiger« Literat und empfand sich auch nicht so. Rilke hingegen war schon Legende. Mit Fertigstellung der letzten Elegie hatte sich sein Leiden verschlimmert, 1926 starb er. Es mag darüber spekuliert werden, ob er überhaupt wieder gesund hätte werden können. Wer sein Aufenthaltsrecht an eine schwere Krankheit kettet, begibt sich in kaum beherrschbare Gefahren. Doch war dies keine Eigenheit Rilkes, er gehorchte vielmehr den Zwängen eines inhumanen Aufenthaltsrechts, deren er anders nicht Herr zu werden vermochte.

Mayer hingegen befand sich vom Zeitpunkt seiner Internierung an in einer eher passiven Rolle und wartete, wenn auch in ständiger Angst, auf bessere Zeiten. Die kamen dann auch. Er war dem Naziterror entronnen, und mit dessen Ende brach für ihn eine neue Zeit an. Beider Leben wären mit an Sicherheit grenzender Wahrscheinlichkeit anders verlaufen, wäre ihre Existenz nicht über Jahre hinweg von der Willkür des Aufenthaltsrechts geprägt gewesen.

Goethe hatte recht: Toleranz muß zur Anerkennung führen, das heißt zum Recht auf Aufenthalt. Ohne dieses Recht ist der Ausländer nicht »anerkannt«. Duldung ist kein Recht, sondern bloße Willkür, die nicht nur den freien Autor seiner eigentlichen Freiheit beraubt.

CHRISTA BÜRGER: RILKES RODIN

Das Buch, das Rilke ihm gewidmet hat, trägt als Titel nur seinen Namen: »Auguste Rodin«. Der Bildhauer, in dessen Nähe er als Sekretär gelebt hat, verkörpert für den Dichter die Gestalt des absoluten Künstlers. »Rodin war einsam vor seinem Ruhm« – mit diesem durchaus mehrdeutigen Satz beginnt die Legende, die Rilke erzählt. Es ist die Vita eines Namenlosen, der in einem langen Arbeitsprozeß den Künstler »macht«, der er sein wird. Sein Weg führt ihn durch »eine Kindheit in Armut«, durch Stunden der Not und der Verlassenheit, der Erwartung und des Zweifels – in den Louvre, zu den »großen Dingen« dort, die ihm seine Aufgabe zeigen. In einer Art Vision sieht der Schauende die Tiere, die auf den Balustraden der Kathedralen hocken, und sucht nach dem Leben, aus dem diese ungeheuren Formgebilde hervorgekommen sind. »Die Not hatte sie geschaffen. Aus der Angst vor den unsichtbaren Gerichten eines schweren Glaubens hatte man sich zu diesem Sichtbaren gerettet, vor dem Ungewissen flüchtete man zu dieser Verwirklichung.« Der Rodin in Rilkes Legende glaubt seiner Vision; er glaubt an die Wirklichkeit der gesehenen *Dinge*. Aber er erkennt zugleich, daß es in seiner Gegenwart keine Gebäude mehr gibt, die wie die Kathedralen einer vergangenen Zeit solchen Werken ihren Raum geben könnten. Und er versteht, daß die *Dinge*, die er machen wollte, auf ihre eigene Weise sakrosankt erscheinen mußten, um zu *sein*.

Da stößt er auf Dantes »Divina Commedia«, das große »Gericht eines Dichters über seine Zeit«. Er liest Verse, die das leisten, wonach er noch sucht: Worte, die aus Menschenleibern Gestalten formen. In den Versen dieses Dichters sieht er, wie die Gestalten, die sie aus den Gräbern hervorrufen, eine Wesenhaftigkeit gewinnen, als wäre der Richterspruch über sie schon ergangen. Vier Verse genügen Dante, und wir sehen eine unvergeßliche Gebärde und hören, wie aus einem namenlosen Schicksal eine erzählbare Geschichte wird: »denke mein, ich bin die Pia; / Mich zeugte Siena, tötete Maremma. / Der weiß es, der zuvor auf meinen Finger / Den Trauring mit dem Edelstein mir steckte« (Inferno 5, 133ff.).

In der Nachfolge Dantes hält Rilkes Rodin in seinen Portraits Gericht. Die Skulptur soll, wie die pathetische Prägnanz der Selbstdarstellung Pias, das innere Wesen eines Gesichts zur Erscheinung bringen. Wie entschieden der Hang Rilkes zur Heroisierung seines Rodin ist, läßt sich ermessen, sobald man sich verdeutlicht, daß Rodin kein Bildhauer ist, sondern in weichem Material arbeitet, Gips oder Ton. Die Bronze- oder Steinabgüsse wurden dann in seinem Atelier hergestellt: »Er verwirklichte alle die Gestalten und Formen des Dantischen Traumes, hob sie empor, wie aus der bewegten Tiefe eigner Erinnerung und gab ihnen des Dingseins leise Erlösung«. Es ist immer Orpheus, an den Rilke denkt, ungewiß, ob die kleine Danaide, deren Kopf mit dem Stein zu verschmelzen scheint, geerdet wird, oder ob vor dem andächtigen Denker sein Gedanke, eine zarte nackte Mädchengestalt, zurückweicht in den Stein – es ist immer der Sänger, der an die Auferstehung der Geliebten glaubt.

Die Vollendung der Gestalt durch ihre Gebärde sieht Rilke in Rodins »Balzac« verkörpert, ihm habe der Künstler eine Größe gegeben, »die vielleicht die Gestalt dieses Schriftstellers überragt«. Bei der Arbeit an dieser Plastik habe sich Rodin von zwei Sätzen Lamartines leiten lassen: »Er hatte das Gesicht eines Elements« und: »Er besaß soviel Seele, daß sie seinen schweren Körper trug wie nichts«. Eine Schwierigkeit bei der Konzeption dieser monumentalen Statue war das beharrliche Schweigen Balzacs über sein Innenleben, zu dem er wohl selbst keinen Zugang hatte.

Die seltsam vermummte Gestalt von Rodins »Balzac«, der eine riesige Toga um sich zu schlingen scheint, macht dieses Schweigen sichtbar. Rodin ist durch das Werk des bewunderten Schriftstellers gegangen, und es ist ihm »eine Welt begegnet«, »die immer noch an das Dasein ihres Schöpfers zu glauben, aus ihm zu leben und ihn zu schauen schien«. Und er hat ihn, mimetisch sein verschwiegenes Inneres erfassend, dargestellt als einen, der sich entzieht. In einem Brief an seine Schwester beschreibt Balzac, geradezu schwärmerisch, seinen Morgenmantel aus schwerer orientalischer Seide, in dem er sich fühlt wie der Sultan aus »Tausendundeine Nacht«, der verkleidet durch die Straßen seiner Stadt geht und die Leute nach ihrem Leben befragt.

Rodins »Balzac« scheint ausschreiten zu wollen, der rechte Fuß, von dem langen Mantel fast verdeckt, ist leicht vorangestellt, den Befehl des mächtigen Hauptes aufnehmend. In der Gestalt verbirgt sich etwas unaufhaltsam nach vorwärts Drängendes. Der linke Arm, unter der Verhüllung durch die Falten zu ahnen, hält das Gewand zusammen oder deutet eine vage Bewegung zur Brust hin an. »Seit früher Kindheit habe ich mich vor die Stirn geschlagen und mir dabei gesagt, da ist was drin!« Die Erinnerung des Protagonisten aus Balzacs »Das Chagrinleder« beschreibt eine Erwartung: den Ausbruch einer schöpferischen Energie. Die Gebärde der mächtigen Skulptur verbirgt und offenbart zugleich die Erfüllung dieser Verheißung: den verborgenen Schöpfer, der seine von ihm selbst erschaffene Welt überblickt – ein *Übermensch*, »der Blick aus der dunklen Wolke Mensch« (Nietzsche).

ANMERKUNGEN

Stephan Wackwitz, geb. 1952 in Stuttgart, Romanautor und Essayist. Zuletzt erschienen »Die vergessene Mitte der Welt« (2014) und »Die Bilder meiner Mutter« (2015). Siehe auch Sinn und Form 5/2020 und 1/2021.

Julia Fiedorczuk, geb. 1975 in Warschau, wo sie auch lebt, Lyrikerin, Übersetzerin, Professorin für amerikanische Literatur an der Universität Warschau. Aus dem Band »Psalmy« (2017).

Deniz Utlu, geb. 1983 in Hannover, Schriftsteller, lebt in Berlin. Zuletzt erschienen die Romane »Die Ungehaltenen« (2014) und »Gegen Morgen« (2019). Druckfassung eines Vortrags, der am 15. Juni 2021 im Rahmen der Poetikdozentur der Akademie der Wissenschaften und der Literatur an der Johannes Gutenberg-Universität Mainz gehalten wurde.

Mátyás Dunajcsik, geb. 1983 in Budapest, Schriftsteller und Übersetzer, lebt in Dresden. Auf deutsch erschien 2017 der Erzählungsband »Unterwasserstädte«.

Ingeborg Drewitz (1923–1986), Schriftstellerin und Kritikerin. 1978 erschien ihr wohl bekanntester Roman »Gestern war heute: Hundert Jahre Gegenwart«. Der Abdruck ihrer Briefe erfolgt mit freundlicher Genehmigung von Frau Jutta Hoppe.

Hans Sahl (1902–1993), Schriftsteller, Kritiker und Übersetzer. Eine Neuausgabe seines Romans »Die Wenigen und die Vielen« erschien 2010, der Erzählungsband »Der Mann, der sich selbst besuchte« 2012.
Die Schreibung in den Briefen wurde weitestgehend beibehalten, Versalien oder Unterstreichungen sind als Kursiva dargestellt. Abdruck mit freundlicher Genehmigung des Deutschen Literaturarchivs Marbach und des Literaturarchivs der Akademie der Künste.

Till Greite, geb. 1983 in Hamburg, forscht im Rahmen des PhD-Net »Das Wissen der Literatur« am Institut für deutsche Literatur der Humboldt-Universität zu Berlin. Siehe auch Sinn und Form 6/2019.

Thomas Krüger, geb. 1962 in Herford, Schriftsteller und Verleger von Hör- und Kinderbüchern, lebt in Bergisch Gladbach. Zuletzt erschien »Ein Sonettennetz aus Gedanken zu Miss Liberty« (2017).

Susanne Stephan, geb. 1963 in Aachen, Gedichte, Prosa, Essays, lebt in Stuttgart. Jüngste Veröffentlichungen: »Haydns Papagei« (2015) und »Nelken. Ein Portrait« (2018). Im Frühjahr 2022 erscheint »Der Held und seine Heizung. Brennstoffe der Literatur«. Siehe auch Sinn und Form 2/2020 und 5/2020.

John Locke (1632–1704), englischer Philosoph. Die Übersetzung der beiden Briefe aus Kleve folgt Esmond Samuel de Beers Abdruck in Band 1 (1976) seiner achtbändigen kommentierten Ausgabe aller Locke-Briefe im Auftrag der Clarendon Press Oxford. Die Originale werden in der Oxforder Bodleian Library verwahrt (B. L., MS. Locke c.24, f. 232

und f. 230). Lockes Briefe weisen stets eine doppelte Datierung auf, indem sie sich sowohl auf den gregorianischen als auch den julianischen Kalender beziehen, die beide noch in Gebrauch waren. Zu seiner Übersetzung merkt Joachim Kalka an: »Die kleinen Flüchtigkeiten dieser Briefe – unvollständige Sätze, Verschriebenes – wurden, so reizvoll sie sind, im Interesse der Lesbarkeit nur ausnahms- und andeutungsweise nachgebildet. In diesem Sinne wurde auch bei der Interpunktion ein wenig nachgeholfen. Ganz gelegentlich wurden die langen parataktischen Satzperioden zu mehreren Sätzen getrennt.«
Erläuterungen: S. 782 *Doch stellten die Köche …* In den »Metamorphosen« des römischen Dichters Ovid werden zumeist Menschen oder Götter in Pflanzen oder Tiere verwandelt, also höherstehende Lebewesen in niedere Kreaturen; *sed libera nos* sondern erlöse uns; S. 783 *Priscianus* Byzantinischer Grammatiker der Spätantike. Die Redewendung »den Kopf des Priscian zerbrechen« bezog sich auf einen eklatanten Verstoß gegen die Regeln der lateinischen Grammatik; *diese Frage so schwierig …* Die verschiedenen »Quaestiones« (Fragen) des Hl. Thomas von Aquin (1225–1274) gehören zu den Höhepunkten der scholastischen Disputationskunst; S. 784 *sie sangen den 119. Psalm* Im Alten Testament der längste Psalm; *Ite in nomine domini* Gehet hin im Namen des Herrn; S. 785 *Lochem* Die Stadt Lochem in Gelderland wurde wiederholt von Truppen aus Münster belagert und besetzt, verblieb aber bei den Niederlanden; *Bartholomew-Jahrmarkt* Das Bartholomew Fair wurde in London jährlich in den Tagen nach dem 23. August ausgerichtet; *Chevy Chase* Die um 1550 entstandene Volksballade »The Ancient Ballad of Chevy-Chase« handelt von einer unglücklich endenden Jagd in den Cheviot Hills in Northumberland; S. 787 *Festivitäten in Gray's Inn* Die sogenannten Christmas Revels in den Londoner Inns of Court nahe der Themse waren volkstümliche Weihnachtsfeierlichkeiten mit Schwänken und Tänzen; *Karthäuserkirche* Gemeint sind wohl die seit 1627 in Kleve ansässigen Kapuziner; S. 788 *Flucht auf Partherweise* Das Parthische Manöver ist eine nach dem zentralasiatischen Reitervolk benannte Kriegstaktik, bei der ein Bogenschütze im Galopp nach hinten schießt; *ubi tu caedis …* Nach Juvenal, dem römischen Satiriker: »Wo Du die Schläge austeilst und ich sie bloß einstecke«; S. 789 *28 Stüber und 7 Deut* Ein Deut war eine im 17. Jahrhundert in Kleve, Geldern und den Niederlanden in Umlauf befindliche Kupfermünze. Acht Deut machten einen Stüber, nur etwas mehr als ein englischer Penny; *Ich sah die Inschrift* Locke bezweifelt ihr Alter zu Recht, da die sogenannte Schwanenburg erst im Mittelalter errichtet wurde; *Anno ab urbe …* Im Jahr 698 nach der Gründung Roms hat der Diktator Julius Caesar nach der Aufrechterhaltung seiner Herrschaft in diesen Gebieten diese Klevesche Burg errichtet; S. 790 *ein Halbdutzend Sancti Laurentii* Der Diakon Laurentius von Rom (†258), Märtyrer und Heiliger, wurde von Kaiser Valerian, dem er den Kirchenschatz nicht ausliefern wollte, auf einem glühenden Eisenrost zu Tode gefoltert.

Michael Spyra, geb. 1983 in Aschersleben, Schriftsteller, diplomierter Sprechwissenschaftler, Kindergärtner, lebt in Halle. 2014 erschien »Auf die Äpfel hatte der Herbst geboxt«, 2018 »Kolonialsprachwaren«.

Roswitha Haring, geb. 1960 in Leipzig, Schriftstellerin, lebt in Köln. 2013 erschien ihr Erzählungsband »Stadt. Tier. Raum«. Siehe auch Sinn und Form 4/2019.

Matthias Ulrich, geb. 1950 in Braunschweig, Schriftsteller und Maler, lebt bei Stuttgart. Zuletzt erschien der Roman »Der unsichtbare Pfad« (2020).

Ekkehard Maaß, geb. 1951 in Naumburg/Saale, Liedersänger, Publizist und Übersetzer, lebt in Berlin. Veröffentlichungen u.a.: »Apti Bisultanov: Schatten eines Blitzes« (Übersetzer und Herausgeber, 2004) und »Fluchtzeiten« (2021). Druckfassung eines Vortrags auf dem von Aliko Kartozia organisierten internationalen Workshop zur Rezeption des Werks von Giwi Margwelaschwili 2019 in Tbilissi.

Giwi Margwelaschwili (1927–2020), deutsch-georgischer Schriftsteller. Seine Bücher erscheinen im Berliner Verbrecher Verlag, zuletzt »Die Medea von Kolchis in Kolchos«, »Bedeutungswelten. Giwi Margwelaschwili im Gespräch mit Jörg Sundermeier« (beide 2017) und »Der Leselebenstintensee« (2021). Das für den Abdruck gekürzte und behutsam redigierte Typoskript befindet sich im Deutschen Literaturarchiv in Marbach, der Abdruck erfolgt mit freundlicher Genehmigung von Frau Anna Margwelaschwili. Siehe auch Sinn und Form 5/2009 und 5/2015.

Hans Christoph Buch, geb. 1944 in Wetzlar, Romane, Reportagen, Essays, Übersetzungen, lebt in Berlin. Zuletzt erschienen »Kulturschock China oder Wie ich die Große Mauer erklomm« (2019) und »Robinsons Rückkehr. Die sieben Leben des H.C. Buch« (2020). Siehe auch Sinn und Form 6/2017 und 1/2020.

Günter Rebing, geb. 1935 in Delmenhorst, lehrte Literatur an den Universitäten Yale, Columbia, Würzburg und Bonn, lebt in der Eifel. 2019 erschien »Freuds Phantasiestücke. Die Fallgeschichten Dora, Hans, Rattenmann, Wolfsmann«. Siehe auch Sinn und Form 3/2020.

Wolfgang Berends, geb. 1966 in München, wo er auch lebt, Lyriker, Übersetzer, Leiter der Bibliothek der Stiftung Lyrik Kabinett. Zuletzt erschienen »Nach Durchsicht der Wolken« (2016) und »Manchmal um uns Glas« (2021).

Michael Götting, geb. 1971 in Landstuhl, Germanist und Autor, lebt in Berlin. Sein Roman »Contrapunctus« erschien 2015.

Herta Beck, geb. 1954 in Mosbach/Baden, Ärztin für Psychosomatik, Gutachterin, lebt in Berlin. Medizinhistorische und journalistische Veröffentlichungen in Zeitungen und Zeitschriften.

Rolf Geffken, geb. 1949 in Wingst bei Cuxhaven, Anwalt, Autor und Verleger, lebt in Cadenberge und Hamburg. Zuletzt erschienen »Einspruch im Namen der Arbeit« und »Mein China: China sehen ist anders – Licht & Schatten im Reich der Mitte« (beide 2021).

Christa Bürger, geb. 1935 in Frankfurt am Main, bis 1998 Professorin für Literaturwissenschaft an der dortigen Johann-Wolfgang-Goethe-Universität, lebt in Berlin. Zuletzt erschienen »Exzeß und Entsagung. Lebensgebärden von Caroline Schlegel-Schelling bis Simone de Beauvoir« (2016) sowie die Neuausgabe von »Mein Weg durch die Literaturwissenschaft 1968–1998« (2019). Siehe auch Sinn und Form 1/2019 und 1/2020.

Alle Beiträge sind, soweit nicht anders angegeben,
Erstveröffentlichungen oder Erstübersetzungen.

JAHRESINHALTSVERZEICHNIS